인간중심 자연관의 극복

-공생의 자기실현을 위하여-

지은이 : 정인석

인간중심 자연관의 극복
-공생의 자기실현을 위하여-

2005년 10월 20일 1판 1쇄 인쇄
2005년 10월 25일 1판 1쇄 발행

지은이 정 인 석
펴낸이 강 찬 석
펴낸곳 도서출판 **나노미디어**
주 소 120-012 서울시 서대문구 북아현3동 1-673호 2층
전 화 (02) 364-2791 / 팩 스 (02) 364-2787
등 록 제8-257호
ISBN 89-89292-22-0 03320

정가 13,000원

잘못된 책은 바꾸어 드립니다.

인간중심 자연관의 극복

-공생의 자기실현을 위하여-

정 인 석 지음

나노미디어

선善은 만물이 살아있는 것을 기뻐하고
만물이 죽는 것을 싫어하며,
그물로 잡은 것은 놓아주고
사냥하여 잡는 것을 슬퍼한다.
놓아줄 때는 그것이 구름 위로 활개치며
날아가는 것을 볼 때이며,
그것이 언덕에서 다리를 뻗고 있는 것을
차마 볼 수 없어 슬퍼할 때다

善 喜物孝而惡物亡 羅而放之 獵而悲之 放之者
見其拂翼于雲霄 悲之者 不見其展脚于丘陵

삼부경三部經 중 『치화경治化經/存物』

도가 병행하되 서로 어긋나지 않고 만물이 같이 자라되
서로 해하지 않는다.

道竝行而不相悖　　萬物竝育而不相害

자사子思 『중용中庸』

사람은 없어도 살아갈 수 있는 것이 많은 것에 비례해서 그만큼
풍요롭다.

핸리 데이비드 소로우Henry David Thoreau 『*Walden*』(1854)

머|리|말

'자연!' 우리는 여기에 둘러쌓여 있으며 그품에 안겨 있다. 여기서 떨어져 나올 수도 없고 이를 넘어설 수도 없다.

이 말은 1869년 11월 4일 영국의 세계적인 과학저널 『네이처 *nature*』 창간호(창간자는 영국의 천문학자 노먼 로키어 경Sir Norman Joseph Lockyer (1836-1920))의 머리글에서 영국의 생물학자 토마스 헉슬리 Thomas Henry Huxley(1825-1895)가 자연의 위대함을 경탄하고 격찬한 독일 최대의 문호 괴테Johann Wolfgang von Goethe(1749-1832)의 아포리즘을 인용하여 창간의 의미를 부여한 한 구절이다.

인간의 생명이 자연과 직결되어 있고 그 생존이 자연과 유기적 관계를 맺고 있을진대 자연의 무한한 은혜와 그 위대함을 어찌 인간들이 만든 한정된 언어와 문장에다 이를 다 담을 수가 있으랴. 자기조직화하며 자체조화self-consistency를 이루고 있는 자연의 섭리와 만물의 진리 · 질서, 온 생명의 유기적 자연현상은 결코 인간 표현의 한계를 넘어선 경외敬畏의 대상이다.

그동안 우리는 우리가 자연의 일부임을 망각한 나머지 자연을 배반하고 인간중심주의anthropocentrism 패러다임 속에서 자연을 인간의 이익·행복·복리 증진만을 위하여 정복하고 지배해 왔다. 마치 인간이 다른 혹성에서부터 침입한 정복자처럼 군림하여 지구상에 존재하는 인간 이외의 생명체들과는 아무런 관계도 없는 존재인 것처럼 생각하거나 인간 이외의 존재들이란 인간을 위해서 존재할 때만 의미가 있고 가치있는 것으로 생각해왔다.

참으로 용서받을 수 없는 자연에 대한 항거이며 인류의 파멸과 지구의 종말을 가져오게 할 인류가 범한 가장 큰 오류이다. 그러기에 지구 생태계global ecosystem를 중시하는 사람들은 인간을 지구의 암적 존재로 보기도 한다.

자연은 인간 없이도 살아갈 수가 있지만 인간은 자연 없이는 살아갈 수가 없다. 그럼에도 우리는 자연을 산업의 발전을 위한 자원이나 물질로만 보거나 과학의 대상으로만 보아 자연의 가치를 그 이용가치에서 찾으려고만 했던 것은 참으로 인간이 저지른 큰 죄악이었다.

우리는 아직도 이와 같은 근원적인 오류와 어리석음에 사로잡혀 있다. 돌이켜 보면 산업사회·경제체제와 과학·기술 분야에서 그들의 사고와 행동을 지배하고 이끌어왔던 의식도 인간중심적 태도에서부터 조금도 벗어나지 못하고 있다.

그 결과 과학과 기술이 효율적으로 지배하는 사회를 만들었고 생활을 편리하게 하였지만 반면에 자연을 위기에 몰아넣고 말았으며 인류의 미래를 불안하게 만들고 있음에도 불구하고 여전히 자연을 인간과 대립적이고 이질적인 관계로 보아 또 하나의 주변세계쯤으로 생각하고 있는 사람들이 많다.

심지어 자연 안에서 일어나고 있는 일까지도 인간이 그 해석의 중심척도가 되어야 한다고 생각하는 인간우월주의적인 오만과 환상에 빠져 있기도 하다. 이렇듯 우리는 인간을 모든 피조세계의 극치로서 또는 모든 가치의 근원 내지는 만물의 기준으로 생각하는 인간이기주의에 중독되어 있다.

아직도 많은 사람은 자신이 '자연의 일부'임을 모르고 있을 뿐만 아니라 자기가 인간으로 화한 자연이라는 사실을 깨닫지 못하고 있다. 그리하여 자연이 아닌 인간과 인간이 아닌 자연이 대립의 관계에 있다는 것을 너무도 당연한 것으로 착각하고 있다. 우리는 이런 잘못된 관계에서 빨리 벗어나야 한다.

우리가 인간중심적인 자연관이나 기계문명, 산업사회로부터 벗어나는 길도 한마디로 말하여 자신이 '인간으로 화한 자연'임을 깨닫고 이에 걸맞게 실천하는데 있다. 마찬가지로 자연의 위기를 초래한 산업·경제체계와 과학기술문명으로부터 벗어나는 길도 다른데 있지 않다.

그것은 우리가 인간 이외의 세계를 공존의 대상이 아니라 이용의 대상이며 인간의 필요를 충족시켜주는 자원의 집합정도로 생각하는 그릇된 자연관에 대한 깊은 반성적 물음을 던짐으로써만 그 길을 찾을 수가 있을 것이다.

특히 생태계와 인간의 해방eco-human liberation, 생태계와 인간의 행복eco-human wellbeing을 실현하기 위한 종교간의 협력을 강조하는 생태종교운동eco-religious movement 및 영성생태학spiritual ecology의 재기는 우리에게 인간중심주의적 자연관의 전환의 길을 찾을 수 있는 큰 자극제가 되어 주고 있다.

우리가 깊이 생각해보면 자연은 눈에 보이는 생명원리·우주원리의 구체적인 발현이며, 생명과 우주는 눈에 보이지 않는 자연임을 이해할 수가 있다. 지금 이 순간에도 자연은 현묘玄妙한 자체조화를 위해 숨쉬고 있을진대 어찌 자연의 일부이며 다른 모든 생명양태와 공생관계에 있는 우리가 자연의 자체조화의 숨결을 막을 수가 있단 말인가.

진실로 자연은 정복의 대상이 아니라 인간과는 뗄 수 없는 한몸이며 그 속에서 살고 있는 우리가 호모 심비우스homo symbious(공생인)로서 살아가기 위하여 어떻게 살아가는 것이 올바른 것인지 깊이 생각해 볼 필요가 있을 것이다.

본서 집필의 동기도 여기에 있다. 종래의 인간중심적인 자연관·행동양식으로부터 자연중심·생명중심·생태중심의 자연관으로의 전환을 중심으로, 인간과 자연의 공존을 위한 새로운 인간주의, 삶의 질, 생태계의 상생, 공생기술의 개발, 생명권 평등주의와 심층(근원)적 생태론deep ecology, 생태친화적 생활의 실천, 작은 나를 초월하여 큰 나를 추구하는 트랜스퍼스널한 자기동화trans-personal identification 등을 중심으로 자연과 인간의 공존문제를 생각해 보았다.

하지만 황폐해가는 자연을 걱정하며 병들어가는 생태계를 살리기 위하여 온 정성을 기울이고 있는 사람들, 그리고 생명권평등주의生命圈平等主義biospherical egalitarianism를 실현하고 있는 사람들, 인류의 미래를 걱정하며 환경보호운동을 펼치고 있는 사람들에게 과연 이 한 권의 책이 얼마나 지적 만족을 주게 될 지를 생각해 보게 되면 마치 시험답안지를 제출하고 나서 평가를 기다리는 심정이다.

그러나 환경문제의 해결은 결국 인간문제와 사회문제에 귀착되며 환경에 관한 지식·기술의 문제가 아니라 의식과 태도와 실천의 문제이며 사회전반의 정신적 풍토와 문명의 상위개념이 무엇이냐에 귀착된다는 것을 말하고 싶다.

이와 같은 관점에서 필자는 이 책에 담긴 글들이 비록 만족스럽지 못하더라도 읽는 이에게 지적이며 이론적인 수준을 넘어서 일상생활의 작은 일에서부터 자연·생태계의 보전과 복원을 위한 의식·태도·실천의 변화에 미력하나마 그 지침이 되고 힘이 되어준다면 그것으로 만족한다.

끝으로 생태계 보전에 관심이 높아 이 책이 나올 수 있도록 수고를 아끼지 않은 나노미디어의 강찬석 사장님과 세심한 배려를 아끼지 않은 편집진에게 사의를 표하고자 한다. 그리고 이 책의 교정을 위하여 수고해 준 서울대학교 대학원 심리학과 이원준 군의 노고에 대해서도 여기에 그 고마움을 적는다.

유현幽玄한 자연의 질서와 만물의 무상無常함에서 찾아온 희수喜壽의 참뜻을 생각하며.

2005년 8월 7일 입추, 자이열재自怡悅齋에서

정鄭 인寅 석錫 적음

인간중심 자연관의 극복

-공생의 자기실현을 위하여-

자연은 우리에게 무엇인가?

예전에는 세계의 종말에 관한 심판으로서 우리를
위협하였던 것이 종교였다.
오늘날에는 바로 고통을 다하고 있는 우리의 지구 자체가
이날의 도래를 예견하고 있다.
이 마지막 계시는 예수가 설법하였던
시나이 산으로부터 오지도 않으며
석가가 깨우쳤던 보리수 나무로부터도 오지 않는다.
한때는 훌륭한 창조물로 나타났던 이 지구에서
우리 모두가 몰락하지 않으려면 우리의 탐욕스러운
권력을 억제하지 않으면 안된다.

한스 요나스Hans Jonas 『*Das Prinzip Verantvortung*』(1979)

-과거와 현재-

　자연은 과연 우리에게 있어서 무엇이며 어떤 의미를 가지고 있
는가? 이 물음에 대한 해답은 환경문제·생태계 문제를 논하려는
사람이라면 반드시 짚고 넘어가야 할 문제라고 본다. 그리고 그 해
답이 무엇이냐에 따라서 '자연'에 대한 태도와 인식도 달라지게 될
것이며 환경문제 해결의 접근방식도 달라지게 될 것이다.

　오늘날 우리들이 쓰고 있는 '자연'이라는 낱말은 서구 문화권에
서 사용하고 있는 말 가운데서 네이처·나뛰르nature(영어·불어),
나투르Natur(독어), 나뚜르natuur(네덜란드어)에 해당하는 용어이다.
어원상으로 보아 이들 낱말들은 라틴어의 natura(나투라)로부터 유래
하였으며, 다시 이 말은 '자연'을 뜻하는 그리스어 physis(퓌시스)의
역어이다.

　또한 동양의 한자문화권에서 사용하고 있는 '자연自然'이라는 말
은 본래 중국어 '쯔란zìrán 自然'으로부터 사용되기 시작하였으며, 이
를 우리나라에서는 '자연自然'으로, 일본에서는 지넨(じねん 自然)
→ 시젠(しぜん 自然)으로 각각 자기 나라의 한자음역으로 사용하게

된 것이다.

그러나 '퓌시스'와 '쯔란'에 담긴 의미란 저마다 사상적 전통과 맥을 통해 이어오면서 문화권과 시대에 따라서 그 의미가 달리 해석되기도 하였으나 오늘날에 와서는 종래의 요소주의적이며 기계론적인 자연관으로부터 '자기형성적'이며 '유기적'인 자연관으로 전환되어가고 있으며, 그리고 서양적인 자연관이 동양적 자연관으로 접근해가고 있다.

이는 자연이 본래 인간에 대해 가지고 있었던 자성自性(본질) svabhāva과 여기에 내재하고 있는 자기형성력을 발견한 매우 깊은 뜻의 표현이라고 본다.

이제 우리는 역사와 문화에 따라 자연에 대한 인식이 어떠하였는가를 돌이켜 봄으로써 자연에 대한 인식의 전환을 꾀하지 않으면 안될 자연에 대한 사고의 일대 전환점에 서 있다고 본다.

서양 · 이슬람권에 있어서의 자연

고대 그리스

초기 그리스의 철학자들은 자연학자physiologos로 불리울 정도로(아낙시만드로스Anaximandros, BC 610경~540경, 아낙시매내스anaximenes, BC 585 ~528?와 같이) 그리스의 자연은 철학의 근원이었다. 그리하여 그리스적 자연관을 개념적으로 세련洗練시킨 사람이 아리스토텔레스 Aristoteles(B.C. 384-322 『자연학Physica』)였다.

따라서 고대 그리스에서는 '자연'을 나타낼 때 '퓌시스physis'라는 말을 사용하였다. 이 말의 어의에 대해서는 몇 가지 설이 있지만 이 말이 '퓌오마이phyomai'(태어나다)라고 하는 동사와 연결되어 있는 점으로 미루어 볼 때, 이 말에는 '탄생', '성장', '생성'의 기본적 의미가 담겨 있을 뿐만 아니라 스스로 낳고 성장하고 쇠퇴하고 사멸한다고 하는 만물의 변화와 질서까지도 함축하고 있음을 엿볼 수가 있다.

아리스토텔레스의 『자연학Physica』(8권)의 관점에서 말한다면 '자기 자신 안에 운동과 정지의 원리(근원arch)를 갖고 있는 것'이 '퓌시스'였다. 이와 같은 관점에서 본다면 운동(키네시스kinesis)이란 단순히 물리적인 위치의 이동만이 아니라 '실체實體'의 생성·소멸이나 '질質'의 형성·변화, '양量'의 증대·감소까지도 포함한 넓은 의미를 가졌으며 따라서 '운동의 원리'란 내재적內在的으로 생성하며 발전하는 생명의 원리에 가까운 의미를 의미하였다.

이렇듯 고대 그리스에 있어서는 자기 형성自己形成의 계기를 갖지 않는 완전히 죽은 자연이 아니라 내면에 생성·발전의 가능성을 항상 함유하고 있는 유기적 자연이 자연의 원형이었다. 때문에 사람들은 자연을 인간에 대립하고 있는 것으로 보지 않고 오히려 인간이 유기적인 생명적 자연의 일부로서 존재한다고 생각하였다.

이렇듯 자연은 인간에 대해서 이질적이며 대립적인 관계가 아니었으며 오히려 동질적으로 조화할 수 있는 관계로 보았다. 신神조차도 자연을 초월하는 것이 아니라 자연에 내재적이며 만물은 신들로 꽉 차있다고 보았다.

이와 같은 자연관은 원시·미개인의 생활양식에서 볼 수 있는 '자연 및 동·식물 숭배'와 같은 토테미즘totemism(알곤퀴안어족Algonquian에 속하는 북아메리카 인디언 오지브에이족Ojibway의 토어 土語Ototeman에서 나온 말)이나 자연의 힘의 신격화에 의해서 믿었던 원시종교 등도 그 배후에는 자연과 사회를 대립적이 아니라 연속적으로 보려는 일체시一體視의 사상이 자리잡고 있었음을 엿볼 수가 있다.

고대인에게 있어서의 자연관은 자연을 인간과 유기적인 연결관계를 맺고 있는 동질자로 보아 자연을 '직관'하고 '이해'하는 것이 자연을 인식하는 태도였다. 결코 자연을 인간과는 전혀 관계가 없는 이질적인 존재로 보아 자연을 '실험'하고 '고문'하는 형식으로 지배의 대상으로 생각하지 않았다.

고대 그리스에 있어서의 자연은 그 안에 생명원리로서의 프시케psyche(자기가 자기를 움직이게 하는 근원적 실체)나 생성·소멸하는 만물의 근원arche이 깃들어 있는 유기적 자연이었으며, 자연은 인간과 신까지도 품어서 생성하는 조화적인 통일체를 아우르는 자기형성이 가능한 존재자였다.

자연을 이렇게 일체가 '퓌시스'에 포함되어 있다는 뜻에서 자연을 이해하였으며 이를 '판퓌시시즘panphysisism(범생성변화론)'이라고 불렀다. 그리고 '퓌시스'로서의 '자연'은 성장·생성의 결과로서 만들어진 것들이 갖는 만물의 '성질', '본성'과 생성을 가져다주는 '힘', '능력'의 의미도 갖고 있을 뿐만 아니라 성장·생성하는 삼라만상 전체를 통괄하는 '만물'을 표현하는 말이 되었다.

이슬람권에 있어서의 자연

그리스어의 '퓌시스'(自然)에 해당하는 아라비아어는 '타비아 ṭabiʻaʼ이다. 8세기 중엽 이후부터 아리스토텔레스의 철학을 비롯한 그리스 문화에 관한 그리스어 원전의 아라비아어 번역이 펼쳐짐으로써 '퓌시스'는 '타비아'로 번역되었다.

어원적으로 '타비아'는 동사 '타바아ṭabʻaʼ로부터 유래하였으며 '타바아'는 '각인刻印하다', '봉인封印하다'를 의미한다. 이 말은 창조주인 신이 '각인하고', '봉인한다'는 의미로 보아, 없었던 새로운 것이 '생성'한다고 하는 '무로부터의 창조creatio ex nihilo'나 처음으로 존재를 획득한다는 것을 의미하였다고 생각한다.

역사적으로 보아 10세기 중엽에 일어난 '진리추구자의 일단 Ikhwān al-Safā1)'인 '이프완 사파'에 이르러서는 아리스토텔레스 외에 플로티노스Plōtinos(205-270)에 의해서 주장된 신플라톤주의neoplatonism 의 '유출설emanatio'(흘러나온다를 뜻하는 라틴어emanare에서 나온 말)이 도입됨으로써 우주에는 창조자→지성→영혼→질료→자연→천체→ 원소(불·공기·물·땅)→지상의 존재(동물·식물·광물)처럼 '존재의 계층'이 만들어진다고 보았다.

그리고 각 계층은 보다 상위의 원리로부터 무시간적으로 '파생·유출'한다고 보아 하위의 존재는 상위의 존재의 표출·그림자이며, 하위의 존재일수록 다양·분열·한정의 정도를 높인다고 보았다.

요컨대 '영혼'이 '질료質料' 속에 들어감으로써 '자연'이 형성되고 자연이 '천체'와 물체를 만들어 내며 그리고 영혼의 힘에 의해서 이들을 움직이며 변화시킨다고 본 것이다.

이슬람의 최대의 철학자(의학자) 이븐 시이나Ibn Sina(980-1037)2)도 프로티노스의 유출설과 똑같이 우주는 유출론적 체계를 이루고 있다고 보았으며 최상 위에 있는 것은 제1원인인 '창조자'→'지성'→'지력'→'영혼'→질료→자연→천체→원소(불 · 공기 · 물 · 땅)→지상의 존재(동물 · 식물 · 광물)와 같이 '존재의 계층'이 존재한다고 보았다.

여기서 '보편적 자연'은 창조자 · 신에서부터 파생 · 유출되어 이어져 있는 영혼에 기초하여 원소를 완성 가능케 하는 힘이다. 이들 원소의 조화적 결합에 의해 동물 · 식물 · 광물이 만들어진다. '자연'은 이런 힘을 궁극적으로는 신으로부터 얻게 된다고 보았다.

이렇듯 이븐 시이나에 있어서 '자연'의 연구는 당연히 창조주 · 신의 '증표'에 대한 연구가 되었다. 신의 '각인'으로서의 자연은 당초는 『코란Koran(엄밀하게는 쿠르안al-Qur'an('독송讀誦하다'를 뜻하는 아라비아어의 동사 'qara'a'에서 파생하였다)』에 있어서와 같이 피조물의 창조주로부터의 격리를 의미하는 부정적 의미를 함축하고 있었으나 이븐 시이나에 이르러서 자연은 '신의 증표'를 밝히기 위한 적극적 탐구의 대상이 되었다.

아라비아 문화권에서는 이슬람islām('나를 맡긴다', '귀의한다'를 뜻하는 아라비아어의 동사 aslama로부터 파생한 동사로서 본래 '신에의 절대귀의'를 의미한다)의 신앙에 기초하여 자연의 의미가 '창조'의 문제와 연결되었기 때문에 이는 후일에 그리스도교 · 유럽의 자연관에 이어질 수 있는 기초가 되었다고 볼 수 있다.

또한 이슬람의 자연관에는 그리스에는 없었던 자연의 '조작操作'이라고 하는 '개념작업'[3]이 있었다(화학자 · 연금술가인 자비르 이븐 하이얀Jābir ibn Ḥayyān, 라지 이븐 자카리야Rāzi ibn Zakariyā 등에 의해서)는 것도 후일 유럽의 프란시스 베이컨Francis Bacon(1561~1626)의 '조작적 과학'과 연관지을 수 있는 흥미 있는 대목이기도 하다.

그러나 이슬람에서는 자연의 '조작' 사상은 있었지만 자연의 '지배' 사상은 없었다. 뿐만 아니라 자연관도 데카르트René Descartes(1596-1650)가 말한 기계론적 자연관이 아니라 신플라톤주의적인 유기체적 자연관에 근거하고 있었음을 이해하지 않으면 안된다.

로마와 중세 그리스도교

앞에서 설명한 바와 같이 삼라만상 · 만물의 탄생과 본성, 자기형성의 기능성을 아우르는 '자연'을 의미하였던 그리스어의 '퓌시스physis'는 로마시대에 이르러 '나투라natura'로 번역되어 사용되었다. 이 말도 '퓌시스'와 동일하게 라틴어 '태어나다', '생성하다'를 의미하는 동사 나스코르nascor로부터 유래하였으며 '퓌시스'와 거의 같은 함축적인 용어로 사용되었다.

이와 같은 의미의 관점에서 '자연'을 논한 로마의 시인이자 철학자였던 루크레티우스Titus Carus Lucretius(B.C. 99?-55?)[4]는 『자연에 관하여De rerum natura』라는 철학적 교훈의 서사시(7400행)의 형식으로 원자론의 관점에서 만물의 생성을 인과관계로 논하였거니와 그는 여기서 인간과 자연은 대립의 관계가 아니라 인간도 다른 생물과 똑같이 자연의 일부라는 생명론을 피력하였다.

자연에 대한 로마 사상의 또하나의 흐름을 마들었던 스토아 학파Stoic School[5])에 있어서는 우주에는 불과 공기로 만들어진 '프네우마pneuma'(그리스어의 호흡·바람을 뜻함)[6])가 물활론적으로 어디에나 편재 遍在하고 있으며, 이 프네우마가 사물의 생명을 형성하는 힘이라고 보았다. 그에 의하면 이 힘은 그것이 나타나는 영역에 따라 각각 고유한 특색 있는 형태를 띠고 나타나게 된다는 것이다.

요컨대 프네우마가 작용하는 정도와 형식에 따라서 일체의 사물은 생성·유지·소멸하게 된다고 본 것이다. 따라서 '프네우마'의 작용은 '운명'과 같았고 동시에 신의 '섭리'와 같이 생각되었다. 이와 같은 사상에서도 신·인간·자연은 분리·대립이 아니라 모두가 동질적인 연계 속에 존재한다고 생각하였다.

그러나 중세 그리스도교 시대에 와서는 고대 그리스의 자연관이었던 판퓌시시즘panphysisism의 신·인간·자연의 일체성이 붕괴된 것이다. 그 결과 세계의 창조자와 피조물과는 명확히 단절·분리되고 신·인간·자연이라고 하는 계층이 생기게 되고 이에 따라서 이질적인 질서가 만들어졌다.

이와 같은 3자의 계층적 분리가 나타남에 따라서 신은 초월자로서 자연에 내재하지 않고 인간 또한 자연의 일부일 수가 없게 되었다. 그리고 자연은 인간과는 별도로 신에 의해서 창조된 것이기 때문에 인간은 여기에 관여하고 알 바가 없는 존재로 본 것이다.

그리고 인간은 자연과 동질은 아니며 자연을 넘어서 그 위에 존재하며 자연을 지배하고 관리하게 된다고 본 것이다.

이러한 자연관은 자연을 인간과 전혀 독립되고 무관한 것으로 보고 이를 객체화하여 인간의 실험적 조작을 가해서 자연을 과학적으로 파악하게 하였다.

자연에 대한 이와 같은 사상은 후일 17세기의 프란시스 베이컨의 '자연지배'[7] 사상으로 이어지기도 하였으나 이는 먼 훗날 근대 자연관의 형이상학적 원천이 되기도 하였다. 물론 이와 같은 결론에 바로 이르게 된 것은 아니었다.

중세 그리스도교 세계에 있어서도 프로티노스에 의해서 전개된 신프라톤주의neoplatonism[8] '유출emanatio'의 체계를 도입함으로써 신과 인간과 자연을 연결시켜갔던 시도도 있었다.

그러나 서구 그리스도교의 정통사상에 있어서는 이와 같은 신플라톤주의적 경향은 이슬람 세계에 있어서와는 달리 언제나 범신론적 이단으로서 배척을 받았다. 이 점은 르네상스 시대에 부활되었던 신플라톤주의도 마찬가지였다.

돌이켜 보면 근대 유럽의 자연관은 아리스토텔레스Aristotelēs(B.C. 384-322)·스콜라철학scholasticism의 자연관을 부정함과 동시에 신플라톤주의적이며 헤르매스적Hermetic[9]인 신비적 자연관까지도 배제함으로써 성립되었다고 볼 수 있다.

근대서구의 자연관

근대 서구의 자연관이 수립된 것은 17세기의 '과학혁명scientific revolution'(특히 자연과학이 급속하게 변혁된 것을 말함)에 있어서 였다. 그것은 먼저 데카르트René Descartes(1596-1650)의 자연관인 '기계론적 세계상世界像’에서 잘 나타났다. 기계론적 세계상은 당시 유럽에서 발달하기 시작한 각종 기계 사용에 자극받아 자연까지도 일종의 기계와 같이 보았던 사상이며 그는 ‘자연=기계’의 사고방식을 수립하기 위한 철저한 방법론적 고찰을 추구하였다.

그리하여 그는 자연으로부터의 ‘실체적 형상實體的 形相’forma substantialis(스콜라 철학의 용어이며, 사물의 본질 그 자체 또는 본질을 구성하는 부분을 의미함)의 배제, 즉 아리스토텔레스의 영혼의 스콜라적 해석인 ‘물체에 잠재한 생명원리’를 모두 배격하였다.

그 결과 자연이라고 하는 물체계物體系를 물질의 기하학적 ‘연장’으로 화원시켰으며 자연으로부터 일체의 질적인 것, 생명과 의식은 배제하고 오직 ‘형形’, ‘크기’, ‘운동’만을 갖는 ‘미립자’의 집합만이 존재한다고 보았다. 여기서 그는 요소적 미립자의 운동을 인과적 · 수학적으로 분석함으로써 자연(삼라만상)은 물질의 연장 · 형 · 크기 · 운동의 수량적 관계에 의해서 설명할 수 있다고 생각하였다.

(『방법서설Discourse de la méthode』(1637)에서)

그가 생각하고 있는 자연은 일체의 자율성을 잃고 생명적 연관을 단절한 죽어 있는 자연이었다. 이렇듯 자연이라고 하는 대상적 세계가 생명을 잃은 단순한 연장extensio(물체의 시원적 속성으로서 우주는 3차원의 무한한 확장성을 가지고 있다.)으로 환원되어감과 병행하여 인간의 ‘마음(의식)’도 ‘나는 생각한다 그러므로 나는 존재한다Cogito, ergo sum’와 같이 순수한 ‘사유’에로 환원되었다.

이는 기하학적인 이성으로 수학을 이용하여 대상을 합리적으로 구성해 간 결과이기도 하지만 생명적 기반으로부터는 분리되었다. 요컨대 데카르트의 ‘사유’와 ‘연장’의 이원론의 골짜기에 생명은 빠지고 말았다고 볼 수 있다.

데카르트는 이 기계론적 자연관에 의해서 인간이 '자연의 주인이자 소유자'일 것을 기대하였으나 이와 같은 '자연지배'의 이념을 단적으로 표명한 사람이 프란시스 베이컨이다.

그도 아리스토텔레스가 말한바와 같은 자연에 대한 관조觀照 theōria(테오리아는 그리스어의 '본다theōrein'에서 유래함/진상眞相을 구명究明하려는 순수한 지적 태도)적 인식에 대해서는 만족스럽게 생각하지 않았으며, 인간생활의 과업을 산출해내는 '힘으로서의 지 知'(아는 것이 힘이다Scientia est potentia)를 추구하였다.(『형이상학Metaphysica』 제1권 1-3장에서)

그러기에 그는 자연을 '실험'하고 '해부'하여 거기서 얻은 지식에 기초하여 자연을 조작하고 이용 · 지배할 수 있다고 생각하였다. 베이컨은 이와 같은 자연에 대한 지배권리를 말하기를 "신의 증여에 의해서 인류의 것이 되고 있는 자연지배권을 인류의 손에 회복시켜야 되지 않겠는가"(『신논리학Novum Organum』(1620)에서)라고 인류에게 호소하고 격려하였다.

그렇지만 '자연의 지배'를 표방한 프란시스 베이컨도 자연관에 있어서는 데카르트의 '기계론적 자연관'과는 달리 자연의 자율적 활동성을 인정하였다. 또한 데카르트는 '기하학적'으로 말하자면 자연계의 법칙(관성의 법칙, 충돌의 법칙=운동량 항존의 법칙)을 연역적演繹的으로 적용하여 자연을 이해하였다고 한다면 베이컨은 귀납적歸納的(정확히는 가설연역법과 실험의 반복)으로 사실과 실험을 쌓아가면서 일보일보 가설을 진리에 이르도록 수정해감으로써 자연을 탐구해 갔다.

이와 같은 베이컨의 자연관은 18세기 프랑스의 박물학자이며 철학자였던 뷔퐁George Louis Leclerc Buffon(1707-1788)[10]과 역시 프랑스의 유물론 철학자이며 계몽주의의 지도적 사상가였던 디드로Denis Diderot(1713-1784)에 의해서 계승되었다. 특히 디드로는 데카르트의 수학주의에 근거한 기계론적 자연관에 반대하고 '무한의 다양성'을 믿었으며 자연에 내재하고 있는 능동적 힘에 의해서 운동 · 생성하고 발전하는 '신부재'의 동적 자연의 존재를 주장하였다.(『자연의 해석에 관하여De l'interprétation de la nature』(1753)에서)

또한 18세기 말에서 19세기에 걸쳐서 괴테Johann Wolfgang von Goethe(1749-1832/신 · 자연 · 인간을 포괄하는 그의 사상은 신플라톤주의의 영향을 받은 범지학pansophie, 특히 웨닝Georg von Wening(1652-1729)의 우주발생론에 기반을 두었다), 워즈워스William Wordsworth(1770-1850/자연과 인생과의 내면적 교감을 시로서 노래함), 노발리스Novalis(1782-1801)[11], 셸링 Friedrich Wilhelm Joseph Schelling (1775-1854)[12] 등에 있어서와 같이 기계론적 자연관에 반발하는 낭만주의적 자연관도 등장하였다.

이렇듯 근대 서구사회에 있어서 자연에 대한 접근 · 이해의 방식이란 결코 완전무결한 하나의 방법만이 아니었으며 다양한 관점이 있었다. 그러나 근대과학기술문명을 강력하게 추진시켰던 주요노선을 형성시켰던 것은 데카르트의 '기계론적 자연관'이었다.

이 기계론적 자연관은 요컨대 근대문명의 형성에 크게 기여한 것은 사실이지만 그러나 동시에 자연의 탈생명화脫生命化와 인간의 '탈자연화'의 과정이 '자연지배의 관념'과 더불어 환경파괴의 사상적 원천이 되고 있다고 생각할 수가 있다. 지금이야말로 기계론적 자연관을 넘어서 '생명'이 그 본성대로 있어야 할 존재의 자리를 회복하고 자연과 인간과의 관계가 공생공존의 관계로 다시 자리잡을 수 있는 새로운 자연관이 요청되고 있다.

동양에 있어서의 자연

동양사상에 있어서의 자연관이란 무엇보다도 중국의 전통사상에서 그 뿌리를 찾아볼 수가 있을 것이다. 먼저 용어상의 어의로 본다면 '쯔란自然zìrán'에 담겨 있는 어의는 '저절로(自/본래가) 그러하다(然)'는 것, 또는 본래에 내재해 있는 본성(특성) 그대로 생성변화함을 의미하고 있기 때문에 현대인이 생각하고 있는 인간중심의 지배적인 '자연'과는 좀 다르다고 볼 수 있다.

고대로부터 동양에서는 자연계·자연현상을 표현하기 위해서 '천天', '천지天地', '조화造化', '만물萬物'과 같은 용어가 전통적으로 사용되었거니와 그렇지만 이 역시 총체적으로는 자연 그 자체를 의미하는 용어로서는 정착되지 못하였다.

주周나라 시대 이래 중국의 전통사상에 있어서 '티앤天tiān(천)'은 초월적 존재였으며 만물의 근본으로서(萬物之根本)의 천天이었으며 조물주로서의 천이었다. 때문에 자연현상의 원인과 근원이 하늘에 있다고 보았다. 이와 같은 사상은 우리 민족의 고대 자연관에서도 엿볼 수가 있다. '천天'의 자의가 사람(人)의 머리 위에 있는 '일대一大', 즉 하나의 큰 것을 의미하고 있다는 사실에서 자연은 '장대하고 경이롭고 위대함의 대상이었다.

　우리 민족 최고最古의 경전인『천부경 天符經』에서도 '일一(온 누리의 근본본체)에서 비롯하나 일은 비롯함도 없어서(一始無始一) 삼(천·지·인)으로 나누어질 극으로 다 함없는 근본이로다(所三極無盡本). …… 사람이 중심이 된 하늘과 땅의 일이니(人中天地一), 일이란 마쳐서도 마침이 없는 일이다(一終無終一)'라고 말하고 있음도 처음과 끝을 초월한 우주의 진리를 보인 것이며 '혼돈의 우주질서'(chaosmos)를 말해주고 있다.

　우리 민족의 자연관의 뿌리도 여기서부터 발원하였으며 그러기에 사람도 '하늘'에 종속되어 있다고 보아 사람과 자연계가 '하늘'을 매개로 일체화一體化되어 있다고 보았다.

　동양 사람의 자연관은 하늘에 대한 인간의 독자성보다는 사람은 어떤 형식으로든 '하늘'과 합일함으로써 인간의 불완전성을 극복하려고 한 것이었으며 요컨대 이는 하늘을 통한 인간과 자연계의 결합이기도 하였다. 이는 우리 민족 사상의 원형인 천·지·인 합일天地人合一의 '한사상'과도 맥脈을 같이 하고 있는 자연사상이다.

　동양사상에서 말하는 '만물일체'라고 하는 자연관도 바로 이와 같은 합일의 사상에 뿌리를 두고 있다.

　중국의 전통사상에는 또한 자연계의 실체를 형성한다고 보는 '치qi(기)氣'의 사상이 있다. 즉, 우주론을 구성하고 있는 가장 기본적인 범주로 본 '기'는 우주에 충만하고 있는 미물질 및 정기精氣로서 만물을 형성하며 생명과 활력을 부여하는 에너지로 보았다. 그리하여 '기'는 끊임없이 운동하면서(정적靜的이면서도 절대적인 정지는 아니다) 만물의 생성·변화를 주제한다고 본 것이다.

역사적으로 본다면 '기'의 개념은 유물론적 자연관을 싹트게 했는가 하면 또한 과학사상(천문학·의학 등)이나 미술(특히 회화)이론에도 지대한 영향을 주기도 하였으나 '기' 자체는 그 형상形狀과 성질이 분석적으로 이해되지 못하고 막연한 등질성等質性으로 온 세상에 편재하고 있으면서 '집산운동'13)을 되풀이 하는 것으로 표상되었다.

따라서 '기'를 실체로 하고 있는 자연계의 만물은 사람까지도 포함하여 이 기의 등질성으로부터 분리됨이 없이 연속적인 취산聚散 운동을 통해서 만물이 일체를 이루게 된다고 본 것이다. 여기서도 우리는 인간과 자연계를 결합시킨 만물일체관萬物一體觀의 근거 이유를 발견할 수가 있다.

이렇듯 동양사상의 자연관의 기저에는 만물일체관이나 천·지·인 합일의 사상과 만물은 나와 한몸이라고 하는 사상이 그대로 이어져오고 있다.

이와 같은 자연관에 병행하여 동양적인 자연관에는 불교적인 자연관도 직·간접적인 영향을 주었다. 불전佛典에 의하면 '자연'은 산스크리트의 '자성自性svabhāva'(존재의 고유의 본성 또는 진성眞性) 또는 자재자自在者svayambhū의 역어로서 사용되었다.

오吳 나라의 역경가였던 지겸支謙Zhi-qiān(2세기 말-3세기 중엽)은 자연을 '인과성Kāryakāranabhāva'을 초월한 자유의 경지 또는 인과성에 묶인 필연성의 상태를 나타내는 의미로 사용하였다.

이 가운데서 현실을 초월한 의미의 '자연'이란 왕필王弼Wáng Bì(226-249)의 『노자도덕경주老子道德經注』 제35장에서 말하는 '사람은 땅을 본받고(人法地), 땅은 하늘을 본받고(地法天), 하늘은 도를 본받고(天法道), 도는 자연을 본받는다(道法自然)고 끝을 맺고 있는 것처럼 자연이란 대상화시킬 수 없는 궁극적인 상태(도道)를 나타내는 의미의 '자연'에 가깝다.

서진西晋의 축법호竺法護Zhú Fǎ-hù(3세기 중엽-4세기 초)도 초월과 탁월이라는 상황을 형용하는 용어로서 자연을 사용하였으며 그리하여 불세존의 탁월한 지혜를 자연지自然智라고 하여 범인의 지혜와 구별하였다.

승조僧肇Sēng-zhào(374/384-414?)는 노장老莊의 '무위자연'의 사상을 받아들여 인연을 초월한 근원적인 진리이며 궁극적인 경지인 '열반nirvana'의 경지를 '자연'으로 보았으며 그는 구마라습鳩摩羅什Kumārajīva(344-413 또는 350-409:인도의 학승이며 불전의 번역가)의 말을 인용하여 '무인無因이 자연이다'라는 자연관을 피력하였다.

일본의 경우도 '자연'의 개념이 『후도기風土記』(나라奈良시대 말기 <710- 784>에 각 지방의 지명의 유래·지세·산물·전설 등을 적어 조정에 올린지지地誌)나 『만요슈万葉集』(일본 최고最古의 가집. 20권. 4516수, 제16대 닌도구댄노 仁德天皇(313년 즉위)시대부터 제47대 준닌댄노 淳仁天皇(733-765)의 댄뵤호지天平寶字(연호) 3년(759년)까지 수록한 가집)에서 약간 사용되기도 했으나 사상적 문맥에서 사용된 것은 밀교승密敎僧이었으며 진언종眞言宗의 개조인 '구가이空海'(774-835)의 『비밀만다라십주심론秘密蔓荼羅十住心論』(ひみつまんだらじゅうじゅうしんろん)에서였다.

여기서 사용한 지낸(じねん)自然이라는 말은 산스크리트의 '자성自性'svabhāva의 역어로서 사용되었으며 이는 노장老莊의 '자연'과 같은 의미라고 구가이는 말하였다. '지낸'이 '시젠 自然'으로 바뀌게 된 것은 유교사상이 들어와서부터이다. 유학자 야마가소고山鹿素行 (1622-1685)는 『성교요록聖教要錄』(1665)에서 '천지만물사이에 자연 (시젠=じねん)의 조리가 있다고 하는 사실이 이를 말해주고 있으며 그러나 자연(じねん)이 nature와 같은 뜻으로 사용되기 시작한 것은 이나무라 산바구稻村三伯(1759-1811/화란학의 대가이며 의사였음)에 의해서 일본 최초의 난일사전蘭日辭典 『하루마와가이波留麻和解』(1796)에서 화란어의 natuur에 시젠(しぜん)이라는 역어를 대역시키면서부터 자연을 nature로 보게 되었다.

현대의 자연관

현대에 와서 자연관은 바야흐로 크게 변하려 하고 있다. 그 변화란 기본적으로는 자기조직계self-organization system라고 하는 개념에 의해서 추진되었다.

즉, 자연계를 생명계와 비생명계로 이원적으로 대립시키지 않고 전체적인 일련의 질서형성의 기반으로 보아 혼돈chaos 그 자체는 새로운 질서에 앞선다고 하는 『혼돈으로부터 나오는 질서Order out of Chaos』14)의 이론을 논한 일리야 프리고진Ilya Prigogine(1917-), 자연계 진화를 '자기 초월적 과정self transcendenting'—자기초월을 통한 자기실현self-realization—으로 보아 진화는 먼저 앞서 있었던 것을 넘어서는 놀라운 힘을 가지고 있다고 생각하여 '자기 조직화하는 우주 self-organizing universe'를 논한 에리크 얀스Erich Jantsch(1929-1980)[15], '자기 창출성autopoiesis'(그리스어에서 '자기'를 뜻하는 *autos*+만들어내다를 뜻하는 poiein의 합성어로서 self-production을 의미함)의 이론을 제기한 프란시스코 바렐라Francisco Varela(1946-   )[16] 그리고 린 마굴리스Lynn Margulis (1938-   )의 공생진화설symbiotic evolution theory[17], 제임스 러브록James Lovelock(1919-   )의 '가이아 가설Gaia hypothesis'[18]도 자연관의 변화에 영향을 주었다.

이들 이론들은 이른바 '복잡성의 과학Science of Complexity' 이론이다. 요컨대 유기체의 자기조직화 과정에는 수많은 화학반응이 비선형적非線型的으로 연결되어 일어난다는 사실을 설명하는 신과학 용어이다.

복잡성의 이론은 종래의 과학적 의식의 틀로부터 벗어나 선형線型이 아닌 비선형, 부분이 아닌 전체, 기계론이 아닌 관계와의 상호작용, 연속성이 아닌 불연속, 환원이 아닌 종합을 통해서 사물을 인식하고자 하는 이론이다.

따라서 복잡성의 과학의 관점에서는 자연을 자율적인 자기형성적인 것으로 이해하며 그러기 위해서는 기계론적인 요소주의를 넘어서 자연을 전체론적holistic인 체계·구조로 보아 환경과의 밀접한 상호작용 하에서 자율적으로 자기를 보존해갈 뿐만 아니라 적당한 조건 하에서는 새로운 자기형성을 꾀하여 가는 등 점차적으로 자기발전을 펼쳐간다는 것이다.

이렇듯 우주의 형성에서부터 시작하여 생명의 진화를 거쳐서 인간의 탄생에 이르기까지 그리고 문화의 형성까지도 포함하여 자연을 자기조직계의 발전으로서 이해하려는 새로운 가치관, 세계관이 형성되어가고 있다.

　이와 같은 자연관은 종래의 타율적이며 요소주의적인 기계론과는 대립된 자연관이며, 생명을 잃은 죽은 자연 즉 시계時計 모델의 자연관을 넘어서는 '생명 모델'의 유기적인 생존 체계에서 저마다의 자리를 차지하고 있는 자연관이다. 이런 의미에서 본다면 인간 및 생물은 말할 것도 없고 우주나 지구도 모두가 살아 있는 존재인 것이다. 그리고 현재도 쉬지 않고 계속 발전하고 있다. 인간이란 기실은 이와 같은 우주의 생명체의 일환에 지나지 않다.
　그러기에 제임스 러브록은 '가이아'의 가설에서 지구의 생물들·대기·대양·지표면 등은 모두가 함께 하는 복잡한 시스템을 형성하며 그 자체가 지구를 생명이 약동하는 쾌적한 환경으로 만들고 있다고 보았으며 그리고 지구는 하나의 생명체처럼 현묘玄妙한 균형(항상성homeostasis)을 유지함으로써 다른 생물들과 더불어 살아가고 있음을 말한 것이다.

　이제 우리는 죽은 것을 기준삼아 살아 있는 것을 그곳으로 환원시킬 것이 아니라 살아 있는 상태를 기반삼아 자연 전체를 자기조직계로서 보지 않으면 안된다. 그러나 이것은 단순히 고대 그리스의 '퓌시스physis'나 '생기론生氣論vitalism'으로 되돌아 가는 것을 말하는 것은 아니다.
　고대 그리스에서 '자연physis'을 부각시킨 것은 '프쉬케psyche(생명원리로서의 근원적 실체)였거니와 이 프쉬케는 아리스토텔레스에 의하면 하나의 '형상形相eidos/form(생성변화하는 것은 질료hyle/matter에 형상이 주어지는 형질결합체로서 생성한다. 이때 질료는 가능태可能態이고 형상은 현실태現實態이다)이며 이는 전체적·직관적으로는 파악되지만 자칫 설명해야 할 대상을 비밀스럽고 모호한 차원으로 옮겨 놓을 우려가 있다.

또한 그것은 자기조직성의 담당자로서 자연을 생기론vitalism의 '엔텔레케이아entelecheia/enthelchy[19]나 스토아 학파Stoics가 말했던 프네우마pneuma(생명과 이성을 가지고 자기운동을 하며 모든 것을 만들어내는 생명원리이자 우주적 원리)처럼 막연한 실체의 도입을 통해서 이해해야 한다는 것도 아니다.

다행히도 '정보과학'의 발전으로 인하여 '정보'와 그 전달기구가 밝혀짐으로써 우리는 자기조직현상을 파악함에 있어서 결정적으로 중요한 도움을 받고 있다. 현재 '자기조직계'의 이론은 이 밖에도 프리코진의 '산일구조散逸構造dissipative structure'[20]의 이론에 의해서 자연에 대한 합리적인 탐구를 가능하게 하고 있다.

만일 '산일구조'가 사실이라면 그것은 심오한 의미를 지니고 있으며 무엇보다도 가장 흥미로운 복합체인 생명 그 자체가 수십억년 전에 지구 상에 출현하게 된 메커니즘에 대해서도 더 깊이 이해할 수 있게 될 것이다.

이렇듯 한 시스템이 외부로부터 조종되지 않고 자체의 역동성으로 발전하는 '자기조직계'의 자연관은 사상적으로는 자율적이며 자기발전적인 '스스로가 지니고 있는 바 역동성에 의해서 그렇게 생멸 · 집산을 거듭한다'고 하는 의미를 시사하고 있는 '자연(한국)', '쯔란(중국)', '지낸 · 시젠(일본)' 또는 존재의 고유의 본성인 스봐바바_svabhāva_(자성自性)와 스봐얌뷰_svayambhū_(자재자 自在者)를 자연으로 본 동양적인 자연관과 상통하고 있는 점을 이해할 수가 있다.

이와 같은 새로운 관점의 자연관을 서구사회에서 제창하고 있는 사람들이란 한결같이 동양의 자연관에 매우 가깝게 접근하고 있음을 표명하고 있거니와 이는 결코 우연이 아니라 필연인 것이다. 왜냐하면 자연이 자체조화가 아니며 모든 현상들의 통일성과 상호연결을 갖지 않는다면 자연은 그 의미를 갖지 못하기 때문이다. 이런 점에서 동양의 자연관에 대한 재검토, 재고찰은 환경문제 해결을 위해서도 절실하게 요청된다.

지금이야말로 우리는 '자연'의 개념에 대한 본연의 인식으로 돌아가기 위하여 동양과 서양의 사상이 공감대를 갖고 협력해야 할 때라고 본다. 이 경우에 '자연'을 인식할 '인간'은 자연 밖에 있는 방관자의 위치에 있는 것이 아니라 그 자신이 자연 생명체의 일부이며, 자연의 품 속에 안겨 있으면서 자연을 인식한다고 하는 '자기언급'self-reference(자기지시 · 자기참조라고도 하며 자기관계Selbstbeziehung 재귀성再歸性reflexiveness의 일종이다)적인 의식구조가 중시되지 않으면 안될 것이다.

이제는 '정신'과 '역사'도 '자연'과 대립해야 할 성질은 아니다. '정신'도 '자연'의 역동성 · 자성 · 본성의 발현 · 진전의 일환이며, '자연'도 또한 '역사'와 '정신'의 흐름을 타고 발현된다. 자연은 눈에 보이는 생명원리 · 우주원리로서의 정신의 발현이며 정신은 눈에 보이지 않는 자연이다. 지금 이 순간에도 자연은 자체조화self-consistency를 위해서 숨쉬고 있을진대 자연의 일부이며 다른 모든 생명양태와 더불어 살아가야 할 우리가 어찌 자체조화의 숨결을 막을 수가 있단 말인가!

▎1) 10세기 중엽에 아라비아의 바슬라에서 활동하였던 철학자의 일단이 철학중심
   의 52부의 학문에 걸친 론저의 백과사전적 서적(수학/14론문, 신학·종교론/11
   론문, 영혼·지성론/10론문, 자연학/17론문), 『이프완 사파 교서Rasāil Ikhwān
   al-Safā』의 저자들 또는 그들 일단의 호칭이다. 이프완 사파란 '청정의 형제', '성
   실의 무리', '진리의 추구자들'을 의미한다. 영혼의 정화·완성을 통해서 우주적
   지성에 도달하는 일을 궁극적인 목적으로 보았다. 그리고 이슬람의 교법이 무지
   와 오류로 더럽혀져 있기 때문에 그리스 철학을 도입하여 정화시켜야 한다고 보
   았다.

▎2) 이슬람Islam이라고 하는 일신교적 전통 속에 아리스토텔레스 철학을 핵으로
   한 그리스적 제학문의 방법론 및 세계관을 도입·확립시켰다. 그가 남긴 200점
   이상의 저술 가운데서 철학 및 의학 분야의 대표작은 『치유의 서Kitāb al-Shifā』
   와 『의학전범 al-Qānūn fī al-ṭibb』이다. 이븐 시나는 '아비센나(=아비켄나
   Avicenna/라틴어명)의 이름으로 서양 그리스도교 세계에도 널리 알려졌다. 그의
   세계관은 신플라톤주의적 유출론에 근거하였으며 세계는 제1원인인 신神으로부
   터 단계적으로 파생·유출한다고 보았다.

▎3) 자비르 이븐 하이얀Jabir ibn Hayyān(8세기 아라비아의 압바스 Abbās왕조 王朝
   의 화학자이며 연금술의 대표자)이 남긴 『자비르문서Liber Jabir』는 연금술을 중
   심으로 과학·철학·의학·점성술 등 헬레니즘을 배경으로 한 당시의 상황을
   알 수 있는 중요한 문헌이다. 『동방의 수은al-Zi'bagu'l-Sharqi』, 『농담 濃淡의 서
   Kitabu'-Tajmi'』도 화학적 야금학적 조작에 관한 넓은 지식을 소개함으로써 비금
   속으로터 귀금속으로의 전환을 기대할 수 있는 설명의 원리가 되었다. 또한 라지
   이븐 자카리야Razi ibn Zakariyā(865경-925/932)도 예언이나 계시를 부정하고 아
   리스토텔레스 철학보다도 원자론과 플라톤주의의 영향을 강하게 받은 철학자로
   서 신으로부터 인간의 지성에 이르기까지의 10단계적 지성의 유출의 이론을 수립
   하였다는 것도 후일의 유럽에 있어서 프란시스 베이컨Francis Bacon(1561-1626)
   의 조작적 과학과 연관지을 수 있는 대목이기도 하다. 그러나 이슬람에서는 자연
   의 조작 사상은 있었으나 베이컨과 같은 자연의 지배 사상은 없었다.

4) 에피쿠로스Epikouros(B.C. 341?-270) 철학 특히『자연에 관하여Peri Pluseos』를 신봉한 로마의 시인 철학자이며 그의 유일한 저작에는 '사물의 본성'을 논한 『자연에 관하여De rerum natura』(6권)라고 하는 유물적인 원자론의 기조 위에서 쓴 철학적 교훈시가 있다. 특히 일체의 현상을 인과관계의 관점에서 논리적으로 이해하려고 한 태도에서 주목을 받았다.

5) 키프로스Cypruss의 제논Zēnōn(B.C. 335?-263?)에 의해서 B.C. 300년 경에 창립된 학파이다. 아테네의 '스토아 포이킬레Stoa Poikile(체색화의 주랑 柱廊)'에서 가르쳤던 것에서부터 붙여진 이름이다. 스토아 학파의 자연관은 유물론적 범신론이며 존재하는 모든 질료(물체)는 '로고스logos'에 의해서 규정되고 로고스는 현존하는 세계에 내재하면서 앞으로 생성할 가능성으로서 존재하고 있기 때문에 이를 '종자로서의 로고스supermatikos logos'라고 보았다. 그리고 로고스의 내용이 전부 실현되고 나면 이 세상은 한 주기를 끝내고 다시 처음부터 재현하게 된다고 보았다. 요컨대 자연을 지배하는 것은 로고스라고 생각했으며 로고스와의 일치를 자연과의 합일된 생활이라고 보았으며, 이런 생활을 인간이 생존하는 근본된 생활이라고 보았다.

6) 프네우마란 공기·호흡을 뜻하는 그리스어이며, 라틴어의 '스피리투스 spiritus', 히브리어의 '루아rûah', 산스크리트의 '아트만ātman'과 같다. 스토아 학파Stoics에 의해서 생명체만이 아니라 만물을 지탱케하는 신적인 작용원리로 보아 모든 존재의 원리라는 뜻으로 쓰이게 되었다. 일반적으로는 생명원리와 같은 내재적 원리로서 또는 우주적 원리처럼 초월적인 의미로 이해되고 있다.

신약성서의 그리스어 표기에서도 '프네우마'는 숨결이나 생명원리로서의 '영혼' (데살로니카 2:8, 야고보서 2:26)이나 심적 활동의 자리를 점유하는 정신(마태오 5:3;26:41)의 의미로 사용되었다. 또 인간의 이해를 초월한 초자연적·초감각적 존재로서의 영靈을 나타내는데도 사용하였다. 하느님을 섬기는 영적 존재인 천사들(히브리 1:14)이나 사람을 괴롭히는 악령(루가 8:2) 등 하느님과는 독립된 존재로서 묘사되기도 하였다. 그러나 대부분의 경우 '프네우마'는 구약성서에 나오는 영적 개념(rûah)이나 절대적인 초월자의 힘을 뜻한다(요한 4:24) 이밖에도 프네우마는 영 또는 성령이 그리스도를 수육incarnation시켜(마태 1:18), 그리스도로 하여금 기적을 행하게 했고(마태 12:28), 부활케한 성령의 의미로도 사용하였다(로마개 1:4;8:11).

성령은 또 신도들에게 믿음을 주며(고린도 1:4;8:11), 진리(지혜)를 깨닫게 하고 (고린도 2:10-16), 경건한 생활을 가능케 하며(갈라디아 5:16-25), 죄와 죽음으로부터의 해방시키어(로마서 8:2-11), 교화에 선교의힘(사도행전 2; 고린도 12:4-13/카리스마charisma)과 신앙에 의한 일치(에페소 4:2-4)를 가져다 주는 의미로도 사용되었다.

이렇듯 신약성서에서 사용되고 있는 '프네우마' 개념의 다의성은 후에 그리스도교 신학에 있어서 '성령론pnematology' 또는 '삼위일체론trinity'의 체계화를 요청하게 되었다.

▌7) 종래의 연역적 방법deductive method을 배격하고 경험으로부터 출발하는 귀납적 방법에 의해서 파악된 형상形相forma(=에이도스eidos:에이도스란 그리스어의 '보다(eidō)'를 뜻하는동사로부터 파생한 명사이며 '보여지는 모습'으로서의 '자태', '형상'과 '종류', '형식'을 의미한다)에 의해서 자연을 지배할 것을 이상으로 하였다. 그러나 그는 자연은 복종함으로써만 정복할 수 있다고 보았다. 특히 『지식의 예찬』(1592)에서 '우리는 자연을 지배하고 있는 것처럼 생각하고 있지만 실제 필요에 있어서는 자연의 노예이다'라고 말하고 스콜라적 자연관을 비판하였다. 그가 자연을 해석하고 인식함에 있어서 네 가지 선입견인 '우상idola' (종족tribus, 동굴specus, 시장fari, 극장theatri)을 지적하고 특히 종족의 우상은 인간의 본성 자체에 내재해 있기 때문에 인간의 인식에 대한 지속적인 장애물이 된다고 보아 경험주의적 비판주의의 방향을 제시한 것은 자연법칙의 파악을 중시하는 근대 과학의 경험적 방법론의 기초를 제공했다.

▌8) 3세기 중반에서부터 6세기에 걸쳐서 플로티노스에 의해서 펼쳐진 플라톤주의의 일종이다. 플라톤으로의 복귀를 주장하면서 플라톤의 주요 학설을 토대로 그리고 동방에서 전래된 종교사상과 신비사상을 적용하여 그리스 · 로마 철학을 하나의 사변적인 체계로 종합하려고 노력한 철학사조였다. 이 명칭은 플라톤 자신의 저술 내용과 후대의 학파가 전개한 여러 사상과의 다른 점이 문헌학적으로 자각된 19세기 중반에 와서 만들어진 명칭이다. 당대의 사람들이 자칭한 것은 아니다. 신플라톤주의의 핵심을 이루고 있는 것은 '근원(신)적인 일자一者to Hen, the One'의 이론이며 다양한 현상은 근원(신)적 일자로부터 유출을 통해 단계적으로 산출된다는 것이다.

▌9) 신플라톤학파나 신비주의자가 마술이나 점성술 등의 저서나 『헤르매티카Hermetika』라고 하는 반종교적 철학서의 저자에게 붙인 진리의 예언자로서의 신명神名인 '헤르메스 트리스메기스토스Hermes Trismegistos'에서 나온 말이다. 헤르메스주의Hermeticism에는 그리스철학, 이집트의 태양신 신앙, 헬레니즘, 유대교, 페르시아 문학 등의 소재가 침투하고 있다. 특히 『아스클레피오스Asklepios』 (그리스의 의신醫神)같은 일원론적 경향의 저서는 인간 · 사회 · 자연을 통일하는 친화력을 갖는 세계와 생리와 산출력이 충만하는 세계를 논술하여 범신론적 분위기를 환기시켰다.

▌10) 뷔퐁의 자연에 대한 관심은 그의 역저 『박물지Histoire naturelle générale et particulière』(44 vols, 1749-1804 왕립식물원장이었으며 자연과학자 · 파리대학교 교수였던 제자 라세패드Bernard Germian Lacépèdés 1756-1825)에 의해서 완성됨)

에 잘 나타나 있고, 또한 『자연의 제시기諸時期Epoques de la nature』(20 vols)도 유명하다. 그의 사상은 합리정신 · 비판정신 · 실증정신에 기반을 둔 기계론을 넘어선 체계적이며 통합적인 자연관이었으며 자연계의 연속성을 주장하였다.

| 11) 본명은 Philipp Friedrich Freiherr von Hardenberg이다. 독일 초기 로맨티시즘을 대표하는 시인이며, 영원한 생과 평화의 세계를 동경하고 감성과 영성이 융합한 초자연적 세계를 노래하였다. 특히 깊은 사랑의 정신으로 자가침잠함으로써 맺어지는 자연과의 깊은 연계의 회복을 동양적인 지모신地母神 신앙의 정서로 묘사한 『사이스의 제자Die Lehrlinge zu Sais』(1798)는 그의 자연관의 결실이다.

| 12) 피테Johann Gostlieb Fichte(1762-1814), 헤겔Geog Wilhelm Friedrich Hegel (1770-1831)과 더불어 독일 관념론 철학을 대표했던 철학자. 자연을 생성하는 지성(이성의 상향형태)으로 보고 자연의 목표를 생명에다 둠으로써 기계론적 결정론을 벗어나 유기적 자연관을 취하였으며 자연의 근원을 우주영宇宙靈으로 이해하였다. 자연과 정신은 같은 뿌리를 갖는다고 하는 사상으로부터 양자의 최고 통일을 예술에서 발견하여 낭만주의 철학의 기초가 된 미적관념론을 수립하였다. 그는 여기서 더 진전하여 자연과 정신과를 절대자의 두 현상의 형식으로 보고 절대자에게 있어서는 주관과 객관이 무차별적 동일이며 다양한 현상을 하나의 절대적 실체의 발현이라고 보는 동일철학Identitiätsphilosophie을 주장하였다.

| 13) 취산聚散이라고도 함. 일기 一氣의 관점에서 설명할 경우의 운동형태이다. 즉, 기가 응집(취聚)하게 되면 만물의 형상이 이루어지고 생명이 부여되지만 시간이 경과됨에 따라서 만물은 생명체의 응집력이 이완됨으로써 만물은 본래의 우주공간에 확산되어가는 만물의 생멸 · 변화를 의미한다. 『장자 壯子Zhuang zǐ』(외편 外篇) · '지북유편知北遊篇'에서 사람이 살아 있는 것은 기가 모이기 때문이며 기가 모이면 살고 기가 흩어지면 죽는 것이다. '人之生氣之聚也로 聚則爲生이요 散則爲死라'고 말한 것도 취산을 의미한 것이다. '취산론'을 계승발전시킨 사람은 북송 北宋의 장횡거 張橫渠Zhāng Hèng-gú (1020-1077)였다.

| 14) I. Prigogine & I. Stenger, Order out of Chaos, New York : Bantam(Originally Published French : 1979), 1984.

| 15) E. Jantsch, The Self-organizing paradigm of evolution, Oxford : Pergamon Press, 1980.

| 16) F. Varella, H. Maturana & K. Uribe, Autopoiesis : The Organization of living system, Biosystem 5, 1994, pp. 187-196.

| 17) Lynn Margulis and Dorian Sagan, Microcosmos : Four Billion Years of microbial evolution, New York : Summit Books, 1986.

| 18) James Lovelock, Gaia : A New Look at Life an Earth, New York : Oxford

Univ. Press, 1979.

'가이아가설'은 '인류를 비롯하여 지구상의 전 생명체는 본래의 자기조정·자기 유지의 기능을 갖는 하나의 생명체를 이루고 있다'는 것을 말하고 있다. 이와 같은 가설은 영국의 화학자 제임스 러브록과 생물학자 린 마르굴리스가 NASA에서 공동연구를 할 때(바이킹Viking 위성을 발사하여 화성Mars의 생명체 존재 유무에 대한 탐구 계획을 세울 때 NASA의 요청으로 참여하였다) 러브록이 발안하고 마르굴리스의 협력을 얻어 가설로서 제창하게 되었다. 러브록이 사용한 '가이아'는 그리스 신화에서 등장하는 대지의 여신으로서 이는 소설가 윌리암 골딩 William Golding에 의해서 붙여진 이름이라고 한다.(위책, p. 265).

▌19) 질료 안에서 스스로를 실현하는 형상, 즉 생명본질의 완성된 완전현실태完全 現實態이다. 후에 생명체의 활력, 정신을 표현하는 말로 쓰이다가 독일의 생물학자 한스 드리시Hans Adolf Eduard Driesch(1867- 1941)에 의해서 생명체 안에 있는 비물질적이고 목적론적인 힘을 가리키는 용어로 사용하여 주목을 받았다.

▌20) 물리·화학자 일리야 포리고진은 양자물리학자 데이비드 봄David Bohm (1971-1992)의 감추어진 질서implicate order/펼쳐진 질서unfold order 개념이 물리화학분야의 특정 초상超常현상을 설명하는데 도움을 줄 수 있으리라고 생각하고 그는 더 큰 무질서 상태로 끊임없이 변해가는 사물의 경향성을 우주의 법칙의 하나라고 믿어왔다. 그는 어떤 화학물질들은 서로 혼합하면 더 무질서한 물질이 되는 것이 아니라 더욱 질서정연한 구조로 변한다는 사실을 발견하고 이경우에 자발적으로 나타나는 질서정연한 시스템을 '산일구조'라고 불렀다. 즉, 그에 의하면 비평형 시스템은 미소한 상태의 흔들림에 대해서도 불안정하며 여기서는 흔들림 가운데서 어떤 역동성이 선택적으로 증폭되어 시스템에 새로운 질서가 만들어지는 경우가 있다는 것이다. 이 신비로운 현상을 발견한 공로로 1977년에 노벨화학상을 수상했다. 그는 산일구조의 본원에 대해서, 이것은 현실의 감추어진 측면이 펼쳐져 나타난 것이며 우주 속에 더 심오한 차원의 질서가 존재한다는 증거라고 보았다.

첫번째
공존을 위한 인간주의의 기반

시 한 줄을 장식하기 위하여 꿈을 꾼 것이 아니다.
내가 월든walden 호수에 사는 것보다
신과 천국에 더 가까이 갈 수는 없다.
나는 호수의 돌 깔린 기슭이며
그 위를 스쳐가는 산들바람이다.
내 손바닥에는 호수의 물과 모래가 담겨 있으며,
호수의 가장 깊은 곳은 내 생각 드높은 곳에 떠 있다.

헨리 데이빗 소로우Henry David Thoreau 『*Walden*』(1854)

인간은 자연의 일부이다

'사람은 흙으로부터 와서 흙으로 돌아간다', '자연으로부터 와서 자연으로 돌아간다', '인연따라 와서 인연따라 간다' 이 말은 우리가 흔히 영결식장에서 들을 수 있는 말이다.

이런 표현들이 담고 있는 의미에는 가장 통념적인 의미로 보아 사람은 자연의 일부임을 암묵적으로 시사하고 있을 뿐만 아니라 자연은 만물의 집으로서 일체의 존재를 갈무리하는 유기적 통합체이며 인간은 그 통합체의 '일부'이며 자연생명원리로서의 인因과 생멸의 연緣에 따라 세상에 태어났다 생을 마감한다는 것을 말해주고 있다.

그러나 이제까지 우리는 마치 먼 외계에서 지구에 이주해 온 존재인 양 우리 인간들끼리만 동일한 정체성正體性을 공유하며 살아왔고 인간 이외의 다른 모든 것들은 전혀 배려할 필요가 없다고 여겨왔다.

이제 우리는 우리가 함께 사는 사람들뿐만 아니라 자연계까지 아우르며 공존共存할 때에만 진정한 인간이 될 수 있다고 생각한다.

그렇게만 된다면 인간은 마치 다른 혹성惑星에서부터 건너와 지구
상의 다른 토박이 생명체들과는 아무 것도 닮은 것 없는 존재인 것
처럼 교만스럽게 행동할 때와는 다른 태도로 자연을 대하게 될 것
이다. 이러한 태도야말로 자연과 인간의 공존을 위한 휴머니즘의
기반이라고 본다.

돌이켜보면 지금까지의 산업사회의 모든 구성원들은 자신들이
마치 다른 행성에서나 온 정복자처럼 생각하여 이곳에 속하지 않
는 특별한 존재인양 처신해왔다. 특히 경제와 과학분야에서 우리의
사고와 행동을 지배하고 이끌어왔던 의식意識 또한 그런 태도에서
조금도 벗어나지를 못했다.

물리학자이자 철학자이며 인간과 자연의 통합을 위한 경험과학으
로서의 물리학의 통일을 역설하였으며 핵무장을 반대한 '괴팅겐 선
언Gottingen Deklaration'[1](1957/<원자력시대의 과학의 책임Die Verant wortung der
Wissenschaft im Atomzeitalter Göttingen>)의 주역이었던 독일 최고 지성인의
한사람인 바이츠제커Carl Friedrich von Weizsäcker(1912~)는 1972년 로
마 클럽The Club of Rome(『성장의 한계The limits to Growth』를 보고함)[2]의 일원
으로서 과학기술의 진보와 인류의 미래에 대한 철학적 사색을 통해
서 자연과학과 자본주의는 똑같은 실패작이라고 비판한 바 있다.

사실 자연을 자원이나 물질로만 여겨 이를 상품화한 것과 자연
을 과학의 대상으로 여겨 이를 인간의 행복과 복리에만 유용하도
록 지배해왔던 것은 모두 인간이 자연에 속하지 않는다는 잘못된
생각에서 비롯한 오류誤謬들이다.

우리는 아직도 이와 같은 오류에 사로잡혀 있다. 과학과 기술이

효율적으로 지배하는 세계가 자연을 위기에 몰아넣고 있으며 그 결과 우리를 위협하고 있는 것을 똑똑히 지켜보았음에도 불구하고 우리는 자연을 인간 바깥에 있는 단순한 '주변세계surroundings'나 우리를 둘러싸고 있는 지리적·물리적 공간쯤으로 생각하거나 '인간이 아닌 하찮은 대상의 그 무엇' 정도로 생각하고 있다.

일부에선 '우리 인간들도 자연의 일부'라고 말하지만 놀랍게도 우리의 생각은 달라진 것이 거의 없다. 아직도 인간중심적인 현상은 도처에서 볼 수 있다. 예컨대 산업생산을 축으로 하는 경제 시스템이 생활 환경을 파괴하고 있는 현실이나 자연과 사회 문제를 다루는 학문의 주된 흐름이 자연으로부터 인간을 떼어놓았다는 사실은 이와 같은 인간중심주의anthropocentrism 의식을 잘 보여주고 있다.

오늘날의 인간중심 산업사회가 과연 미래에도 살아남아 있을 것인지 멸망할 것인지는 인간이 자연의 일부라는 것을 깨닫고 이에 걸맞게 행동하느냐 못하느냐에 달려 있다. 일찍이 독일의 신비주의 사상가 니콜라우스 쿠사누스Nicolaus Cusanus (1401~1464)[3]가 "모든 인간은 우주가 인간으로 화한 것이다"라고 한 말은 우주가 감정과 이성을 가진 생명체라는 아주 현묘玄妙한 형태로 축소 재현된 것이 인간이라는 뜻에서 우리에게 시사하는 바가 크다. 자고로 인간을 소우주microcosmos(혹은 minormundus)로 본 것도 인간 속에 대우주macrocosmos(또는 major muodus)의 본성과 능력이 내재하고 있는 대응관계와 또는 우주 그 자체가 하나의 거대한 유기체로서의 인간이라고 본 양자의 유비類比관계에서 나온 말이다.

우리는 아직도 자신이 '인간으로 화한 자연'이라는 사실을 깨달지 못하고 있다. 그러기에 오늘날의 경제와 학문은 자연과 사회가 절대적인 대립관계에 있다는 관점에서 펼쳐지고 있으며, 자연이 아닌 인간과 인간이 아닌 자연이 서로 대립하고 있다는 관점을 보여주고 있다.

자연의 위기를 초래한 경제체계와 학문구조에서부터 벗어나는 길은 먼저 인간이 자연의 일부라는 사실을 인식하는 일에서부터 시작된다. 우리가 자연의 일부라는 사실을 깨닫기 위해서는 우리 자신만이 존귀한 주체이며 그밖의 세계는 소유와 이용의 대상이며 자연은 공존의 대상이 아니라 인간을 위해 존재하며 인간의 필요를 채워주는 '자원의 집합' 정도로 생각하는 인간중심주의적인 그릇된 태도로부터 벗어나지 않으면 안 될 것이다.

물론 인간과 인간의 관계—체제·국가·정당·계급—에서와 같이 인간 중심주의가 좋은 의미를 가질 경우도 있다. 그러나 인간과 인간의 관계에서 통하는 말이나 척도를 인간과 자연과의 관계에까지 확대해서 적용시키는 것은 최대의 오류이며 비극이다. 부끄럽게도 21세기를 살고 있는 우리는 고대 그리스에서 소피스트를 자처했던 프로타고라스Protagoras(BC 494/488~424/418)가 남긴 '만물의 척도는 인간이다panton metron ho anthrōpos'라고 본 자기모순의 고정관념에 사로잡히고 있는 셈이다.

인간이 자연 안에서 일어나는 일에서까지 그 중심이 되고 보편적인 척도가 되어야 한다고 생각한다면, 그것은 자연 공동체에서 차지하는 인간이라는 종種의 위치를 터무니 없이 과대평가하는 오만이 아닐 수 없다.

이와 같은 오만은 자기주변의 사람들이 모두 자기를 위해 존재하며 이용가치가 있는 존재로만 생각하는 개인의 이기주의와 하등 다를 것이 없다. 이런 맥락에서 인간을 모든 피조세계被造世界의 극치이며, 모든 가치의 근원이며, 만물의 기준이라고 생각하는 것은 '인간 이기주의'에서 비롯된 세계관인 동시에 자연의 일부인 인간 본래의 인간주의는 될 수가 없다고 본다.

문명의 상위개념

문화 · 문명은 오직 인간에게만 허락된 창조의 정신과 능력을 통해서 인간의 이상 실현과 보다 나은 삶을 위하여 노력한 산물이다. 때문에 문명화된 사회일수록 문화 수준도 높고 사람들의 삶은 그만큼 편리하고 만족스럽고 효율적이지만 반면에 인간의 자연지배력은 더 커져가고 있다.

일찍이 프란시스 베이컨Francis Bacon(1561~1626)은 과학을 "인간의 위대한 영토를 확대시켜 주는 것"이라고 보았으며, 데카르트 René Descartes(1596~1650)는 과학이란 인간을 '자연의 지배자와 소유자'로 만들어 준다고 생각하였다.[4] 이로부터 거의 3세기 반이 지나서 인간은 거대한 과학 기술적 노력의 성과로서 닐 암스트롱Neil Armstrong(1930~)의 달 착륙 보행이 이루어짐으로써 '인간의 위대한 영토를 확대한다'고 하는 과학의 비전을 명실공히 실현시켜 주었으며 인간중심정신을 여실히 구현시켜 주었다.

이렇듯 과학은 인류에게 위대한 힘의 약진을 가져다 주었으나 과학문명의 독주는 결코 인류에게 평화와 행복을 가져다 주는 것이 아니라는 것을 깨닫기 시작했다. 특히 생명권生命圈 평등주의 biospherical egalitarianism와 생태(자연)중심론ecocentrism에 대한 무모한 도전은 지구를 괴롭혔고 병들게 했기 때문에 이제 지구는 그 대가로서 우리들을 응징하기 시작했으며 자연의 걸작품들이 하나 둘씩 사라져감으로써 다가올 인류의 불행을 예감케 하고 있다.

이 시점에서 우리가 할 수 있는 일은 에코패러다임ecoparadigm, 즉 생태학ecology의 이론을 일체의 인간활동의 준거準據로 삼아 이를 문화·문명의 조직·제도 및 기업의 구조개혁restructuring의 상위개념으로 삼는 일이다. 요컨대 비인간중심적 태도非人間中心的 態度nonanthropocentric attitude와 생태중심적ecocentric인 생활방식으로의 방향전환이다.

상위개념이라고 하면 뭔가 거창하고 딱딱한 철학적인 뉘앙스로 받아들여 이를 난해한 논리로 생각하기 쉽지만 그렇게 어렵게 생각할 필요는 없다. 예를 든다면 개인은 가정에 속하고 가정은 사회의 구성단위이며 사회는 국가의 이념에 의해서 만들어지고 유지되고 있다. 그렇지만 어떤 국가체제라 할지라도 지구의 자연환경 속에서만 존재한다는 것을 알아야 한다. 따라서 모든 국민은 그들이 귀속하는 사회나 국가 체제의 유형·무형의 제약을 받기 마련이지만 동시에 누구나 한사람의 인간으로서 먼저 지구의 자연환경에 종속되고 있다는 것을 인식하지 않으면 안된다.

이런 경우에 에콜로지의 이념이나 에코패러다임은 인류의 보편적인 상위개념이다. 물리학적인 전문용어로 표현한다면 각종 자원·에너지 소비를 최소화하는 엔트로피entropy의 최소화와 인간과 자연이 공생할 수 있는 인간미가 깃든 어메니티amenity(환경의 쾌적성)

의 최대화가 문명사회를 구축해가는 최종 상위개념이라고 볼 수 있다.

이와 같은 상위개념이 일체의 인간활동의 기준이 되는 사회가 실현된다면 생명의 큰 덩어리인 지구도 그만큼 오래 존속될 것이며 인류에게도 지속 가능한 번영과 쾌적한 생활이 약속될 것이다.

미국의 실존주의 철학자 윌리엄 바레트William Barrett는 『기술의 환상The Illusion of Technique』(1979)에서 "(나무들과 바위들이) 우리에게 먼저 가르쳐 주고 있는 것은 인간이라고 하는 편협되고 교만스러움으로부터 빠져나오는 일이다"5)라고 하는 말로 끝을 맺고 있다.

영문학자이자 수필가였으며 교수였던 이양하李敭河(1904~1963)도 문학적인 관점에서 수필집 『나무』(1960)6)에서 "나무는 우리에게 나무가 가지고 있는 덕德과 고독과 친구와 삶의 의미를 가르쳐주며 안분지족安分知足의 철학을 보여주고 천명을 다한 뒤에 하늘 뜻대로 다시 흙과 물로 돌아간다"고 말하고 있다. 그는 질식할 듯한 가혹한 현실 속에서 자연과 예술을 통하여 자아를 성찰하고 세상을 심호흡하면서 대자연의 거룩하고 아름답고 영광스러운 조화에서 삶의 기쁨과 위안과 미美를 발견한 사람이었다.

그는 글로만 자연을 예찬하지 않았으며 궁행하였다. 그러기에 그는 와우산臥牛山 산허리에 외롭게 서있는 일간두옥一間斗屋인 그의 에르미따스Ermitazh(은자암隱者庵)에서 허덕이는 삶의 잡상雜想을 몰아내고 인간의 실체가 무엇인가를 알고자 하였다. 돌이켜볼 때 자연에 대한 인간중심적인 교만은 자연·생태계를 병들게 한 원인의 하나이기도 하였다.

에콜러지스트의 수호성인(린 화이트 2세Lynn White, Jr.에 의해서)으로 평가받고 있는 아시지Assisi(이태리)의 성인 프란치스코St. Francesco(1181 <82?>~1226)[7])는 "자연과 인간의 관계에 대하여 그 이전의 그리스도교와는 다른 시각에서 인간이 피조세계를 무제한으로 지배한다고 하는 관점에 대신하여, 살아갈 수 있는 온갖 생명체의 평등을 주장하였으며 인간을 피조세계의 절대군주의 자리로부터 끌어내려 신의 피조물의 평등함을 주장하였다."[8])

아직도 우리의 문화와 의식 가운데는 인간을 만물의 척도나 기준으로 보거나 가치의 근원으로 보는 고정관념들이 뿌리 깊이 스며 있다. 설혹 생태학적 위기를 각성하고 인간에 의한 인간 이외의 자연계의 착취에 반성의 눈을 돌렸다 할지라도 현실은 기껏 '자연보호'의 논의나 정책에 있어서 여전히 인간중심론을 탈피하지 못하고 있다.

이런 의미의 자연보호란, 어디까지나 인간에게 도움이 되는 이용가치use value(과학적·휴양적·미적 가치 등)에 근거를 둔 것이며 자연계 자체의 가치(본질적 가치intrinsic value)를 인정하거나 인간 이외의 존재들nonhuman beings의 내재적 가치를 인정하고 있는 것은 아니다.

공적인 집회와 신문·잡지, 국제적인 자연보호단체, 정부기관, 환경집단의 보고조차도 환경논의 대부분이 인간중심적인 태도에 빠져 있으며 우주의 중심은 인간이며 자연은 인간을 위해 있다고 하는 오만한 생각에서 아직도 벗어나지를 못하고 있다 해도 지나친 말은 아니라고 본다.

생물계의 자체 조절의 현상

우리가 살아가고 있는 자연계는 생태학적인 안정과 조화가 자체적으로 이루어지고 있다. 예컨대 큰 물고기는 보다 작은 물고기를 잡아먹고 작은 물고기는 다시 더 작은 물고기를 잡아 먹으며, 그리고 더 작은 물고기는 플랑크톤plankton(부유생물)을 잡아먹고, 플랑크톤은 박테리아를 잡아 먹는다고 하는 이른바 '먹이사슬food chain'의 현상이 펼쳐지고 있다.

이렇듯 먹고 먹히는 살벌한 인과관계가 지속되고 있는 연쇄적인 관계의 바탕 위에서 자연환경의 안정을 영위하고 있는 것이 생태학ecology/Ökologie9)적인 세계이며 이런 과정을 통해서 '공생현상symbiosis'(sym 더불어 + biosis 사는 방식의 합성어 / 1879년 독일의 슈트라스부르크 대학의 식물병리학자 안톤 드 바리Anton de Bary에 의해서 사용되었음)이 일어나고 있다.

일찍이 초기 그리스 철학자였던 헤라클레이토스Hèrakleitos(B.C. 500년경)는 '만물은 흐른다panta rhei'10)의 그의 근본사상에서 만물의 새성을 '생과 사'와 같은 절대적 모순대립의 관계로 이해하고, 이런 모순대립 속에서 생성하는 조화(생과 사의 유동성流動性)과 동일성)를 강조하여 '생물들은 서로 다른 생물의 죽음을 통해서 살고 또 자신이 죽어서 다른 생물을 살린다'고 한 말도 먹이 사슬 내지는 생물의 공생관계를 2,500년 전에 이미 강조한 것이다.

여기서 생태학적 과학론의 관점에서 '공생'의 의미를 생각해 보

자. 두 종류의 미생물이 같은 환경에서 살기 시작할 경우, 미생물이라 할지라도 처음에는 그들이 각기 지니고 있는 특성을 발휘하기 때문에 몹시 상충하게 되며, 이 때문에 서식하고 있는 환경에도 나쁜 영향을 주게 되지만 이윽고 서로간의 공통점이나 상이점을 인정하고 서로가 생물체 특유의 '자기조직화self-organization'[11](얀치Erich Jantsch<1929>, 프리고진Ilya Prigogine<1917>, 모랑Edgar Morin<1921> 등에 의해서 주장됨)를 되풀이 하는 과정을 통해서 생물 자체의 구조와 기능에도 변화가 일어나며 새로운 생물군生物群으로서 같은 환경하에서 서로 이익을 나누어 갖는 영역을 만들어가면서 살게 된다. 요컨대 스스로의 능력으로 재편성을 이루고 새로운 환경체계를 구축하게 된다는 것이다.

칠레의 생물학자 움베르트 마투라나Humberto Maturana(1928-)와 프란시스코 바렐라Francisco Varela(1946-)는 이와 같은 생명시스템을 '자기창출autopoiesis(그리스어의 '자기'를 뜻하는 autos와 만들어내다'를 뜻하는 poiein으로부터 나온 합성어이며 영어의 self-production)이라는 개념으로 설명하고 있거니와[12] '자기창출'이란 생명시스템이 끊임없이 스스로의 조직활동과 구조의 창출 및 유지를 추구하고 있는 것을 말한다.

'자기조직화' 또는 '자기창출'의 과정은 자연계에 있어서 생명의 '종種'의 유지와 번영이라고 하는 공통된 목적과 가치관을 갖는 지적이며 신비적인 선택이며, 이를 일컬어 우리는 '상리공생相利共生 mutualism'의 현상이라고 부른다. 이 이념을 확장해서 인간사회의 문화 · 경제 · 정치에 적용할 수도 있고 또는 중요한 역사적 선택에 있어서도 적용시킬 수가 있을 것이다.

상리공생은 이렇듯 생물들이 살고 있는 그들 생명의 유지 · 번식의 수준에서 유발된 현상이며 결과적으로는 자연환경에 '합성의 안정'을 가져다 주고 있는 현상인 것이다. 이 이론에 비추어 본다면 우리가 현재 누리고 있는 문명은 경제학자 폴 앤서니 새뮤엘슨Paul Anthony Samuelson(1915-)이 지적하고 있는 바와 같이 '합성의 오류 *The Fallacy of Composition*'13)를 범하고 있는 것이다.

전체는 부분의 총화와는 다르며 부분을 위한 가치가 전체의 가치에도 필요한 것은 아니며 또한 인간에게 의의있는 것이 자연·우주에게도 그대로 필요한 것은 아니라는 것을 명심하지 않으면 안 된다.

여기서 우리는 자연을 이루고 있는 구성의 안정·질서·조화에서 많은 가르침을 받을 수가 있으며 진정한 사랑의 의미와 인간주의의 진수가 무엇이어야 하는가에 대해서도 큰 가르침의 울림이 다가옴을 느끼지 않을 수가 없다.

본래가 자연自然이란(서장에서도 언급한 바와 같이) 어원상의 의미로 보아도 자연계에는 '자기조직화'나 '자기창출'의 의미가 함의되고 있음을 엿볼 수가 있다. 예컨대 자연을 뜻하는 영어·프랑스어의 nature, 독일어의 Natur은 라틴어의 natura에서 유래했으며, 다시 이 말은 그리스어의 '퓌시스physis'의 역어이며 physis는 동사 '새로 태어나다'를 뜻하는 퓌오마이phyomai에서 나왔다는 점에서 자연에는 '성장', '생성', '실체substance의 생멸', '성쇠'의 기본의미가 있음을 알 수가 있다. 따라서 여기에는 개발된 현실태現實態의 의미보다 미개발된 가능태可能態의 의미가 잠재하고 있음을 이해할 수가 있다. 또한 우리가 사용하고 있는 한자에서 자自의 '스스로 자'와 연然의 '그럴 연'이 시사하고 있는 바와도 같이 자연에는 자율적인 자기형성과 자체 조정의 능력이 있음을 시사해주고 있다.

여기서 우리가 해야 할 것은 무엇인가? 그것은 자연의 잠재가능
성의 완성을 위하여 보살피고 돕는데 있다. 진정한 인간주의의 의
미도 여기에 있으며 결코 자연을 인간의 필요충족을 위해서 지배
하는 데 있지 않다. 자연의 원형은 그 안에 항상 생성·발전의 가
능성을 갖고 있는 생명을 지닌 유기적 자연이었으며 이질적인 대
립이 아니라 동질적인 조화의 관계에 있었다. 우리가 자연과 인간
의 본래의 원형적인 관계를 존중할 때 우리에게 부가된 사명이 있
다고 한다면 그것은 '자연의 진리와 만물의 질서에 따라서 진리와
질서의 발현을 돕기 위하여 자기 처지에서 이에 걸맞게 살아가는
데 있다'고 말할 수 있을 것이다.

『천부경天符經』의 가르침에서

『천부경』[14]은 우리 민족 최고最古의 경전으로서 만물의 본체와
우주 생성의 근본 원리 및 그 운용을 단 81자로 압축시켜 놓은 유
일무이한 경전이다.

이 경전의 시작은 '하나의 시작은 시작이 없는 하나요(一始無始
一)'로부터 시작해서 '하나의 끝은 끝이 없는 하나로 돌아간다(一終
無終一)'로 끝나고 있다.[15]

이렇듯 천부경이야말로 우주의 모체이며 진리의 본체로서 '혼돈
의 우주질서─카오스모스chaosmos─'를 제시하고 있으며, 그 핵심
명제를 '사람 안에 하늘과 땅이 하나이다(人中天地一)라고 깨우쳐주

고 있다.

이러한 사상의 뿌리로부터 북방 샤머니즘에 연계된 한민족의 고대 우주관의 핵심으로서 삼태극三太極의 '율려律呂'[16]가 작동하게 되었다. 즉, 태극의 한기운은 셋을 품은 하나이며 그것은 동시에 동動 · 정靜과 음 · 양을 포함한다(太極一氣, 含三爲一, 動靜, 陰陽). 다시 말하여 천天 · 지地 · 인人의 삼극三極과 음 · 양 이기二氣의 이중적 교호 결합二重的 交互 結合인 것이다.

우리 민족 최고의 역사서일 뿐만 아니라 인류의 시원을 밝혀주는 고서인 『부도지符都誌』[17]에서도 말하고 있는 '태초에 천지를 창조한 율려'가 바로 이것이며 이는 우주 음악이며 세계의 정치 경륜이요 인간 내면의 가장 근본에 있는 무의식의 질서인 '율려'로서 이른바 '삼태극의 춤'인 것이다. 이 율려에 의해서 혼돈은 억압되고 질서를 존중하는 '억음존양抑陰尊陽'의 우주가 펼쳐지게 된다는 가르침을 주고 있다.

우리는 지금 인간 · 사회 · 자연의 전체가 겪고 있는 대혼돈과 악순환의 와중에서 이를 극복하기 위하여 지구생태계 회복 · 생명 보호, 생물권biosphere 보호, 지구생명의 보전 등 다양한 노력을 하고 있다. 참으로 그 중요성에 있어서는 아무리 강조해도 부족한 뜻이 있는 운동이다. 하지만 대부분의 생활문화나 자연관이 '인간 대 자연'이라는 이원론적인 사고방식에 고착되어 있고 인간중심적인 기계론적이고 분석적인 패러다임에 젖어 있는 상황 하에서는 그렇게 크게 기대할 만한 것이 못된다.

이제 우리에게는 자연 · 생명에 대한 패러다임의 전환이 필요하며 그 실천이 요청되고 있다. '자연'을 인식하는 '인간'은 자연 밖에 있는 것이 아니라 인간 자신이 자연생명체의 일부이며 자연 속에 있으면서 자연을 인식하고 자기를 직시하는 정신적 구조가 중시되어야 할 때이다.

'정신'이나 '문명'·'역사'가 '자연'과 대립하는 관계에 있는 것으로 보아서는 안되며 '정신'·'문명'도 '자연'의 진화발전의 일환이며, '자연'도 또한 '역사', '정신'의 발현으로서 존재한다고 하는 인식의 전환이 필요하다.

이와 같은 인식의 전환은 『천부경』에서 말하고 있는 '사람 안에 하늘과 땅이 하나다人中天地一'라고 하는 가르침에서, 그리고 일시무시일一始無始一의 일一이 온누리의 본체로서의 일一이며 기氣가 충만한 우주 만물의 본체로서의 태허太虛와 존재 충일로서의 무無 abhāva와 혼연渾然하여 구별이 없는 만물의 근원인 도道에 통하는 의미의 시사에서, 또한 『부도지符道誌』에서 말하고 있는 '태초에 천지를 창조한 율려'에 의해서 혼돈의 질서chaosmos가 탄생했다고 하는 가르침에서 우리는 결정적인 원형原型을 제시받음으로써 그 힘을 얻을 수가 있을 것이다.

이상에서 살펴본 바와 같이 우주의 모체이며 진리의 본체인 우리 민족 최고의 경전인 『천부경』과 한민족 최고의 역사서인 『부도지』는 바로 우리가 추구해가지 않으면 안될 자연과 인간과의 공존의 지혜와 그 원형을 제시해 주고 있다.

『논어』에서 배우는 에코패러다임

공자孔子(B.C. 552-479)의 언행록인 논어에는 공자 자신도 말한 것처럼 '나의 도道는 하나로 관철貫徹하고 있다(吾道는 一以貫之)'고 하는 일관된 진리인 인仁의 사상이 흐르고 있다. 공자의 인은 현대적 사상인 자유·평등·박애의 정신에도 통하며 석가의 자비인 불심佛心과 예수의 사랑인 하느님 마음과 더불어 궁극적으로는 천지만물일체天地萬物一體의 사상으로 돌아가 인간으로서 실천하여야 할 도道의 최선이며 최고의 덕명德名이다.

공자가 말한 나의 도란 그가 평생 다양하게 행한 도를 말하며 다문多聞·다식多識·다재多才·다능多能을 도라고는 보지 않았으며, 하나로 관통하는 충서忠恕(성실과 인정)로 표현되는 인仁에 있다고 말하였다. 이 인이 성誠과 애정으로 표시되고 이를 체득한 덕德을 만물에 미치게 하는 것을 인도人道라고 본 것이다.

심지어 사람으로서 어질지 아니하면 예禮바른들 무엇하며 사람으로서 어질지 아니하면 음악은 해서 무엇하랴(人而不仁이면 如禮何며 人而不仁이면 如樂何오)라고 예禮와 악樂에 있어서도 인을 떠난 것을 배격하였다.

이렇듯 인도人道의 최선 최고의 덕명인 인仁과 예禮(인간의 질서·경의·엄숙의 표현)와 악樂(인간의 친화의 표현)은 자연과 인간의 공생을 실천할 수 있는 에코패러다임의 정신적 원형을 제시해주고 있다.

특히 『중용中庸』에서 "도가 병행하되 서로 어긋나지 않고 만물이 같이 자라되 서로 해하지 않는다(道並行而不相悖 萬物並育而不相害)

고 하는 중화中和의 철학은 자연과 인간의 공생 · 공존을 추구해야
할 우리에게 큰 가르침을 주고 있다.

다음은 논어에 나타난 공자의 측은지심惻隱之心의 일면을 나타내
주고 있는 말이다.

낚시질하되 투망投網질하지 않았으며, 활을 쏘되 숙조宿鳥를 쏘
지 아니하였다(조이불망釣而不網하며 익불석숙弋不射宿이니라).

이 얼마나 천지 만물에 대한 큰 인덕仁德의 사랑인가! 모든 생명
은 인仁을 통해서 싹트며 자란다. 이런 점에서 '생명'과 '인'은 자
연계의 생태환경을 보호하는 근원적인 기반요소infra structure가 된다
고 볼 수 있다.

공자는 또한 의義와 대립되는 '이利'에 대하여 언급하기를, 천명
天命이 허용하고 인仁이 묵인할 수 있는 이利라야만 한다는 것을 말
하였다. 이렇듯 그는 이利를 말할 때도 반드시 천명과 인에 관련시
켜서 말했던 것이다.

이와 같은 의미의 이利를 현대 사회의 경제와 산업활동에 적용시
켜 볼 때 우리는 여기서 매우 소중한 의미를 얻을 수가 있다. 비근
한 예로 지금은 경제용어의 유행어가 되어버린 실속 없는 경제를
말하는 '거품경제bubble economy'의 경우도 알고보면 산업계의 대부
분이 각자의 이익만을 생각한 나머지 천명과 인을 저버린 허풍경
제 산업활동이 가져다 준 결과라고도 볼 수 있다.

여기서 우리는 사람이 경제적 이익을 목적으로 행동할 때는 기본
적으로 반드시 '천명'과 '인'을 고려하지 않으면 안된다는 것을 생
각해 볼 필요가 있다. 이와 같은 경제 · 산업활동의 관점을 굳이 이

름 붙인다면 '도덕경제합일'의 관점이라고 말할 수가 있을 것이다.

관점을 바꿔 인仁을 '의술계'에도 적용시켜 볼 수도 있다. 옛부터 '의술은 인술이다'라고 하는 말을 써왔다. 이 말에도 인(자비 · 인간애 · 동정심)의 본질 속에 있는 천지만물을 창조하고 키우는 덕의 극치를 배워서 치료에 이를 적용시켜 환자의 고통을 덜어주며 기쁨을 주어 건강한 신체로 회복시키는 술術이라고 하는 정신이 담겨 있다. 결코 의술을 사용해서 보수를 얻어내는 것이 주 목적이 아니라는 것이다.

요컨대 의사란 인술을 베푸는 사람이며 치료하는 기술인은 아니다. 때문에 인을 저버린 의술이란 진정한 의미의 의술이라고 볼 수 없을 것이다.

공자가 "진실로 인仁에 뜻을 두면 악이 없느니라(苟志於仁矣면 無惡也니라/ 里仁 四)"라고 말한 바와 같이 우리 사회의 현실에서 볼 수 있는 각종 모순 · 비리 · 부정 · 혼란도 알고 보면 근원적으로는 인도人道의 극치인 인에 뜻을 두지 못하고 이利에만 집착한데서 연유하는 현상이라고 볼 수 있다. 이에서 공자는 우리에게 인仁과 이利의 합일의 의미가 무엇인가를 말해주고 있다.

지구 상에는 태양 에너지 변환 루트와 또는 생물들이 각종 동식물을 먹고 사는 먹이사슬이 존재하고 있으며 이를 통해서 생태학적인 안정과 번영이 이루어지고 있다. 말하자면 지구탄생 이래 긴 역사의 시간을 거쳐서 각종 생물들의 자기특성의 발현들이 서로 충돌하면서 격렬한 경합과 협조의 과정을 반복하는 가운데 자연환경은 균형과 조화를 이룬 안정을 이루어 왔다.

다시 말해서 자연환경은 자체적으로 합성合成의 안정을 이루어

왔으며 이를 유지해 온 것이다. 그렇지만 인간이 만든 문명활동의 '합성의 오류'로 인하여 자연환경의 균형은 깨어지고 말았다. 자연과 인간의 공존을 위한 인간주의는 바로 자연환경이 합성의 안정에 이룰 수 있도록 인仁의 정신을 실천하는데 있다.

지구종말의 경고에서

글로벌 뉴스에 접하게 되면 지구촌 곳곳에서는 기상천외하고 가공할 만한 일들이 일어나고 있으며, 이 가운데서도 특히 우리를 전율케 하는 것은 지구의 종말에 대한 경고이다.

최근에 미국 워싱턴 대학의 우주 물리학자 도널드 브라운리Donald Brownlee와 고생물학자 피터 와드Peter D. Ward는 『지구의 생과 사The Life and Death of Planet Earth』[18](2003)에서 지구의 시작부터 종말까지를 시계로 설명하여 말하기를 '지구시계earth clock'[19]는 현재 오전 4시 30분이며 모든 생명의 소멸은 앞으로 5억년 후라는 것을 말하고 있다. 이 이상 우리를 우울케 하며 더 큰 충격이 어디에 있으랴!

4시 30분이란 10억년을 1시간으로 환산해서 지구 탄생에서부터 현재까지를 45억년 지났다고 가정했을 때 지구시계는 현재 오전 4시 30분이라는 것이며, 동·식물은 탄생(40억년 전)에서부터 10억년간 존속한 후 오전 5시에 모습을 감추게 되며, 오전 8시가 되면 바다가 증발하고, 운명의 12시(지구가 탄생한지 120억년, 지금부터 75억년 후)가 되면 거대하게 팽창한 태양이 적색 거성으로 바뀌어 지구를

삼켜버리며 지구상에 존재한 모든 것들은 흔적조차 없이 녹아버리게 된다는 것이다.(그림 1-1 참조)

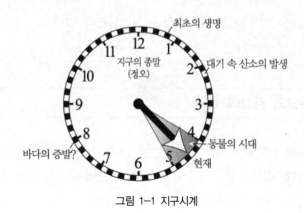

그림 1-1 지구시계

지구촌 여기 저기서 일어나고 있는 전에 없었던 기이한 일들이 자주 일어나고 있는 조짐으로 보아 인류는 어쩌면 지구가 숯덩이가 될 과정을 이미 밟고 있는지도 모르며 궁극에 가서는 태양이 지구를 삼켜버리도록 자초하고 있는지도 모른다.

'우주 캘린더cosmo-calendar'[20]에 의하면 지구가 탄생(45억년 전 정도)에서부터 현재까지의 시간경과를 현재의 1년 간으로 환산한다면 인류가 탄생한 것은 12월 31일이 거의 다 가고 새해가 되기 1시간 30분 전에 해당한다고 한다. 따라서 인류에 의한 기술문명이 확립된 것은 지구가 그 해의 정월 초하루에 탄생했다고 한다면 기술문명은 아직도 생후 수십 초에 지나지 않는 신생아의 상태와 같은 것이다. 이렇게 볼 때 지구의 생태학적인 시간단위(지구시계)는 그만큼 인간사회의 시간척도와는 크나큰 차이가 있다.

인류 두뇌의 산물인 지식과 생명의 조건을 이용해 시뮬레이션한 지구의 운명은 참으로 암울하다.

브라운리와 와드는 지구 상의 현존하는 수많은 생명들이 미생물의 시대를 살아왔으며 오랜 진화를 거듭하여 복잡한 생명체로 진화되었으나 끝내는 복잡한 생명체는 사라지고, 다시 미생물 시대가 도래할 것으로 예측한다. 복잡한 생명체는 출현하더라도 이내 사라질 것이며 빙하기와 같은 과거에 겪은 일들을 다시 겪을 것이라고 한다. 다음 빙하기가 시작되면 아마 이를 막으려는 대규모의 공학적 시도가 지구 규모로 있을 것이라고 한다. 이런 몸부림이 가능할지 어떤 시도를 해야 할지 아직 알 수는 없지만 다만 열을 모으려고 하더라도 다른 문제들이 발생할 것이라고 말한다.

지구의 운명을 바꾸는 시각은 단순한 가설이 아니다. 이미 지구 온난화로 인해 남극의 운명이 바뀌었다. 현재 남반구는 지구상에서 얼음 상태로 있는 물의 90%를 간직하고 있다. 그런데 지난 30여년 동안 수많은 남극 전문가들은 서남극의 빙산이 급속하게 붕괴되고 있다고 밝혔다. 만일 결빙 속에 300만㎢가 넘는 담수를 간직한 빙산이 완전히 분해되면 지구의 해수면은 무려 5m나 올라간다고 한다. 그 결과 20억 명의 거주자들이 내륙으로 도피해야 하는 상황이 벌어지게 될 것이라고 한다. 물론 빙산이 완전히 사라지는 것은 수 세기 또는 수천 년 뒤의 일이다.

이런 조짐이 서서히 진행된다고 해서 안심하는 것은 절대 금물이다. 수십년 동안 해수면이 1m 가량이라도 높아지면 조수와 폭우로 인해 심각한 문제가 발생하는 지역이 나타날 수 있기 때문이다. 얼음이 천천히 지속적으로 녹다가 갑작스러운 변화가 일어날 수 있다는 것을 염두에 두어야 하는 까닭이 여기에 있다. 남극을 덮은 얼음의 융해가 지구 온난화의 결과로 단정할 만한 연구결과는 나오지 않았다. 다만 오존층에 생긴 구멍이 남극 대륙의 기상을 변화시키는 것은 틀림없는 사실이다. 약 3,250㎢에 이르는 남극의 라르센Larsen B 빙붕氷棚이 갈라졌다고 한다. 이런 여파로 대륙의 서쪽에서 떨어져 나온 수천 개 빙하가 제멋대로 떠올라 남극의 기후에 영향을 끼치고 있다.

남극 빙하가 가라앉으며 생태계 먹이사슬이 깨지게 되면 일차적으로 수백만 마리의 펭귄들이 서식지를 잃는다. 이들은 새로운 서식지를 찾아 다른 곳으로 옮기면서 스트레스를 받을 것임에 틀림없다. 먹이를 사냥하려고 낯선 곳을 찾다가 포식자들의 사냥권에 들어갈 가능성도 제기된다. 게다가 남극 플랑크톤 양의 40%를 품고 있는 빙하가 침하하면서 먹이사슬이 흐트러져 크릴krill(남극해 산産의 새우 비슷한 갑각류)을 비롯한 소형 어류들이 자취를 감추고 있다. 먹이사슬 하위단계의 불균형으로 인해 해양 대형동물들도 심각한 타격을 받을 것이 불 보듯 뻔하다. 서남극 빙산의 침하는 지구라는 푸른 행성의 종말을 예고하는 전조일지도 모른다.

브라운리와 와드는 인류의 자리가 갈수록 좁아져 가는 것을 생각하여 인간이 다른 행성이나 위성으로 옮겨가는 것까지도 말하고 있다.

우주 어디엔가 인간이 살아갈 만한 곳이 있을 수 있다는 것이다. 하지만 엄청난 장애를 극복해야 한다는 것이다. 우주로 보낸 다양한 탐사기에 지구의 흔적을 실어보내야 하며 때론 몇 g의 물질에 모든 인간의 DNA 샘플을 넣어보낼 수 있을 것이라고 한다. 하지만 그것이 인류의 생존을 보장하지는 않는다고 말하고 있다.

이들의 지적에 의하면 태양은 커지고 뜨거워지면서 수성과 금성을 삼킨 다음 지구 앞에서 멈출 수 있다. 지구가 태양의 직접적 제물이 되지는 않았더라도 열악한 환경에서 생명체가 살아 갈 수는 없다. 태양이 지구를 삼키면 태양은 지구상의 모든 분자들의 화학적 연결고리를 끊은 다음 각각의 원자를 우주로 내보내 새로운 행성을 만들 수 있다. 그렇지만 그곳에 생명체가 존재할 수 있으리란 보장은 없다.

이렇듯 지구의 종말이 있다는 과학적 예측은 우리를 우울하게 한다. 하지만 지구가 사라지기까지는 75억년, 모든 생명체의 소멸은 5억년이라는 시간이 남아 있다. 중요한 것은 현실을 직시하며 현재가 얼마나 소중한지를 깨닫고 지구의 미래에 대해 함께 고민하며, 여기에 인류의 지혜를 모으는 정신적 자세다. 이 정신적 자세야 말로 공존을 위한 인간주의의 본질이라고 본다.

돌이켜 보면 현대문명을 떠받치고 있는 기반과 기술의 체계는 인간이 지구상에 정착한 자연환경으로부터 중력 · 기압 · 광속 · 음속 등 균일적인 수치군을 물리상수物理常數로 설정하여 오로지 그 범위 내에서만 토목 · 건축 · 전기 · 기계 등 물리영역의 학문을 발전시켜 왔다.

그 결과 현대문명은 '시간의 화살'에 따라 앞만 보고 달려갔을 뿐, 그 결과 시시각각으로 변화하는 생명현상과 공생공존의 문제같은 것은 전혀 뒤돌아볼 여유도 없이 일방 독주가 되고 말았다. 이점은 현대의 과학 · 기술에 의한 '개발의 논리'가 물리학의 수리적

조작으로 시종 일관되고 있음을 말해주고 있다. 문명사회의 발전도상에서 우리가 지구의 운명에 대하여 새롭게 검토의 대상으로 생각하게 된 기본적인 이유도 여기에 있는 것이다.

생태의 지혜를 배우는 정신

최근 에콜러지ecology(생태학)에 관한 관심이 그 어느 때보다도 비등하고 있다. 이 말은 본래 그리스어의 '집家'과 '생물이 생존하는데 필요한 환경'을 뜻하는 '오이코스oikos'와 혼돈chaos(본래는 '크게 벌린 입'을 의미하며 '구멍<穴>'을 뜻하는 chasma와 하품하다를 뜻하는 chaskein의 말과 어원을 같이 하고 있다)의 상태를 다루는 '논리'를 뜻하는 로고스logos의 합성어에서 유래하였다.

특히 '오이코스'에서 나온 '오이카이오시스oikaiosis'는 생명체가 자신의 환경 안에서 주변 사물과 함께 살아갈 줄 아는 공존능력의 일부라는 점에서 오이코스는 자연보호 운동에 유용한 지혜를 시사해주고 있는 어근이기도 하다.

자연이 우리를 깨우쳐주고 있는 바가 수없이 많지만 여기서 한가지 예를 들어 생각해보기로 한다.

우리는 산을 오를 때마다 산에서 말 없는 교훈의 가르침을 받을수가 있다. 산에는 아름드리 나무도 있고 어린 나무도 있으며, 그런가 하면 나무 밑에는 관목灌木이나 잡초도 자라고 있다. 그렇지만큰 나무가 어린 나무를 눌러 찌부러뜨리지는 않는다. 오히려 큰 나무나 작은 나무가 서로 충돌을 피해서 닿을 듯 말 듯 가지를 펴감으로서 가지 끝 연한 잎은 보기에도 정답게 어루만져 주고 있는 것처럼 보인다. 그래서 나무는 주어진 분수에 만족할 줄 아는 덕을 가졌다.

뿐만 아니라 큰 나무는 하늘을 가려서 작은 관목이나 잡초에게 직사광선이 쪼이지 않도록 보호해주며 관목이나 잡초는 큰 나무가 많은 수분을 필요로 하기 때문에 지표地表를 덮어서 수분의 증발을 막아 수분을 오래 보존할 수 있도록 큰 나무를 지켜주고 있는 것이다. 이렇듯 서로가 상대를 지켜주고 있는 셈이다. 그렇게도 무성하게 우거진 숲 속의 수많은 나무들과 풀들은 각기 다른 모습과 장소를 차지하고 종별種別이나 크기의 특성을 발휘하면서도 서로가 서로를 도우면서 살고 있는 것이다.

자연으로부터 얻을 수 있는 지혜가 이것뿐만은 아니다.

생명의 근원을 상징하고 있는 물水이 우리에게 가르쳐 주고 있는 교훈 또한 최상의 선善의 의미가 무엇인지를 일깨워주고 있다.

노자老子가 최상의 선은 물과 같고(上善若水) 물은 만물을 크게 이롭게 하면서도 다투지 않으며(水善利萬物而不爭), 사람들이 싫어하는 낮은 곳에 있기를 좋아한다(處衆人之所惡)고 한 말은 자연의 위대하고 무한하며 신비스러운 가르침을 일깨워주고 있다.

이 뿐만 아니라 물은 어느 곳에서나 수평을 지향하기 때문에 물이 흘러가면서 높은 것을 깎아내고 낮은 것을 돋워주는(損有餘而補不足) 아름다운 평형작용을 하는 모습에서 우리는 여기서 만물의 포괄적인 평등의 의미를 찾아보게 된다.

진실로 물은 성聖스러움sacredness(라틴어 사케르sacer에서 나온말. 그리스어 하기오스hagios, 히브리어 코대슈qōdeš) 그 자체이며 구원의 절대적 가치를 갖는 생명을 상징한다. 그러기에 물은 예로부터 종교의 의식에서도 여러 상징적인 의미로서 사용되어 왔다(불교의 관욕灌浴, 기독교의 영세·세례, 밀교의 관정灌頂 등).

근자에 자연계에 대한 관심이 높아짐에 따라서 앞에서 본 '먹이사슬'에서 볼 수 있었던 바와 같이 생태계도 '물질과 에너지와 정보'의 다양한 순환 루트에 의해서 이루어지고 있다는 것을 알게 되었다. 이와 같은 순환통로는 자연 그 자체를 내재하고 있는 인간에게서도 찾아볼 수가 있기 때문에 인간의 신경계의 조직망에 의해서 펼쳐지는 정신활동의 신비적인 현상에 대해서도 주목할 필요가 있으며 여기서도 우리는 인간 정신활동의 오묘한 신비스러움에서 심오한 지혜의 가르침을 받을 수가 있다.

우리는 자연과 인간의 공생을 위해서 만물의 자연의 생명현상으로부터 들려오는 소리가 주는 의미를 알아야 할 것이며, 자연과 과학기술문명이 공생할 수 있는 장場을 모색함과 동시에 자연의 섭리에 협응하는 산업을 위한 공생기술ecotechnology의 개발에 최선을 다해야 할 것이다. 이 노력이야말로 또한 에코패러다임ecoparadigm의 시대를 열어가는 기반이라고 본다.

공생하는 이념의 모색

생태계에 대한 관심이 높아짐에 따라서 에코체인ecochain이니 에코패러다임ecoparadigm이라는 말들이 널리 회자화膾炙化되고 있다.

'에코패러다임'이란 종래의 인간중심적 문명사회에서 펼쳐져 왔던 인간활동의 '장場'을 본래의 갖추고 있어야 할 자연과 인간과의 공생의 '모습'으로 바꿔가기 위해서 모든 사람들이 간직하고 있어야 할 기본적 사고의 모델이며 범례範例paradigm(그리스어에서 범례 · 모델 · 교훈을 의미하는 파라데이그마paradeigma에서 유래하였다)이다.

때문에 에코패러다임은 인간이 어떤 감각과 태도로 일상생활을 해나갈 때 자연과 인간이 공생할 수 있는가를 가르쳐주고 있는 것이다. 다시 말해서 자연의 생태 체계의 기본적인 구조를 우리들의 새로운 일상생활과 산업 · 경제 및 정치구조의 틀을 짜는 데 도입함으로써 21세기의 문명시대를 구축해 가는 기본적인 방향을 제시해주고 있다.

구체적으로는 자연계에 있어서 본래의 인간생활이 그러했던 것처럼, 인간의 건강을 비롯하여 생물학적 측면에서 볼 수 있는 생명현상은 에콜로지의 기반인 '공생현상'을 기반으로 한 생활양식을 모색하여야 하고, 문명사회에서의 산업활동은 '엔트로피의 법칙law of entropy'을 이해하여 이들의 관련 속에서 현대인으로서 살아가는 방법 · 기술을 배워야 하며 다양한 가치를 수용할 수 있는 보편성을 만들어가는 것을 인류의 공동 목적으로 삼아야 할 것을 말해주고 있다.

에코패러다임은 개인에서부터 집단에 이르기까지 그 동안 문명사회에서 차지했던 인간활동의 '장場'을 본래 갖추고 있어야 할 사회구조의 '모습'으로 재구축restructuring하기 위해서 빠뜨릴 수가 없는 기본적 사고의 틀이다.

현실적인 시각에서 본다면 에코패러다임은 인간중심의 대량생산·대량소비문명의 한계점과 20세기의 종언이라고 하는 현실을 직시한 것에서부터 시작되었으며 이어서 '공생'이라고 하는 본래의 인간주의를 기반으로 한 사회·정치체제의 재편성, 보다 살기 좋은 문명사회의 모색, 21세기의 출발이라고 하는 세 가지 종언과 세 가지 새로운 탄생을 촉진시키기 위한 '활력을 주는 틀'이라고도 볼 수 있다.

이미 앞에서 제기된 문제를 몇 가지 과제를 중심으로 집약한다면 다음 네 가지 과제로 요약할 수가 있다.

첫째, 일상적인 인간활동의 영역과 수준에 있어서 지구규모적 자연환경과의 관계를 가깝게 실감할 수 있는 공통된 이념과 규범을 필요로 하며, 이를 기반으로 한 구체적인 생활양식으로의 전환이 우리나라는 물론 국제사회의 정치·경제·행정에 있어서도 중요한 과제가 되었다는 것이다.

둘째, 경제적인 측면에서 볼 때도, 각종 산업활동들이 자연환경과의 조화를 중시하면서 앞으로 지속가능한 경제의 번영을 꾀하는 산업구조를 구축하지 않으면 안 되게 되었다는 것이다.

셋째, 지속가능한 경제성장을 돕는 산업활동의 기반이 될 과학·기술의 연구개발이 앞으로의 문명신시대文明新時代를 만들어가기 위해서는 다소의 편이를 억제하는 일이 있더라도 자연환경과 조화되는 문명환경을 실현시키지 않으면 안되게 되었다는 것이다.

넷째, 문화적·정신적인 일상 생활양식에 있어서 각각 나름대로의 감성에 근거한 개성個性있는 삶의 질을 중시하는 생활문화와 어메니티amenity(환경의 쾌적성)의 실현이 필요하게 되었다는 것이다.

이상 네 가지 관점이 시사하고 있는 것은 모두 '자연'에다 초점을 두고, 논리적으로는 물리영역의 '엔트로피entropy의 법칙'과 자연계의 공생체계에서 나타나는 '공생현상symbiosis'을 조화시킬 수 있는 산업체계를 어떻게 구축할 수 있을 것인가의 과제라고 집약할 수가 있다.

다시 말해서, 이제부터의 자연환경은 종래의 인간중심 문명활동이나 개발처럼 오직 인간의 이익과 편의만을 중심으로 자연을 파괴 · 변형 · 소실의 대상으로만 생각할 수가 없게 되었다는 것이다.

1962년 미국의 여류 생물학자이며 환경문제 연구가인 레이첼 카슨Rachel Carson(1907-1964)은 그녀의, 폭발적인 관심을 불러일으켰던 명저『침묵의 봄Silent Spring』(1962) 최후의 절에서 현대인의 생태학적 무지를 통렬하게 비판하고 다음과 같이 끝을 맺고 있는 말은 오늘을 살고 있는 우리에게 매우 큰 의미의 울림으로 다가온다.

"자연을 지배한다고 하는 오만한 표현은 자연이 인간의 편리를 위해 존재한다고 생각했던 네안데르탈 시대Neanderthal age와도 같은 원시적인 미개 시대의 생물학과 철학의 산물이다"[21]

그녀의 책은 당시 31주간 연속해서「뉴욕타임스New York Times」지의 베스트셀러를 기록하였으며, 페이퍼백으로 만들어지기 전의 하드 커버로만 50만부가 팔렸고 여러 가지 상을 받기도 하였다.[22]

로버트 다운즈Robert B. Downs 같은 사람은『세계를 바꾼 책들Books That Changed the World』 가운데서 성서를 비롯하여 플라톤Platon, 아리스토텔레스Aristoteles, 코페르닉스Copernics, 뉴톤Newton, 다윈Darwin, 마르크스Marx, 프로이트Freud 등과 같은 사람들의 저술과 동일수준으로 보아 뽑은 총 27권의 책 가운데서 『침묵의 봄』을 최신에 나온 책의 하나로 뽑을 정도로 카슨의 설득력은 환경운동의 관심을 불러일으킨 결정적인 계기가 되어주었다.[23]

서구문명과 가치관의 비판에서

현대서구문명을 생태학적인 관점에서 비판한 생태학자이자 미국 환경철학의 대부인 앨도 레오폴드Aldo Leopold(1887-1948)는 '토지는 소유물이 아니다'라고 하는 '토지윤리land ethics'를 제기하고 '환경보존의 윤리'를 "땅과 땅 위에서 살고 있는 동물·식물과 인간과의 관계를 다루는 윤리"로 보았다. 그리하여 "토양을 친절하게 돌보는 파트너로 보아야 하며 약탈의 대상으로 보아서는 안 된다"[24]고 하는 '환경윤리environmental ethics'가 발표된지도 55년이 지났다.

그리고 레오폴드에 이어서 1966년 12월에 과학·기술사가이자 중세역사학자인 린 화이트 2세Lynn White, Jr.는 '미국과학진흥협회 American Association for the Advancement of Science'에 제출한 논문 「생태학적 위기의 역사적 유래The Historical Roots of Our Ecological Crisis」(1967년 3월에 Science에 발표)[25]에서 생태학적 문제는 '인간과 자연의 관계에 대한 그리스도교적인 태도—우리는 자연보다 우월하기 때문에 우리가 자연을 경멸하고 우리들의 하찮은 기분을 위해서 자연을 이용해도 상관없다'고 보는 관념쪽으로 우리를 이끌어가고 있는 태도—로부터 연유한다고 보았다.

이렇듯 서구문명의 비평가들은 구약성서의 「창세기」를 서구의 생태학적 고뇌의 원천이며 기원이라고 생각하여 이를 공격의 표적으로 삼았다.

창세기는 하느님께서 당신의 모습대로 사람을 지어내셨으며 이
들에게 "바다의 고기와 공중의 새, 또 집짐승과 모든 들짐승과 땅
위를 기어다니는 모든 길짐승을 다스리게 하자"(창세기 1:26)라고 기
록하고 있다.

이는 땅에서 사는 모든 것들을 인간에게 따르게 하는 권리를 인
정한 인간 헌장으로서 유대교도에 의해서만이 아니라 그리스도교
도에 의해서도 그리고 이슬람의 무슬림에 의해서도 신봉되어 왔다.
이어서 인류를 향해서 "자식을 낳고 번성하여 온 땅에 퍼져서 땅을
정복하여라"(창세기 1:28)고 기록하고 있다. '창세기'는 이처럼 인간
이 할 수 있는 것만이 아니라 하지 않으면 안될 것—번성 · 충만 · 정
복—까지도 가르치고 있는 것이다.

서구 문명비평가들은 이렇게 생각한다.

아담이 아내의 말에 넘어가 따먹지 말라고 한 나무열매를 따먹
음으로써 시작된 (창세기 3:17-19 참조) 인류의 타락이 없었더라면 인
류의 고통과 불행은 없었을 것이나 하느님의 계율을 어기고 타락
한 인간이었기 때문에 타락한 인간이 지배하는 세계는 타락할 수
밖에 없으며 만물을 관리하는 주인으로서의 자격을 상실하고 만
것이며 자연의 저주를 받아야 할 폭군의 역할을 할 수밖에 없었던
것이다 라고. 요컨대 자연을 보살피고 관리할 자격과 능력이 없는
인간이 지배하는 세계를 인간을 위하여 착취하고 파괴하여 오늘날
과 같은 생태계의 위기를 초래케 했다는 것이다.

오늘날 일련의 환경론자들은 이러한 고대 이스라엘의 유대교적

신앙에 근거한 서구의 전통적인 기독교적 문명관과 가치관의 뿌리인 헤브라이즘Hebraism을 부정함과 동시에 그리스와 로마를 중심으로 한 인간중심주의적인 기계론적 자연관과 합리주의, 경험론의 뿌리인 헬레니즘Hellenism에 대해서도 부정적이다.

인간척도론homo-mensura propos에서 '만물의 척도는 인간이다*panton metron ho anthropos*'라고 보고 처음으로 젊은이들의 교육을 위하여 소피스트sophist/sophistēs임을 자처한 프로타고라스Protagoras(B.C. 484/488-424/418),의 사상이나 아리스토텔레스Aristoteles(B.C. 384-322)가 『정치학*politica*』에서 '식물은 동물을 위해서 만들어졌으며, 동물은 인간을 위해서 만들어졌다. 가축은 이용과 식량을 위해서, 들짐승은 대부분 식량을 위하여 그리고 그밖의 보급을 위하여(의복이나 그밖의 이용가치를 주기 위하여) 존재한다'고 본 사상은 모두가 인간중심주의적인 자연지배 사상을 그대로 반영하고 있다.

근대철학의 대가로서 '물심이원론'을 표방하고 인간을 자연의 통치자로 본 데카르트René Descartes(1596-1650), '자연 전체가 객관적 합법칙성에 의해서 지배된다고 본 스피노자Baruch de Spinoza(1632-1677), 라이프니츠Gottfried Wilhelm Leibniz(1646-1716)의 자연과 인간의 2분법, '오성悟性'을 가진 지구상의 유일한 존재자로서 분명 인간은 자연의 주인이며 자연의 최종목적이다"[26]라고 본 칸트Immanuel Kant(1724-1804), 헤겔 Wilhelm Friedrich Hegel(1770-1831)을 거쳐 마르크스Karl Marx(1818-1883)로 이어지는 주관과 객관, 물질과 정신의 대립 관계는 기계론적 자연관과 인간중심주의 사상으로 발전되었으며 이는 서구 근대사에서 가치판단의 기준으로 작용하였다.

이러한 세계관과 인간관은 특히 "아는 것이 힘이다"[27]라고 선언

한 베이컨Francis Bacon(1561-1626)의 경험과학이념의 선구적 제창과 뉴튼Isack Newton(16430-1727)의 고전물리학에 이르러서는 기계론적 자연관의 극치를 이루었다.

이와 같은 서구사회의 기계론적 자연관과 인간중심적 · 유물론적 가치관이 본격적으로 비판과 공격의 대상이 되기 시작한 것은 20세기에 들어서 일단의 환경론자들에 의해서였다.

동물해방론자의 피터 싱어Peter Singer, 토지윤리의 앨도 레오폴드 Aldo Leopold, 근원적(심층적) 생태론deep ecology(표층적 생태론shallow ecology에 대해서)을 주장한 아네 내스Arne Naess, 자연의 인간으로부터의 해방을 역설한 로데릭 내쉬Roderick Nash, 환경윤리론자의 톰 레간Tom Regan, 자연에 대한 인간의 책임을 제창한 존 패스모어John Passmore와 같은 사람들이 그들이다.

이밖에도 지구상의 전 생명체(인류까지 포함하여)를 자기조정 · 자기유지기능을 갖고 있는 하나의 큰 생명체로 보아 '가이아 가설론Gaia hypothesis argument'을 제기한 제임스 러브록James Lovelock을 비롯하여 수많은 사람들이 있다. 특히 1977년 존 캅John Boswell Cobb은 화이트헤드Alfred North Whitehead의 자연철학을 계승하여 형성된 『과정신학 Process theology』28)의 입장에서 다원적인 자연관에서 만물의 존재가치는 다른 것과 우열을 비교할 수 없는 각자의 고유가치intrinsic value가 있다고 보아, 1970년대에 생태학적 신학ecology theology(자연의 신학/전통적인 계시신학에 대한 자연신학은 아니다)29)을 제창하였으며, 종교다원주의 신학자 폴 닛터Paul F. Knitter는 모든 종교가 세계의 고통을 더는 일에 협력해야 한다고 보아 인간의 고통만이 아니라 지구자체, 지구상에 있는 모든 것들이 겪고 있는 고통을 덜어서 '생태계와 인간의 해방eco-human liberation', '생태계와 인간의 행복eco-human wellbeing'을 실현하기 위한 여러 종교의 협력을 역설한 '생태종교운동eco-religious movement'이나 영적 생태학spiritual ecology를 제기한 점도 서구의 전통적인 기독교적 문명과 인간중심주의적 가치관으로부터의 탈피를 도왔다고 볼 수 있다. 생태계의 해방과 인간의 행복을 추구하는 정신이야말로 인간주의의 본래의 정신이라고 본다.

자연에 대한 인간의 시각

이제부터의 인간환경의 조성은 자연을 적대시하며 인간의 형편에 따라서 자연을 굴복시켜 이를 인간의 편의만을 위하여 이용하는 '정복형'의 자연관에다 근거를 둘 것이 아니라 자연계의 특질과 기능을 가능한 한 손상시키지 않고 자연환경과 인공환경과의 공존·공생관계를 살려가지 않으면 안된다고 하는 사고방식에 근거를 두지 않으면 안된다.

그러나 이 점은 이념상으로는 누구나 쉽게 이해할 수가 있지만 구체적으로 문명의 재편성에 있어서 이 문제를 어떻게 풀어갈 것인가의 실천단계에 이르게 되면 매우 어려운 난관에 부딪히게 된다는 데 문제가 있다. 그렇다고 하는 것은 한마디로 '자연과의 공생'이라고 해도 자연은 인간과의 현실적 관계에 있어서 언제나 만족과 쾌적함만을 주고 있다고 단언할 수가 없기 때문이다.

돌이켜보면 우리들의 일상생활에 있어서 뜻하지 않게 찾아오는 자연의 무서운 인간에 대한 도전은 차치하고라도 '불쾌감과 고통'

을 갖다주는 식물 · 조류 · 곤충 등 이들 생물들과 과연 얼마만큼이나 공존해갈 수가 있을 것인가?

구체적으로는 야생적인 자연과도 관계를 맺고 있는 인간환경이 어떤 형태로 존재해야 할 것인지의 문제에 대해서, 그리고 자연에 대한 인간의 '의식'이나 가치관의 기반인 개인의 감각이나 감성 또는 문명 본연의 상태에 대해서도 새롭게 문제를 제기하여 해법을 찾아내지 않으면 안되게 될 것이다.

또한 이 문제와 관련하여 쾌적한 환경의 내용에 대해서도 이와 같은 문제의식을 가지고 검토하는 일은 에코패러다임이라고 하는 큰 틀을 구체화함에 있어서 결코 헛된 일은 아니라고 본다. 요컨대 이 문제는 이제부터의 시대감각으로서 요청되는 살기 좋은 쾌적한 환경조성의 문제로 생각할 수가 있다.

자연환경과 인공환경과의 공존관계를 유지해가려고 할 때는 마땅히 한편으로는 환경파괴 · 오염의 진행을 저지하는 노력을 기울일 필요가 있는 동시에 또 한편으로는 지속적인 경제의 번영, 적어도 지속적인 친환경적 개선의 여지를 갖는 사회환경의 조성에 힘쓰지 않으면 안될 것이다.

그러나 지구환경의 보전保全과 정화淨化를 위해서 개인적인 수준에서 할 수 있는 노력에는 한계가 있다. 또한 국제사회에 있어서 각 국 정부의 적지 않은 인적 자원과 막대한 비용의 지출부담도 피할 수가 없다. 특히 지구환경의 보전과 정화를 위해서 각 나라가 자국의 국익에 역행해가면서까지 할 수 있을 것인가도 문제가 된다. 예컨대 자국의 적정한 사회계발이나 산업발전, 복지 실현을 희생시켜가면서 지구환경의 보전 · 정화를 위해서 협조할 수 있기란 상당히 어려운 일이다.

이 문제는 어느 쪽이 더 중요하냐의 양자택일적인 문제가 아니라 동시에 병행하여 해결하지 않으면 안될 필수적인 과제라는 점에서 국내외를 막론하여 지금까지 인류사회가 경험한 바가 없는 새로운 문명의 질서 만들기의 문제로서 받아들이지 않으면 안되게 될 것이다.

지구 상에 있는 경제대국 · 기술대국들은 생활문화의 기반이 되고 있는 주거환경의 정비와 리모델링, 도시재개발, 문화공간의 확충, 레저시설 등 이른바 삶의 질Life Quality의 필요성을 잘 알고 있으면서도 경제 · 기술지상주의 때문에 이 문제가 항상 뒷전으로 밀려나고 있는 것이 현실이다. 어떤 점에서는 후진국이나 계발도상국가가 경제성장이나 기술의 발달에만 혈안이 되어 선진국보다 삶의 질을 무시하고 경제 · 기술의 성장만을 위해 힘쓰고 있는 면도 없지 않다.

진정한 대국이란 경제대국, 기술대국과 더불어 생활의 질을 높일 수가 있는 '생활대국'이 될 때에 비로소 가능한 것이라고 본다. 이 말은 인간이 이루어놓은 거대화된 과학 · 기술 · 경제를 자연과 인간의 공생에 도움이 되도록 인간들 스스로가 자기를 지배할 수 있는 지혜와 용기(생태학적 슬기)가 필요함을 말해 주고 있다.

"스스로를 지배하는 힘보다 더 큰 지배력은 우주에는 존재하지 않는다"고 말한 이탈리아의 물리학자였으며 천문학자였던 갈리레오Galileo(1564-1642)가 남긴 이 유명한 말은 지구환경의 보전과 정화를 위해서 우리 모두가 교훈으로 받아들여야 할 본래의 인간활동의 기본정신임을 일깨워주고 있다.

1) 1957년 4월 12일 독일(서독)의 원자력 과학자들이 독일군의 원자력무기 보유 계획에 반대하여 괴팅겐에서 발표한 성명이다. 원자력무기의 소유를 단념하는 것이 나라를 지키는 길이며 세계평화를 촉진하는 길이라고 호소하였다. 이 성명에 서명한 자는 어떠한 원자무기의 제조·실험 또는 사용에도 참여하지 않으며, 원자력에너지의 평화적 이용에만 협력할 것을 표명했다. 이에 서명한 자는 보른 Max Born(1882~1970), 하이젠베르그Werner Heisenberg(1901~1978), 바이츠 제커 등을 포함한 18명이었다.

2) Donella H. Meadows and Others, *The Limits of Growth : A Report for the club of Rome's Project on the Predicament of Mankind*, New York : Universe Books, 1972. 1968년 4월 서유럽의 정계·재계·학계의 지도급 인사들이 이탈리아 로마에서 결성한 국제적인 미래연구기관으로 출발하여 전세계의 과학자·경제학자·기업가, 국제적인 고위 공무원 및 전·현직 국가 원수 등으로 이루어진 비영리·비정부의 연구단체다. 이 연구단체는 정치·사상·기업의 이해관계를 벗어나 전세계적인 변화에 촉매 역할을 하는데 클럽의 목적을 두고 있다.

3) 본명은 니콜라우스 크리프즈Nicolaus Cryfftz이며, 독일의 철학자. 네덜란드의 데펜테르Deventer의 '공동생활형제회Fratres de vita commani'에서 교육을 받았으며, 여기서 화란의 종교개혁자 흐로테Geert Groote(1340~1384)와 독일의 신비사상가 토마스 아 켐피스Thomas a Kempis(1380~1471)의 영향을 받았다. 하이델베르그(1416), 파도봐(1418~1423)의 양 대학에서 법학·수학·자연과학을 수학한 후 코블렌츠Koblenz의 성聖 프로린 성당의 사제(30), 수석사제(31), 추기경(48)이 되었고, 교회정치가로서는 동서교회의 합일을 위해 힘썼고(1437년경) 사상가로서는 '명상'을 중시하는 신비주의적 경향을 가졌음. 그의 사상은 스콜라 철학scholasticism의 전통과 신플라톤주의neoplatonism의 신비사상을 이어받아 신은 '숨어 있는 신Deus absonditus'으로서 '신은 불가시不可視의 자연(신은 능산적能産的 자연*natura naturans*)'이며 현상계(자연)는 신이 자기를 가시화한 영상(현상계는 소산적所産的 자연*natura naturata*)이라고 보았다. 이와 같은 모순은 무한(신)에 있어서 일치(반대의 일치*coincidentia oppositorum*)한다고 보았으며 이 대

립의 일치를 인식하려면 분석적 이성을 초월한 인식(지성)의 최고 단계인 직관, 즉 '무지의 지docta ignorantia'에 의해서만 가능하다고 보았다. 그의 사상의 기저에는 일체를 하나로 보는 '대립의 일치관'이 스며있으며, 신은 절대적으로 최대·무한한 것이기 때문에 상이한 만물의 대립을 품어 안을 수가 있으므로, 만물은 무한한 신에 있어서 하나로 일치·일성一性이 된다고 보았다.

Nicolai de Cusa, *De Docta Ignorantia*, ed. Ernestus Hoffmann et Raymundus Klibansky, 1932.

▌4) Brian Easlea, *Liberation and the Aims of Science : An Essay on Obstacles to the Building of a Beautiful World*, London : Chatto & Windus, 1973, p. 253.

▌5) W. Barrett, *The Illusion of Technique : A Search for Meaning in a Technological Civilization*, Garden City, N. Y. : Anchor Books, 1979, p. 123.

▌6) 이양하, 신록예찬, 서울:범우사, 1976, p.21.

▌7) 본명은 Giovanni F. Bernardone(1181/82~1226), 이태리 아시지의 유복한 상인의 아들로 태어났으나 일체의 소유와 가족을 버리고(1206) 예수 그리스도를 본받아 경건한 청빈생활을 하는 종교적 탁발에 의한 생활을 하였으며, 자연을 사랑하고 신의 사랑을 체험하며 청빈을 부정적 금욕의 수단으로 삼지 않고 청빈을 기쁨으로 바꾸어 수도생활의 높은 이상을 실현하였다. 1209년 교황 이노센트 3세Innocentius Ⅲ(1160~1216/ 교황 1198~1216)의 승인을 받아 프란치스코 수도회를 창립하였으며 1212년에는 그의 제자 수녀 (성녀) 클라라Clara(1194~1253)와 협력하여 수녀를 위한 제2수도회(클라라회)를 청설하고, 1223년에는 '작은 형제수도회Ordo fratrum minorum'인 제3수도회(프란치스코회)를 창설하였다. 그가 지은 『태양의 찬가Carmen solis/The Canticle of Brother Sun』(Leclerc, 1977)는 사람들과 자연이 하나가 되는—'나의 형제인 태양'에서부터 '나의 누이인 달과 별들', '바람과 공기 형제들', '강 누이들', '불 형제들'에 이르기까지—하느님 안에서 하나가 되는 신비한 연대와 평등의식의 회복을 기도하였다는 점에서 너무도 유명하다. 1224년 9월 알베르나Alverna산에 들어가 40일간 금식하였으며 기도와 명상을 통해서 그리스도의 십자가 상처(성흔聖痕)가 각인되는 십자가의 신비체험을 했다는 것도 또한 유명하다.

▌8) Lynn White, Jr, *Western Men and Environmental Ethics : Attituese Toward Nature and Technology*, Reading, Mass : Addison-Wesley, 1973, pp. 28-30.

▌9) 그리스어 '집'을 뜻하는 oikos + 학문·이론을 뜻하는 logos의 합성어 / 독일의 생물학자 애른스트 하인리히 헤캘Ernst Heinrich Haeckel(1834~1919)에 의해서 1866년에 명명됨.

▌10) G. S. Krik, *Heraclitus : The Cosmic Fragments*, 1954.

▌11) Erich Jantsch, *The Self-Organizing Universe : Scientific and Human Implications of the Emerging Paradigm of Evolution*, Oxford : Pergamon Press, 1980, esp. chap. 10 : "The Circular Processes of Life".

12) F. Varela, H. Maturana, and Ricardo Uribe, "Autopoiesis : The Organization of Living Systems, Its Characterization and a Model." *Biosystems 5*, 1974, pp. 187-196.

13) Paul A. Samuelson and Willson D. Nordhaus, *Economics : An introductory analysis*, First Published, 1948, 17th edition, New York : McGraw-Hill, 2001, p. 6.

14) 환인桓因이 다스리던 환국桓國시대인 태고적부터 문자의 표기 없이 구전으로 전해졌다. 이를 환웅시대에 환웅대성존桓雄大聖尊이 신지혁덕神誌赫德에게 명하여 녹도문鹿圖文(『환단고기桓檀古記』에 의하면, 옛 전자는 '가림토 또는 가림다加臨多를 가리키는 것이었으나 옛 기록인 가림토 38자를 신지전자神誌篆字 또는 신전神篆, 신지글자라 하였다. 신지글자〈녹도문〉의 후신이 가림토문이다. 훈민정음 창제 때까지도 이어서 왔다하며 훈민정음 28자도 가림토를 근거로 만들어졌다는 설도 있다)으로 기록하였고 6천여 년 전 단군시대에 전문篆文으로 적었는데 전문이 적힌 비석을 신라시대의 대유학자 고운孤雲 최치원崔致遠(857-?)이 발견하여 오늘에 전하고 있다.

15) 天符經 : 一始無始하야 析三極無盡本이로다. 天一一이며 地一二이고 人一三이로다. 一積十鉅하다하나 無匱化三이로다. 天二三과 地二三과 人二三, 大三合六을 生七八九運하나 三四成環하니 五七이 一이로다. 妙衍하야 萬往萬來用變하나 不動本이로다. 本心本太陽昂明하야 人中天地一이니 一終無終一이로다.

16) 우주의 조화로운 질서를 율려라고 하며 또는 12계절의 움직임을 담는 우주의 반영이고 '궁상각치우宮商角徵羽의 오음五音에 의해서 구성된 우주 음악'이다. 율려는 육율·육려 12이며 6율은 양이고 6여는 음이다. 여기에 궁상각치우가 붙으며 그 중심음이 궁이다. 전통적인 율려의 관점에서 보면 중심음은 '황종黃鐘'이다. 그러나 한미족의 중심음은 신라 때부터 '황종'자리에서 '협종夾鐘'을 연주해왔다는 것이다. 황종은 건乾이고 코스모스이고 높은 음이라면 협종은 곤坤이고 카오스이며 낮은 음이다.

17) 朴堤上 原著, 윤치원 편저, 부도지符都誌 : *The Genesis of Mago(Mother Earth) and History of the City of Heaven's Ordiance*, 서울 : 대원출판사, 2002. '부도'란 하늘의 부름을 받은 도시 또는 하늘에 부합한 도시라는 뜻이다.

18) Donald Brownlee and Peter Ward, *The Life and Death of Planet Earth*, New York:Henry Holt and Co. 2003.

19) ibid., pp. 23~24

20) 우주 캘린더라고 하는 시뮬레이션simulation을 만든 우주론은 150억년 전에 일어난 빅뱅big bang(우주 생성시의 대폭발)에서부터 현재까지를 1년(365일)으

로 환산하고, 지구의 큰 사건들이 몇 월 며칠에 일어났다는 것을 우주적 시간척도에 준거하여 보려고 한 관점이 있다. 이와 같은 우주 캘린더의 관점은 생명이 어떻게 진화해왔는가를 상대적으로 이해하기 쉽게 하는 데 있었다.

우주 캘린더의 1월 1일은 당연히 빅뱅이다. 이 우주에 태양계, 즉 우리들의 고향, 지구가 등장하는(45억 년 전 정도) 것도 간신히 9월 10일이 지나서이며 이 지구의 바다에 처음으로 생명이 나타난(40억 년 전)것으로 생각되는 것은 9월 25일 무렵이다. 현재까지 발견되고 있는 가장 오래된 생명화석으로서 알려지고 있는 스트로마톨라이트stromatolite(녹조류綠藻類 화석을 포함한 층상 석회석/38억 년 전의 시아노박테리아cyanobacteria)가 9월 30일에 등장하였으며, 가장 오래된 광합성식물(27억 년 전)이 10월 27일, 진핵생물eukaryote(21억 년 전의 핵을 가진 최초의 세포)이 11월 10일, 동물인 다세포생물의 출현(10억 년 전)이 12월 7일, 12월 17일에는 어떤 생물이 존재하였는지 알 수가 없었던 암흑의 지질연대 Geological time scale — 선先캄브리아대Precambrian(45억년~39억년 전의 하데스대Hadean, 39억년~25억년 전의 시생대始生代Archean, 25억년~5억8천만년 전의 원생대Proterozoic를 총칭함)가 종언을 고하고 드디어 고생대古生代 Paleozoic(5억9천만 년~2억4천500만 년)가 시작되었다.

고생대의 최초의 시대가 '진화의 대폭발'이 일어난 캄브리아기紀Cambrian(5억9천만 년~5억 년 전)이다. 이 시기를 기점으로 공백이 많았던 지질연대의 캘린더에 매일같이 사건들이 일어났다.

12월 18일 삼엽충三葉忠, 19일 최초의 어류 · 척추동물의 등장, 20일 식물상相 flora의 육지진출, 21일 동물상의 육지진출, 22일 최초의 양서류, 23일 최초의 파충류, 24일 공룡의 등장, 26일 최초의 포유류, 27일 최초의 조류등장, 28일 공룡전멸, 29일 중생대Mesozoic(2억4천5백억 년~6천500만 년 전 트라이아스기 Triassic, 쥬라기Jurassic, 백악기Cretaceous)가 끝나고 신생대Cenozoic(6천5백만 년 전~현대)를 맞이한다. 30일 대형 포유류의 등장 번식, 그리하여 12월 31일 오후 10시 30분에 최초의 인류가 등장하였다. 다시 오후 11시에 이르러 이렇게 지질연대의 제3기紀에서부터 제4기의 사람의 시대에 돌입하였다.

Lynn Margulis and Dorion Sagan, *Microcosmos*, New York: Summit Books, 1986, p. 40.

21) R. Carson, *Silent Spring*, New York : Fawcett Crest Books, 1962.

22) Stephen R. Fox, *John Muir and his Legacy : The American Conservation Movement*, Boston : Little, Brown and Co., 1981, p. 292.

23) R. B. Downs, *Books That Changed the World*, rev. ed., New York : Mentor, 1983, p. 333.

24) A. Leopold, *A Sand County Almanac*, Oxford : Oxford University Press, 1949,

p. 238.

오늘날 환경 윤리에 관한 문헌은 상당수에 달한다. 미국에서 발행되고 있는 전문지 『*Environmental Ethcis*』는 1978년부터 발간되고 있다. 동물에 관한 평론은 오스트랠리아 태생의 철학자 John Passmore가 발표한 「The Treatment of Animals」, *Journal of the History of Ideas*, vol. 26, No.2,(1975)를 들 수가 있으며, 자연에 대한 서구의 태도에 관해서는 다음 두 논문을 들 수가 있다. John Passmore, 「Attitudes to Nature」, in *Nature and Conduct*, ed. R. S. Peters, London, 1975, and Ralph Gruner, 「Science, Nature and Christianity」, *Journal of Theological Studies*, vol. ⅩⅩⅥ, Pt. 1, April, 1975.

25) L. White, Jr., "The historical roots of our ecological crisis", *Science, 155* (1967), p. 1204.

26) 原 佑譯, 『判斷力批判』カント 全集 第8卷, 理想社, 1965, p. 388.

27) F. Bacon, *Religious Meditations*, 'Of Heresies' in *The Works of Francis Bacon*, ed. Spedding, Ellis and Heath, vol. 7, p. 253.

28) 기계론적 자연관의 문제점을 지적한 알프레드 화이트헤드Alfred North Whitehead(1861-1947)의 유기체론적 자연관에 입각한 자연철학을 기초로 신학적으로 발전형성된 일종의 자연신학natural theology이다. 형식적으로는 계시신학啓示神學revealed theology과 대비된다. 과정신학의 명칭은 화이트헤드가 1927-1928년 에든버러Edinburgh 대학에서 가졌던 강연 '과정과 실재process and reality'에서부터 유래하였다. 1920-1950년대에 시카고 대학 신학부의 찰스 핫스혼Charles Hartshorne을 위시하여 화이트헤드 철학을 수용개승하여 시카고학파를 만듬으로써 과정신학을 낳게 하였다. 현재 시카고 대학은 과정신학의 중심지는 아니지만 오늘날 과정신학이란 거의 시카고학파의 계승이라고 볼 수 있다. 과정신학은 특히 1950년 말에 이르러 존 캅John Cobb을 중심으로 화이트헤드에 대한 더욱 깊은 연구 성과를 기반으로 1960년대에 이르러서는 과정신학을 불교에까지도 접근 발전시켰다. 캅의 제자 데이비드 그리핀David Griffin은 과정신학의 약점이었던 그리스도론, 신의론 神義論 등을 펼쳐감으로써 현대 신학의 중요한 조류의 하나가 되고 있다.

29) 생태학적 신학은 인간과 자연을 각각 독립된 '실체'로 보는 전통적 신학의 패러다임 변환을 추구하며 유기체와 환경전체와의 상호연관 · 의존성을 중시하고 우주를 포괄적 통일체로 보는 생태학적 인식을 강조한다. 고든 카우프만 Gordon Dester Kaufman이 말하는 『핵시대의 신학*Theology for a Nuclear Age*』 (1985)도 넓은 의미의 에콜로지 신학이다.

두번째
생명의 탄생과 공생

진화적 관점에서 보면 당신은 약 40억 년 전 초기 지구의 반
죽 속에 빚어진 생명의 대담한 출생과 함께 시작되었다.
  마굴리스와 세이건Lynn Margulis & Dorian Sagan 『*What is Life*』(1995)

DNA는 불멸의 나선immortal coils이며 생명체는 생존기계
survival machine에 지나지 않다.
  도킨스Richard Dawkins 『*The Selfish Gene*』(1976)

모든 종류의 생명체가 자신만의 독특한 열쇠를 가지고 있으며
자연은 그들 각각에 맞는 자물쇠를 갖고 있는 것과 같다.
그렇다면 우리는 차라리 역으로
각 생명체들이 형성하고 있는 서로 다른 세상 등이
서로 연관을 맺으면서 하나의 공동체를
이룰 수 있는가를 묻는 것이 더 타당할 것이다.
  클라우스 미하엘 마이어-아비히Klaus Michael Mayer-Abich 『*Aufstand für*
                                    die Natur』(1990)

생명은 어떻게 해서 지구에 탄생하였는가?

생명의 기원만큼이나 불가사의하고 경이로운 문제는 없을 것이다. 만약에 지구가 태양에 좀더 가깝게 있거나 반대로 태양으로부터 너무 멀리 떨어져 있다고 한다면 지구상에는 생명이 존재할 수가 없었을 것임을 생각해 보아도 이는 인간의 이해를 뛰어넘을 만큼 경이로운 물리적인 사건이 아닐 수가 없다.

이를 천지만물의 주제자인 '하늘의 배합配合'이라고 해야 할지 또는 '우주의 뜻'의 현현顯現이라고 해야 할지 모르겠지만 아무튼 이 필연적이라고 볼 수 있는 초우연이야말로 바로 '에코패러다임' 탄생의 기반이라고 볼 수 있다. 어찌 되었든 이 기반 위에서 태양계의 한 행성行星인 지구가 너무 가깝지도 않고 너무 멀지도 않는 적정위치에서 탄생하였으며, 길고 긴 시간을 거쳐서 풍요로운 '생명의 혹성'으로까지 진화한 것이다. 참으로 신비로운 현상이다.

그렇지만, 언제 어떻게 되어서 원초적인 생명이 지구에 나타나게 되었는가에 대해서 정확히는 그 누구도 알지 못한다. 다만 우주과학이나 지질학 및 생물학의 연구결과, 최초의 생명—세균·원생생물

등 미소생명microcosm—이 등장하게 된 것은 적어도 39억년 전부터 40억년 전(하데스대代Hadean Eon) 정도로 알고 있을 뿐이다.[1]

우리는 미소생명의 출현에 관하여 태고의 지구에 발생했던 극적인 대 사건을 설명하는 모델에는 몇 가지가 있다는 것을 알고 있다.

그 중에서도 가장 널리 통용되고 있는 모델은 '진한 화학물질의 수프rich chemical soup'였던 원시지구의 바다에 몇 억 년에 걸친 강한 자외선을 가진 태양빛이 내리쏟고 번개가 내리쬐인 결과, 화학반응이 일어나서 생명이 탄생했다고 하는 설이다.

이와 같은 이론의 선구적 역할을 한 것은, 1920~1930년대에 러시아의 생물학자 알렉산드르 오파린Aleksandr Ivanovich Oparin(1894-1980)에 의해서 생명이 물리학적 · 화학적 과정을 거쳐 자연적으로 발생했으리라는 생각이 최초로 밝혀짐과 동시에 이어서 몇 년 뒤 영국의 생물학자 존 버든 홀데인John Burdon Sanderson Haldane(1892-1964)도 비슷한 이론을 발표하면서 '원시바다'를 '뜨겁고 묽은 죽'으로 표현함으로써 생명 탄생의 초기 상황을 나중에 '원시 수프 이론primitive soup theory'이라는 재미 있는 말로 불리게 되었다.

이 이론은 1953년 시카고 대학 박사 과정(화학) 학생이었던 스탠리 밀러Stanley Miller와 노벨상 수상자 지도교수인 해럴드 유레이 Harold Urey에 의한 '원시지구의 모델 실험primitive eearth-model experiments'(또는 화학진화 실험experimental chemical evolution, 생명 이전의 화학prebiotic chemistry으로 불리워졌다)에 의해서 크나큰 반영을 불러일으켰으며 아직도 우리의 기억에 새롭다.

밀러와 유레이는 암모니아, 수증기, 수소, 메탄을 혼합하여 '원시

대기' 상태를 복원시켜, 이 상태를 일주 정도 인공번개에 노출시킨 다음 냉각기에 통과시켜, 여기서 만들어진 액체를 가열하여 수분증발현상이 재현되도록 일주쯤 실험했을 때 아미노산이라고 하는 알라닌alanine과 글리신glycine 그 밖의 다양한 유기물질이 발생했다는 것이다.

이렇듯 밀러-유레이 실험에서와 같은 과정이 지구상에서 약 40억 년 전에 일어났고 그 결과 생명이 탄생했을 것이다라는 추론이다.

'원시 수프' 이론을 바탕으로 한 생명이론 가운데서 가장 최근의 이론은 독일의 노벨상 수상자이며 괴팅겐 연구소Göttingen Institute의 만프레트 아이겐Manfred Eigen(1927-)이 말하는 '초사이클hypercycle'의 이론이다. 이 이론은 이미 분자가 형성되는 단계에서부터 '자연선택'이 이루어진다는 생각에서 출발하며, 분자간의 경쟁, 분자 형성 단계에서 일어나는 자기 강화 과정이 장기간 계속되어 핵산核酸nucleic acid이 생겨나게 된다는 것이다.

요컨대 초사이클이란 지구의 초기 생명이 없는 화학반응계가 서로 촉매가 되어 둘 또는 그 이상의 자기촉매계autocatalytic cycles가 만들어진다는 것이다. 이 이론의 단점은 현존하는 생명체들은 분자의 화학 반응을 위해 핵산이 아닌 단백질이나 효소를 촉매로 사용한다는 데 있다.

원시 수프 이론과는 달리 뮌헨 출신의 화학자 귄터 베히터스호이저Günter Wächtershäuser와 같이 생명은 유기분자를 함유한 '원시 수프'에서 생기는 것이 아니라 핵산이나 단백질 어느 것도 필요 없는 단순한 화학반응에서 만들어진다고 보는 설도 있다. 이 설에 의

하면 분자들이 이산화탄소와 결합해서 덩치가 커지다가 어느 시점부터 다시 분열하는 화학 반응 과정이 되풀이 되는 가운데 최초의 생물체가 생겼다는 것이다. 이 과정은 촉매의 작용으로 유지, 가속된다고 한다.

이 밖에도 1973년 생명의 기원에 관계가 있는 수중의 새로운 세계를 발견한 오레곤 주립대학의 쟈크 코르리스Jack Corliss 교수는 해저의 대륙지각continental plate의 균열로부터 암장岩漿magma, 수증기, 각종 가스가 분출하여 해수와 섞이는 장소를 관찰하고 나서 이 상태가 유기체 형성의 환경이 된다고 보았다. 그리고 그는 대륙지각의 균열과 유화물流化物이 뜨거운 맨틀mantle(지각과 중심 핵 사이의 층)로부터 내뿜는 곳에 불가사의한 생물사회를 만들게 된다는 것을 발견하기도 했다.

그 결과 유황성분의 뜨거운 해저 온천수에서 원시 박테리아를 발견한 것이다. 이를 '해저 열수구 가설海底熱水口 假說 submarine hydrothermal-vent hypothesis'이라고 부르는 사람도 있다. 지질학자 론스대일P. F. Lonsdale(1977)같은 사람은 갈라파고스군도Galapagos(13개의 화산군도) 부근의 동태평양 해팽海膨(대양 밑바닥의 가늘고 긴 도드룩한 부분/해대海臺plateau)에 있는 대양 밑바닥 확대축에서 분출하는 열수에 함유되어 있는 물질에 의존하고 있는 생물군집을 발견하여 '열수구생물군집hydrothermal-vent community'이라는 표현을 쓰고 있다.

생명체의 지상 탄생설instant life과는 달리 우주기원설(비래설飛來說 life from meteorites)도 꾸준하다. 일찍이 스웨덴의 화학자 · 물리학자였고 전리설電離說ionization theory의 발표(1883;87)로 노벨 화학상을 수상한(1903) 스반테 아레니우스Svante August Arrhenius(1859-1927)는 1903년 지구생명체의 기원을 외계에서 날아온 운석隕石을 타고 미생물이 지구에 온 것으로 보는 이론을 처음으로 주장하기도 했다.

또한 2002년 일리노이 대학의 루이스 슈나이더Luis Schneider 교수는 '우주 공간에서 아미노산 분자를 발견했다'고 밝히고 있다. 그는 우주의 얼음, 먼지 덩어리, 가스 등에 자외선을 비추면 아미노산이 만들어진다는 사실이 발견됐다고 밝혔다. 그 결과 아미노산이 지구에 떨어져서 생명체의 기원이 됐다는 '우주먼지설'이나 미생물이 운석을 타고 지구에 왔다(1969년 9월 28일 오스트레일리아 머티존 지역에 떨어진 운석에서 유기물질을 함유하고 있음이 발견됨)는 설도 만만치 않다.

최근에는 유전정보를 담고 있는 핵산, 즉 디옥시리보핵산(deoxyribo nucleic acid:DNA)[2]과 리보 핵산ribonucleic acid:RNA에 관심을 갖는 RNA자기 복제설self-replication이 각광을 받아오고 있다. 이는 RNA 기원설이 '유전정보의 복제'에서부터 생명이 시작되었다고 보고 있기 때문이다. 처음에는 DNA가 먼저 탄생하고 이로부터 RNA가 만들어 졌다는 것이 정설이었다. 그러나 자신을 자르거나 붙일 수 있는 RNA, 즉 리보자임ribozyme(효소활성을 갖는 RNA의 총칭)이 발견되면서 점차 생명체의 RNA 기원설을 지지하는 과학자들은 유기물질에서 RNA가 만들어진 뒤 38억 년 전쯤에 스스로 복제를 하는 RNA가 등장했고 잘 부서지는 RNA가 안정적인 DNA를 만들어내면서 생명체가 탄생할 수 있는 바탕이 마련되었다고 보게 되었다.

그러나 어느 이론이라 할지라도 한 가지 분명한 것은 고대의 지구 환경 속에서 초기의 생명이 자랐다는 사실이다. 그리고 이를 가능케 한 것은 지구가 다른 혹성보다 습도·온도·중력 같은 조건이 잘 갖추어져 있어서 화학반응이 잘 일어날 수 있고 태양으로부터의 에너지를 잘 받아들일 수가 있는 가장 좋은 위치에 있었다고 하는 사실이다.

이렇듯 최초의 미소 생명이 출현하고나서 몇 십 억 년의 긴 시간의 흐름 속에서 생명의 진화가 있었고 각종 생명체의 '자기 보존 전략'이 펼쳐져 왔다고 볼 수 있다. 이 사실은 미소 생명으로부터 시작한 같은 생명체끼리 펼쳐졌던 살아남기 위한 전략의 과정이었음을 말해주고 있으며 이 과정이야말로 생태 환경의 공생 현상의 시작이었음을 말해주고 있다.

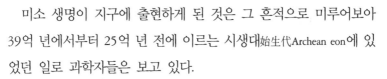

원초의 미소 생명은 공생 현상에 의해서 살아남았다.

미소 생명이 지구에 출현하게 된 것은 그 흔적으로 미루어보아 39억 년에서부터 25억 년 전에 이르는 시생대始生代Archean eon에 있었던 일로 과학자들은 보고 있다.

인간의 상상을 뛰어 넘는 이 태고의 사건들에 관해서 인간은 무엇을 근거로 이처럼 추정할 수가 있는 것일까? 그것은 지질학이나 화석학에서 조사연구해 온 결과에 근거하여 생명의 기원에 대한 생물학적인 접근에 의존하고 있다.

예컨대 남아프리카의 스와질란드 계통Swaziland formation으로 불리우고 있는 지층은 약 32~30억 년 전에 미소 생명이 있었던 것으로 밝혀지고 있으며, 역시 같은 남아프리카의 휘그 트리층層Fig Tree Formation의 혈암頁岩(이판암泥板岩shale:점토질의 수저퇴적水底堆積으로 응결된 수성암水成岩)에서는 31억 년 전에 지구상에 첫번째로 나타난 생명체에 대한 증거가 발견되었다. 또한 로데시아Rhodesia(아프리카 남부의 중앙부지역)의 브라와얀층Bulawayan fromation에서도 약 32-27억 년 전의 지층에서 미소 생명이 존재하고 있었음이 밝혀졌다.

이렇듯 지층의 퇴적암 속에서 원핵 생물prokaryote인 남색 세균藍色細菌cyanobacteria과 같은 것이 있었던 흔적이 발견됨으로써 생물학자들은 이를 근거로 원초의 미소 생명의 년대를 추정하였다.

'원핵생물'이란 간단하게 말한다면 세균이나 남조식물藍藻植物cyanophte과 같이 대체로 핵을 갖지 않는 단세포형의 생물을 말하며 핵을 갖는 다세포형의 진핵생물眞核生物eukaryote과 대응·구별된다.

그리고 남조 식물은 조류藻類algae(동화색소를 가지고 독립 영양 생활을 하는 식물의 총칭)의 일종으로서 스스로는 움직이지 않고 유성생식有性生殖sexual reproduction이 없는 분열에 의해서 번식한다. 서식장소는 주로 수중이나 습지이지만 어떤 것은 섭시 80도 정도의 온천수 중에서 자라기도 하고 반대로 극지의 빙설 위에서도 서식하는 것도 있는 것처럼 지구상의 다양한 환경조건 속에서 살아가고 있는 매우 강인한 생물인 것이다.

여기서 우리가 생각해보아야 할 문제는 무엇일까? 그것은 30수억 년이나 되는 먼 옛날 이 지구상에 나타났다고 추정되고 있는 원시적인 미소 생명이 과연 어떤 환경 속에서 생명활동을 해왔던 것일까이다. 이와 같은 문제에 대하여 생각해 보는 것도 바로 자연과 인간의 공생 문제를 생각하는데 있어서 매우 중요한 의미를 발견할 수 있을 것이라고 본다.

우주의 탄생과 그 생성을 중심으로 하는 논의와 마찬가지로 생명의 출현과 그 진화의 과정에 대해서도 다양한 연구에 근거한 가설이 나왔지만 아직도 분명치 않는 점이나 연구자에 의해서 의견을 달리하고 있는 점도 많이 있다. 그러나 대체로 타당시되고 있는 것만을 요약해 본다면 대략 다음과 같다.

지구가 탄생하고 나서 수 억 년쯤 경과한 시생대始生代Archean eon (39~25억 전)의 대기층에는 산소가 없었으며 태양의 열핵반응熱核反應으로 퍼뜨려진 수소와 화산폭발로 빈번히 분출하는 유황이 화합한 유화수소硫化水素(H_2S), 질소와 화합한 암모니아(NH_3), 탄소와 화합한 메탄(CH_4), 산소와 화합한 물(H_2O) 등 생명을 낳을 수 있는 소재가 가득 차 있었으며 강한 자외선도 내리쬐이고 있었다는 것이다.

이와 같은 치열한 환경 속에서 태어난 최초의 생물인 미소 생명체는 다양한 화합물(영양분)을 섭취하면서 성장하고 분열을 거듭하였으나 격변하는 환경 속에서는 길게 살아갈 수가 없었으며 수십만 년·수백 만 년 후에는 거의 대부분 사멸되고 만 것으로 생각되고 있다.

그렇지만 광대한 원시지구의 바다(영국의 생물학자 홀데인John Burdon Sanderson Haldene<1892-1964>)은 원시 바다를 '뜨겁고 묽은 죽'으로 표현했다)에는 아주 적지만 살아남은 미생물의 어떤 것은 강렬한 자외선을 피해 질퍽한 흙탕 속으로 들어가 땅 속으로부터 물질을 섭취하면서 발효에 의해 발생하는 에너지를 이용하여 삶을 지속해 왔다. 아마 산소가 없었기 때문에 수소가스나 유화수소에 의한 광합성光合成photosynthesis을 했던 엄청난 원초적인 광합성 세균류의 죽은 것들이 살아남은 미생물을 자외선으로부터 보호해주었거나 물질보급의 역할도 하지 않았을까 하는 추정을 하게 되었다.

이와 같은 과정을 거쳐 몇 가지의 다른 미생물들이 점차로 군집을 형성colonization하였으며 어느 의미에서는 매우 원시적인 공생현상의 시작이었다고도 볼 수 있다. 이윽고 미소생명계에는 두 가지의 큰 변화가 찾아왔다. 그것은 산소의 발생과 진핵생물眞核生物eukaryote(원핵原核생물prokaryte에 대비되는 용어이며, 핵막으로 둘러싸인 핵을 가지며 유사분열有絲分裂mitosis을 하는 세포로 형성된 생물)의 출현이였다.

다양한 공생현상이 지구를 변화시켰다

인간을 포함하여 거의 대부분의 육서생물陸棲生物은 산소 없이는 생존할 수가 없다. 그것은 대기 중에 있는 산소의 도움으로 생명을 유지할 수가 있기 때문이다.

본래 지구를 둘러싸고 있던 대기에는 산소는 없었던 것이다. 대기 중에 산소가 발생하게 된 것은 약 20억 년 전으로 추정되고 있다. 이 당시(원생대原生代proterozoic eon 초기/시생대와 고생대古生代Paleozoic의 중간)에 산소는 미소생명체인 생물에게는 아주 강렬한 유해물질이었던 것이다.

도대체 산소가 왜 미생물을 위협하는 유해물질로서 대기 중에 나타나게 되었던 것일까? 이 문제는 미생물 성장의 역사와 구조·생태를 더듬어 감으로써 밝혀진 공생현상의 해명으로부터 풀 수가 있었던 것이다.

미국의 여성 생물학자 린 마르굴리스Lynn Margulis에 의하면, 생명 발생 이후의 현상을 '연속공생설Continuous symbiosis theory'의 이론으로 이해하며 이 연속공생의 사실이 생명을 둘러싸고 있는 지구환경을 일변시켰다고 보고 있다.

마르굴리스는 이 대변화의 전말을 다음과 같이 보고 있다.

시원 지구에 출현한 미소생명microcosm이었던 세균에 있어서 탄소와 수소의 화합물은 필요불가결한 조건이었다. 이 때문에 공기 중의 이산화탄소(CO_2)는 다 써서 없어지고 수소는 줄어들고 땅 속의 유화수소(H_2S)도 점점 줄어들어갔다. 그리하여 미생물은 살기 위하여 수소가 많이 포함되어 있는 바다에서 활로를 찾았다.

이와 같은 과정을 통해서 신형의 청녹색세균이 변종으로서 유황세균으로부터 나왔다는 것이다. 오늘날의 청색세균의 원조인 이 세균은 이미 광합성의 능력을 가졌으며 전자전달계electron transport chains電子傳達系의 단백질도 갖추고 있었기 때문에 빛과 이산화탄소와 물만 있으면 어디에서나 번성할 수가 있었다는 것이다.

그렇지만 한 가지 아려운 문제가 생겼다. 지구상 어느 곳에서나 자라나기 시작한 청녹색세균이 방대한 노폐물과 더불어 산소를 뿜어내는 문제였다. 유리산소遊離酸素는 태고에 있어서는 광합성세균의 생명 유지에 필요한 화합물질을 파괴하였다. 산소는 대기 중에 급격하게 축적되어 이로 인하여 각종 미생물은 거의 전멸해버렸다는 것이다.[3]

그렇다면 시생대始生代Archean eon(39억년~25억년 전)의 지구에 살아남은 원시적인 생물은 청녹색세균blue-green bacteria만이었을까?

산소와 빛에 노출되었을 때 여기에 길들여져 있지 않는 생물의 조직은 아주 적은 힘에 의해서도 쉽게 무너져 버렸다. 미생물이 산소와 빛의 두 파괴력에 대항하기 위해서는 DNA의 복제와 중복, 유전자전이遺傳子轉移gene-transfer, 변종 등의 방법밖에는 없었다. 대량사大量死와 독성물毒性物에 접한 세균에서 잘 일어나는 성性에 의한 유전자 교환이 일어났으며, 그리하여 미소 생명이 초생물계superorgnisms로 재편성되었다.

새롭게 저항성抵抗性을 획득한 세균은 증식하고, 지표면의 산소에 약한 세균에 대신하게 되었다. 땅속이나 흙담 밑으로 잠입하여 살아남은 세균도 있다. (중략) 산소에 대한 적응은 좀더 나아졌다. 그 가운데서의 최대의 걸작은 청색세균이 맹독물인 산소를 역으로 필요로 하는 대사계代謝系를 만들어냈다는 것이다. (중략) 미소생명은 단순한 적응이 아니라 산소발동기oxygen-using dynamo같은 기구를 진화시켜 생물의 생활을 바꿔놓고 영구히 지상에서 살 수 있는 길을 닦아 놓았다.[4]

이상은 아득한 태고의 생명계에서 일어났을 것으로 생각하고 있는 마르굴리스가 추정하고 있는 대이변에 대한 압축된 관점이다. 여기에다 더욱 격렬했던 사건으로서는 유리산소遊離酸素free oxygen의 위협과 위험이 소용돌이치는 가운데 생물권이 파멸로부터 벗어나 지구를 변화시켰다는 사실이다. 그 결과 지구는 예외적인 혹성이 되었다는 것이다. 그리고 또 하나 생물의 진화과정에서 놀라운 일대비약이 일어났다. 그것은 산소에 의한 대재해大災害가 한창 심할 때 핵막으로 둘러싸인 핵을 갖으며 유사분열有絲分裂mitosis을 하는 세포를 갖는 생물인 진핵생물eukaryote이 출현했다는 것이다.

원핵세포와 진핵세포의 차이

세포에는 핵이 있는 것과 없는 것으로 구분된다. 간단히 말해서 원칙상 핵이 없는 세포에 의해서 만들어진 생물이 '원핵생물 prokayote'이며 이는 세균이나 남조류藍藻類 등을 말한다. 이와는 달리 핵이 있는 세포를 갖는 생물은 '진핵생물eukaryote'이라고 한다. 그러나 원핵세포에는 거의 핵이 존재하고 있지 않느냐 하면 실은 그렇지도 않다. 유전정보를 가지고 있는 DNA도 작은 섬유 상태의 구조가 되어 원핵 세포의 중심부를 차지하고 있다. 그렇지만 진핵 생물의 핵처럼 핵막으로 단단히 둘러싸여 있지 않는 점이 다르다.

따라서 원핵세포와 진핵세포의 다른점을 좀더 엄밀하게 말한다면, 세포핵이 막membrane으로 완전히 감싸인 형태로 존재하느냐 존재하지 않느냐가 핵심이 된다고 말할 수가 있다.

그런데 현재의 진핵생물은 모두 산소에 의해서 살고 있지만 진핵세포가 산소를 이용하려고 할 때 필요한 것이 '미토콘드리아 mitochondria'(세포질 속의 호흡을 맡고 있는 미소한 세포기관)이며, 그리고 녹색식물의 세포 가운데는 '엽록체chloroplast'가 있다는 것이다.

미토콘드리아나 엽록체에는 각각 독자적인 DNA(디옥시리본핵산)가 있으며, 그리고 양자는 나름대로의 리보솜ribsome(세포 중의 RNA와 단백질의 복합체)이나 RNA(리보핵산)를 갖는다. 이 점으로 미루어보아 미토콘드리아와 엽록체도 본래는 독립한 미생물이었을 것으로 추정되기도 하였으나 그것이 어떤 기원에 의해서 그렇게 된것인지에 대해서는 확실하게 밝혀지지를 않았다.

근년에 와서 미토콘드리아가 공생원핵생물로부터 유래하였으며, 엽록체도 남조식물藍藻植物blue-green alga에 가까운 원시 광합성 세균의 흔적일 것이라고 보는 설이 유력하게 되었다. 그렇지만 불가사의한 것은 본래부터 성질이 달랐던 원핵 세포에 관계가 있는 미토콘드리아와 엽록체가 어떻게 되어 진핵세포에 끼어들게 되었는가의 문제이다.

여기서 등장하는 것이 '공생설symbiosis theory'이다.

이 공생설을 이해하기 위해서는 먼저 미소생명인 세균이 산소의 대공해(약 20억 년 전에 일어난 세계적 오염)로 인하여 극적인 변화 속에 있을 때 어떻게 되어 신종의 진핵세포가 나타나게 되었는지를 이해할 필요가 있을 것이다.

공생에 의해 태어난 새로운 세포

린 마르굴리스Lynn Margulis에 의하면 진핵세포는 공기 중의 산소 농도가 겨우 2퍼센트에 지나지 않았던 22억 년 전 무렵에 신종의 세포(진핵세포: 핵과 산소를 이용하는 세포내 기관인 미토콘드리아를 갖는 세포)가 되어 돌연히 나타난 것 같다. 세포로부터 핵이 있는 세포로, 즉 원핵생물로부터 진핵생물로의 이행은 여러 가지 조건으로 미루어 보아 시간을 갖고 천천히 나타났다고 볼 수는 없다.[5]

그렇다면 어떻게 해서 신종 세포new cell가 돌연 나타나게 되는 생명계의 일대비약이 일어났던 것일까? 전문영역에 관한 설명은 생략하기로 하며, 우선 이 신비한 사건들에 대한 마르굴리스가 생각하고 있는 관점의 주요부분을 소개하고자 한다.

원생대proterozoic eon(20~5.8억년 전)에 습기가 많은 흙 속에서 청록색 세균blue-green bacteria은 한데 모여 살면서 맹렬하게 전표면으로부터 공해산소를 부글 부글 소리내어 내뿜었다. 주위의 세균들은 이를 피하든가 또는 진화하여 참아내든가 어느 한쪽을 택하지 않을 수 없게 되었을 때 산소호흡세균oxygen-breathing bacterium이 출현하였다. 이 세균은 오늘날 우리가 알고 있는 브댈로비브리오Bdellovibrio나 답토박터 Daptobacter(대형 박테리아에 감염하여 그 내부에서 증식하는 오늘날의 약탈적인 원핵생물)와 같은 매우 사나운 육식 세균임에 틀림없을 것이라고 보고 있다.[6]

마르굴리스는 세균(원핵세포)과 진핵세포와의 가장 큰 차이에 대해서 말하기를, 세균은 단일 레플리콘replicon(DNA나 RNA의 복제단위) 밖에 없는데 대해서 진핵세포는 DNA가 단백질과 결합하여 구슬 모양의 방대한 수의 염색체를 가지고 있다고 보았다. 그 이유로서 혐기성嫌氣性 세균anaerobic bacteria과 호기성好氣性 세균aerobic bacteria 이라고 하는 본래 서로 다른 세균이 모여서 공동생활을 하게 되었기 때문에 이들 세균이 서로 협력함으로서 진핵세포가 되었다고 다음과 같이 말하고 있다.

세포에는 핵nucleus이 있느냐 없느냐의 둘 중 어느 하나이다. 그 중간은 없다. 화석(아크리타그 화석acritarch fossils/단세포로 생활한 원생생물 protist의 화석)에서도 핵은 돌연히 나타나 있으며, 핵을 갖는 세포의 생물과 그렇지 않는 것과의 사이는 전혀 불연속이다. 그리고 세포내기관은 매우 복잡하여 자체분열을 한다. 이와 같은 사실은 세균의 단순한 변이變異나 유전자 전이가 아니라 근본적으로 다른 결과를 거쳐 신세포가 생긴 것을 말해주고 있다.

지난 10년 동안의 연구에서 이 사실은 공생에 의한 것이라고 하는 것을 확신시켰다. 별도의 원핵세포가 다른 세포에 숨어든 것이다. 그리고 그 가운데서 세포의 폐기물을 소화시킨다. 또한 그들의 폐기물이 이번에는 숙주의 먹이가 된다. 이와 같은 밀접한 수수授受가 영구적인 관계를 만든다. 그리하여 숙주 속에 들어간 세포는 다른 세포 안의 생활에 잘 적응하는 자손을 만든다. 시간이 경과하면 이들의 세포는 실제의 편리성 때문에 서로 긴밀하게 의지하는 공동체 미생물communities of microbes과 더불어 진화하여 하나의 안정된 생물이 된다.

이것이 원생생물protists(단세포 진핵생물)이다. 자유롭게 유전자를 교환하는 계통에 있는 생물은 다시 일보 전진하여 공생의 협력synergy of symbiosis을 할 수 있게 되었다. 따로 따로 떨어져 있는 생물이 한데 어우러져서 하나의 새로운 생물이 되어 그들의 부분을 합친 총화 이상의 능력을 얻게 되었다.[7]

이상은 다소 긴 문장의 인용이기는 하지만 원핵 생물에서부터 진핵 생물로의 대변혁을 이해하는데 참고가 될 것으로 본다.

물론 생명계의 공생에 근거한 일대비약은 계속된다. 마르굴리스가 주장하고 있는 소위 '연속공생설continuous symbiosis theory'은 앞에서 그 개요를 소개한 바와 같이 원핵 세포의 원조인 세균이 다른 세포 속으로 들어가서 분화하고 다른 유형의 세포와 계속해서 세포 내 공생을 한 결과 진핵 세포에 이르게 되었다는 것이다.

그러나 오늘날의 생물권의 다양성을 낳게 된 근원이었던 태고의 일대비약에는 또 하나 중요한 요소가 존재하고 있다. 그것은 진핵세포에서 기본적으로 볼 수 있는 편모鞭毛flagellum(단백질로 되어 있으며 세포의 일부가 분화하여 한 개 또는 수개의 긴 채찍의 털처럼 된 운동 및 영양섭취의 세포기관)가 무엇 때문에 있느냐이다. 이 점에 대하여 다음에 간단하게 생각해 보기로 한다.

스피로헤타spirochete[8])의 공생이 생물의 다양성과 진화를 촉진시켰다

현미경으로 살아있는 진핵세포 안을 들여다 보면, 세포질이 활발하게 돌며 운동하고 있는 것을 알 수 있다고 한다. 마치 거리의 인파의 붐빔과도 같이 핵을 갖는 세포의 내부에서 활발한 운동이 펼쳐지며 세포가 전체적으로 이동함으로 인하여 생명 활동이 유지되고 촉진된다. 이 점은 진핵세포에 운동성을 갖는 편모鞭毛flagellum라고 하는 소기관이 갖추어져 있기 때문이다. 원핵세포에도 편모는 있지만 그 성질과 운동은 진핵세포와는 다르다.

진핵세포의 기본형은 앞에서 설명했던 바와 같이 먼저 세균의 공생에 의해서 호기성好氣性의 박테리아가 다른 세포 속으로 들어가 미토콘드리아mitochondria(세포질 속의 호흡을 맡고 있는 미소한 소기관)의 원조元祖가 되었지만, 이것과 앞서거니 뒤서거니 하여 스피로헤타가 비非스피로해타 세균으로 들어가서 움직일 수 없었던 세균들을 움직일 수 있게 했다고 한다.

이와 같은 가설은 처음에는 너무 대담한 이론이었기 때문에 그렇게 긍정적으로 수용되지 못하였으나 오늘날에는 대체로 지지되고 있다. 마르굴리스는 그 후 녹색식물의 세포에 관해서는 남색세균cyano bacteria의 원조가 세포내 공생에 의해서 엽록체choroplast를 형성하게 되었다고 생각하였다.

어찌되었든 스피로헤타라고 하는 미세소관microtubles을 갖는 아주 운동이 빠른 미소생명이 다른 세포와 공생한 결과, 생명의 폭발적인 발전을 자극하여 공생생물의 수와 종류가 비약적으로 증대했다는 것이다. 지금도 스피로헤태는 공생상대로 잠입하여 움직일 수 있게 하는 성질은 그대로 가지고 있다고 한다. 마르굴리스는 인간의 뇌도 이와 같은 스피로헤타의 탁월한 작용에 의해서 사고활동을 지속할 수가 있다고 보고 있다.

그는 '뇌도 공생의 산물symbiotic brain'이라고 생각하여 다음과 같이 말하고 있으며, 이는 매우 시사성 깊은 관점이라고 본다.

원래 미생물의 스피로헤타는 살기 위하여 맹렬히 운동하지 않으면 안되었다. 몇 십 억 년이나 지난 지금 스피로헤타는 뇌 조직 속에 들어가 핵산과 단백질의 유물이 세균이 모여서 진화한 매우 복잡한 복합체인 인간의 행동에 깊이 관여하고 있다. 어쩌면 오늘날의 인간들은 공동체나 시市에서 그리고 전파로 연결되어 모여 살고 있는 것이, 사고思考가 스피로헤타의 도움을 받아 이루어지고 있는 것과 마찬가지로 개인의 사고가 모여서 뜻밖의 네트워크를 만들기 시작하고 있는 것 때문인지도 모른다. 하나의 뇌세포—그 미소관은 스피로헤타의 유물이라고 생각된다—가 우리들 인간의 의식에 있어서 차지하고 있는 역할을 모르고 있는 것과 마찬가지로 많은 사람들은 집단조직을 만들게 되면 자기가 어떤 능력을 발휘하게 되는지를 모르고 있다.[9]

이렇듯 마르굴리스는 스피로헤타가 정말로 뇌 세포나 신경세포의 원조라고 한다면 사고의 개념이나 기호는 세균 속에 잠재하고 있었던 화학적·물리적 기능에 기초하고 있다고 보았다. 나아가서 그는 아인슈타인Albert Einstein(1878~1955)이 말했던 뇌의 '재생요소 reproducible elements'란 이미 30억년 전, 그리고 혐기상태嫌氣狀態에 있었던 고대의 지구상에서 번성하고 있었던 세균 속에 있었을지도 모른다고 말하고 있다. 그리고 뇌 세포 속에 있는 미소관微小管 microtubules(신경세관neurotubles)이 스피로헤타로부터 유래한다고 하는 증거가 서서히 축적되고 있다는 것을 말하고 있다.10)

흥미있는 의태공생

식물에는 의태공생擬態共生mimicry이라고 하는 현상이 있다. 예컨 대 벼와 피(제패稊稗)를 한데 심어놓으면 피가 사람에게 뽑힐 것을 두려워서인지 피가 점점 벼 모습으로 닮아가게 된다고 한다.

이 현상은 식물자신이 스스로를 방어하기 위하여 빛과 색의 합 성에 의하여 식물사회에서 취하게 되는 공생현상의 한 예라고도 볼 수 있다. 또한 아마亞麻는 그것만을 심어두게 되면 여간해서는 꽃을 피우지 않지만 냉이와 같이 심어두게 되면 냉이의 꽃이 피고 열매를 맺게 됨에 따라서 아마에도 꽃이 피고 열매를 맺게 된다는 공생현상도 있다.

이와 같은 현상은 물리적 현상으로서 빛이 집약coherency되어 강 력한 레이저 광이 되는 것처럼, 자연의 생태에 있어서도 생물체로부터 발생하는 정보와 에너지가 수렴 · 증폭되어 하나의 벡터를 형성하여 다른 대상에 강렬한 영향을 준 하나의 예이다. 이러한 과정은 다양한 기술을 수렴 · 증폭하여 공생기술ecotechnology을 실천하려고 할 때 크게 참고가 될 수 있는 식물구조의 하나라고 말할 수가 있다.

의태擬態에는 두 가지 유형이 있다. 하나는 은폐적 의태隱蔽的 擬態이며, 이는 의태를 취하는 식물이 사람이나 동물에 관심을 갖지 못하도록 하는 모습의 형태로 달라지는 것을 말한다. 그러나 어떻게 되어서 사람의 눈을 속이게 되었는지 의태의 형태를 획득하는 기제에 대해서는 아직 확실하게 밝혀지지 않고 있다.

또 하나의 의태에는 표지적標識的 의태라고 하는 것이 있다. 상대가 관심을 갖지 않도록 하는 은폐적 의태와는 달리 이 경우에는 일부러 관심을 갖게 하는 의태이다. 이런 현상은 곤충의 세계에서 흔히 볼 수 있는 현상이며, 아주 강한 독이 있는 식물처럼 보이게 만든다든가, 맛이 없게 보이는 식물 형태를 닮아가는 것처럼 일부러 관심을 갖게 함과 동시에 혐오감을 갖게 하는 의태이다. 그러나 이와는 달리 오히려 좋아하는 것을 닮아가는 표지적 의태도 있다. 예컨대 어떤 형태나 향기를 닮아가는 란과식물 같은데서 이런 의태를 볼 수가 있다.

한 가지 흥미 있는 것은 지금까지 살펴본 의태와는 달리 재배식물이 잡초화한다는 사실이다. 이를 가장 잘 나타내주고 있는 것으로 벼를 생각할 수가 있다. 벼에는 재배하는 벼와 양생의 벼, 잡초의 벼가 있다. 이 가운데서 잡초의 벼는 재배하는 벼와 달리 오래가지 않고 쉽게 이삭이 떨어져 버리지만 재배하는 벼는 탈곡할 때까지 이삭이 붙어 있다는 사실이다. 참으로 기이한 현상이다.

공생으로부터 얻은 교훈

지금까지 공생현상을 설명하기 위하여 린 마르굴리스Lynn Margulis 의 관점을 많이 인용하였다. 물론 공생에 관하여 말하고 있는 사람 은 마르굴리스 한 사람만은 아니다. 그럼에도 불구하고 마르굴리스 가 제창하고 있는 이론을 인용하여 설명해온 것은 그녀의 이론 가 운데서 말하고 있는 '연속 공생설'의 가설이 대단히 매력적이고 설 득력이 있어 보이며 '에코패러다임'의 기본을 이미지화 시켜주기 때문이다.

또한 지구상에서 면면이 이어온 생명의 역사 가운데서 인간이나 인간 이외의 온갖 생물도 생명이 만들어지는 기본과정에 있어서 앞에서 살펴본 생명의 진화과정으로서의 공생현상과 별로 다른 것 이 아니라는 것을 환기시켜주고 있는 점에서 뛰어난 이론이라고 생각되기 때문이다.

최근에 이르러 시대의 추세를 반영하여 문화론으로서는 물론 국 제관계나 경제·과학 심지어는 종교 영역에서도 '공생'이라고 하 는 용어가 빈번히 사용되고 있다. 그 가운데는 '지구에 순종하는 것' 그 자체가 '공생'이라고 생각하거나 이질적인 것들이 한데 모 여 사이좋게 행동하는 것이 마치도 '공생'의 참 뜻인양 생각하기도 한다. 물론 그것이 틀렸다고까지는 말할 수는 없지만 다분히 감상 적인 관념이나 기분의 투영처럼 보여지기도 한다.

본래 공생symbiosis(sym더불어＋biosis사는 방식의 합성어)이라고 하는 용
어는 1879년 독일의 식물 병리 학자였으며 슈트라스부르크 대학
교수였던 안톤 드 배이리Anton de Bary(1831-1888)에 의해서 처음으로
사용되었다. 이 개념의 정의로서는 다른 종의 생물이 더불어 같이
생활하는 일체의 현상을 말하는 넓은 의미로 사용되었다.

오늘날 공생은 쌍방이 이익을 얻는 형식의 '상리공생相利共生
mutalism', 한쪽만 이익을 얻는 '편리공생片利共生commensalism', '기생
寄生parasitism', 그리고 형태내용을 중심으로는 곤충·식물·어류·
동물·세균·장내공생臟內共生 등에 이르기까지 매우 다체로운 연
구가 진행되고 있다.

'상리공생', '편리공생', '기생', '의태공생'이라고 하여도 자연계
에는 이와 같은 개념을 명확하게 구분하기 어려운 예가 많이 있다.
그렇지만 '종種이 다른 생물이 더불어 생활한다'고 하는 것이 공생
의 의미라고 하여도 그 과정은 매우 복잡다양하며, 이미 앞에서 살
펴본 바와 같이 장기간에 걸친 '필사적인' 살아남기 위한 관계를
통해서 형성된 현상임을 잊어서는 안된다.

어찌되었든 공생문제를 인간 사회에 끌어들여 생각하려고 할 때
이를 낙관적으로 해석할 것인가 아니면 비관적으로 해석할 것인가
는 사람에 따라서 달라질 것이다.

그러나 인간의 경우 생명의 역사가 결코 비극적인 방향을 향해
서 진행해온 것만은 아니라는 것도 생각할 필요가 있다. 설혹 자
연·환경이 생명에 큰 재해를 가져다 주었던 천재지변의 경우에도
자연이 우리에게 주는 시그날이 무엇이며, 우리에게 주려는 메시지
가 무엇인가를 간파하여 여기서 얻은 지혜를 살려 최악의 사태를

피하고 활로를 찾아내어 새로운 발전을 이룩했다고 하는 사실에서 많은 것을 배울 필요가 있다.

다시 말해서 자연의 공생, 생명의 공생으로부터 발견한 의미를 인간의 삶에 최대로 활용하여 그 효과를 거두는 생태학적 최적화 ecological optimization가 필요하다. 이 말에는 낙관적인 의미와 이를 효과적으로 활용한다고 하는 희망적인 의미가 포함되고 있다. 생각해 보면 자연 속에 감추어져 있는 질서·진리와 자연이 지니고 있는 다채로운 구조를 하나의 지혜로 배워서 이를 효과적으로 최대한 활용하기 위하여 사람들의 뜻과 노력을 결집하는 일이 지금처럼 절실하게 요청되는 때도 없다.

이런 점에서 '에코패러다임'도 단순히 환경운동으로서 표방하는 구호로서가 아니라 엄숙하게 지금 여기서 자연과 인간이 더불어 살아가는 세상을 만들기 위하여 그 원동력으로 활용되어야 할 이념의 범례가 아니면 안될 것이다.

| 주 |

1) Lym Margulis and Dorion Sagan, *Microcosmos: Four Billion Years of Microbial Evolution*, New York: Summit Books, 1986.

2) 1869년 스위스의 생화학자 미셰르 S. F. Miescher에 의해서 발견됨. 그후 1953년 케임브리지의 프랜시스 크릭Francis Crick(1916-   )과 제임스 와트슨 James Watson(1828-   )에 의해서 이중 나선 모양으로 알려진 DNA의 입체구조가 밝혀졌다.

3) L. Margulis and D. Sagan, op. cit., p. 109.

4) ibid.,

5) ibid., pp. 115-116.

6) ibid., p. 129.

7) ibid., pp. 118-119.

8) 타레송곳corkscrew(와인 병따개 모양) 모양을 한 움직임이 빠른 세균이다. 일종의 발효세균fermenting bacteria이며 생명 탄생 후 이윽고 생긴 것이다. 그람-음성Gram-negative(1884년 덴마크 의사 한스 그람Hans Christian Gram이 세균 확인을 위한 그람 염색법Gram stain이라는 기술이 개발됨으로써 세포벽구조에 따라 그람 양성Gram Positive, 그람 음성Gram negative으로 분류) 세균으로 세포질 주변 공간Periplamic Space을 통과하는 원섬유인 축사axial filament라는 독특한 구조를 특징으로 하고 있다. 세포는 나선형으로 꼬인 가늘고 긴 원통이며 산소를 싫어하는 미생물균의 일반적인 총칭이기도 하다. 말단에서 시작하는 축사는 가운데에서 겹치고 이것들이 세포벽에 부착된 부위에는 특유의 기저고리들이 있다. 일반적으로 편모鞭毛와 핵이 없으며 몸을 비틀어 운동함.

9) ibid., p. 153.

10) ibid., pp.149~150

생태계의 구조와 먹이사슬

인간에게서 가장 인간적인 면은
다른 인간들과 공존하는 것과 자연공생계에
대한 관계에서 발견할 수 있다.
다시 말해 가장 인간적인 면은
인간 자체가 지니는 속성에서 뿐만 아니라
인간을 자아로부터 끄집어 내어
다른 사람과 다른 사물로 환원하는 것에 있다.

클라우스 마이엘 마이어-아비히Klaus Michael Mayer-Abich
『*Aufstand für die Natur*』(1990)

세번째 생태계의 짜임새의 먹이사슬

공생연구를 생각했던 헤켈Haeckel의 에콜로지 개념

생물과 이를 둘러싸고 있는 환경과의 관계를 연구하는 생물학의 한 분야로서 생태학ecology이라고 하는 분야가 생겨났다. 다시 말해서 한 생물(개체이든 집단이든)의 존재 양상이란, 주위의 생물과 물리화학적 환경에 의해서 규정되기도 하지만, 역으로 그것들을 규정한다고 하는 상호작용의 법칙성을 탐구하는 것이 생태학의 근본사상으로 자리매김을 하게 되었다.

그러나 에콜로지의 개념용법에 있어서 ① 생물의 생태 그 자체를 지칭할 경우, ② 학문으로서의 생태학을 지칭할 경우, ③ 자연(환경) 보호 사상을 지칭하는 경우가 있다. 근년에 와서는 특히 용어 사용상의 혼란을 피하기 위하여 제3의 용법으로서 환경보호주의를 에콜로지즘ecologism, 환경보호주의자를 에콜로지스트ecologist로 불리우게 되었다. 엄밀하게 생각한다면 역사적으로는 생태학과 에콜로지즘은 처음부터 밀접한 관계를 가지고 발전해온 것은 아니었다.

'생물'에 관한 체계적 지식은 일찌기 아리스토텔레스Aristotelēs(BC. 384-322)의 고대 그리스의 『자연학Physica』(실증적 연구서가 아니라 자연학의 대상과 방법을 검토하고 운동 · 변화를 중심으로 한 기본 개념을 분석한 철학적 저서이다.)에서부터 발달한 생물학biology(생물 · 생명을 뜻하는 비오스bios + 학문 · 이론을 뜻하는 logos의 합성어, 즉 생물 및 생명 현상에 관한 자연과학, 생명과학이다.)에 그 근원을 두며, 이것이 생리학physiology, 형태학morphology, 박물학natural history에 걸치는 종합적인 연구로서 발전되어 오던 것이 19세기 중반에 이르러 찰스 다윈Charles Darwin(1809-1882)의 『종의 기원On the Origin of Species』(1859)이 발표됨으로써 획기적인 발전을 거두었다.

그리하여 괴테Johann Wolfgang von Goethe(1749~1832)의 '범신론적 자연관'에 빠져 있었으며 다윈의 진화론적 영향을 받아 '동물학Zoologie'의 체계화를 시도하고 있었던 독일의 동물학자 에른스트 하인리히 헤켈Ernst Heinrich Haeckel(1834-1919)[1]은 『생명체의 일반형태학Generelle Morphologie der Organismen』(1866) 속에서 처음으로 '에콜로기Ökologie'라는 용어를 사용하였다.

에콜로지ecology란 독일어의 Ökologie를 영역英譯한 것이며 1890년대에 이르러 주로 식물학자 사이에 정착하기 시작하였으며 한자 문화권에서는 이를 생태학으로 옮겨 쓰고 있다.

헤켈은 생물연구에 있어서 당시의 생리학, 형태학과 분류를 주목적으로 하는 박물학 외에 '생물과 이를 둘러싸고 있는 환경에 대한 관계를 연구하는 필요성을 생각하여 새로운 연구 분야를 고안해내어 이를 애콜로지라고 명명한 것이다.

첫번째 장에서도 언급한 바가 있거니와 ecology=Ökelogie란 그리스어에서 '집'Haus=house(헤켈은 '가계家計'의 의미의 주를 달고 있다)을 뜻한 '오이코스oikos'와 학문 · 이론을 뜻하는 '로고스logos'를 합성시켜 헤켈이 만든 용어이다. 실은 경제학economy도 'oikos'의 어원을 가지고 있다. 이런 관점에서 그는 에콜로지를 '관계생리학'의 일부문─部門으로 보았으며 '유기체와 환경 사이의 관계를 연구하는 과학'이라고 정의하였다.[2]

이렇듯 에콜로지는 학문상의 용어로서는 헤켈에 의해서 처음으로 사용된 것으로 인식되고 있으나 실질적인 연구에 있어서는 이런 명칭의 탄생보다 월등히 긴 역사를 가지고 있다고 보는 사람도 있다.

예컨대 영국의 시골 셀본Selborne에서 살면서 부목사로서 생애를 마친 길버드 화이트Gilbert White(1720-1793)가 남긴 관찰기록인 『셀본의 자연사The Natural History of Selborne』는 1789년에 출판되었으며 스웨덴의 식물학자 칼 폰 린내Carl von Linné(1707-1970:본래의 성은 린내우스 Linnaeus였으나 1764년 귀족작위를 받은 후부터 von Linné라고 사용하였다)에 의한 논고 「자연의 경제Economy of Nature」가 1749년에 발표되었고, 또한 미국의 사상가이자 수필가였던 데이빗 소로우Henry David Thoreau (1817-1862)의 역저 『월든: 숲 속의 생활Walden:or Life in the Woods』(소로우의 인생관 · 사회관 · 자연관을 말하고 있으며 미국 문학사 · 사상사에서 불후의 서로서 평가받고 있다.)[3]이 1854년에 세상에 나오게 된 사실 등을 미루어 그렇게 생각하는 사람도 있다.

이밖에도 열대우림熱帶雨林의 생태에 관해서 처음으로 조사 · 연구하였으며 다윈과는 별도로 1858년도에 진화에 관한 자연도태설 theory of natural selection[4]을 주창한 영국의 박물학자 알프레드 럿셀

왈래스Alfred Russel Wallace(1823-1913)는 곤충학자 헨리 베잇쓰Henry Walter Bates(1825~1892)와 더불어 아마존과 브라질의 리오·니그로 Rio Negro 지역에 대한 표본 수집, 탐험, 자연사 연구를 위한 여행을 하고 나서『아마존과 리오 니그로 지역의 여행기*Travels on the Amazon and Rio Negro*』(Archipelago 2vols, 1853)라고 하는 책을 내놓기도 하였다.

18세기부터 현대에 이르는 에콜로지 사상의 역사를 상세하게 더듬어 체계적인 내용을 갖추어 내놓은 역저『자연의 경제*Nature's Economy*』(1977)[5]의 저자인 역사학자 도날드 워스터Donald Worster(미국의 환경학자로서 현재 브란다이스 대학 교수)는 초기의 에콜로지는 긍정적인 의미를 갖는 다분히 목가적이며 낭만주의적 색채를 띠고 있었지만 시대의 변천과 사회의 사상적인 경향을 반영하면서 오늘날에는 사회·문화의 성격에 따라 각각 특색 있는 에콜로지 사상의 형성에 크게 기여하였다고 지적되고 있다.

워스터는 에콜로지에 관하여 다음과 같이 말하고 있다.

에콜로지란 기본적으로 인간 이외의 세계를 조작하기 위한 과학인가? 아니면 '상호관계성의 철학philosophy of interrelatedness'인가? 전자의 경우에는 과학력을 총동원하여 인간 이외의 세계에 대한 인간의 지배를 가능한 한 확대할 것을 주장하는 '제왕적 지배파imparial tradition'가 있는 반면, 후자의 경우는 자연과 조화된 소박하고 목가적인 생활을 제창하며 … 지배가 아니라 공존을, 자기주장이 아니라 겸허함을, 자연 위에 군림하는 인간이 아니라 자연의 일부로서의 인간을 주장하는 '전원파arcadian tradition'가 있다.

아직도 에콜로지를 둘러싼 이와 같은 유기적·공동체적 이상과 실리론·공리론의 괴리된 틈은 메꾸어지고 있지 않다. 앞으로 다가올 '에콜로지 시대age of ecology'에 있어서 우리의 과제는 이들 두 가지 '대의大義moral courses' 가운데서 어느 것을 선택하느냐일 것이다.[6)

여기서 다시 독자의 이해에 참고가 되고자 '에콜로지' 용어의 명명자인 헤켈 자신의 생태학에 대한 관점을 소개한다면 다음과 같다.

> 생태학은 유기체의 경제, 유기체의 생활상의 요구, 유기체가 자기와 공동으로 생활하는 다른 생물과의 관계 등(생물군집·공서共棲·기생寄生)을 연구하는 데 있다.[7)

그가 말하는 '유기체의 경제'란 에너지의 생산－소비를 포함한 유기체의 생명 활동 상태를 지적한 것이며, 앞에서 든 린내의 관점과 같이 자연을 '경제적 구조'의 시각에서 이해한 것이며, '공서'란 오늘날 말하는 '공생 共生symbiosis'을 뜻한다.

돌이켜 보면 에콜로지의 명명자 헤켈이 생태학의 연구과제로서 이미 생물군집과 더불어 공생과 기생을 중시하였음을 엿볼 수가 있다. 그러나 헤켈의 시대부터 시작하여 1세기하고 36년이 지났지만 아직도 이 문제는 여전히 우리에게 극복해야 할 어려운 지상의 과제로 남아있는 점으로 미루어 볼 때 참으로 이 문제가 지난한 과제임을 더욱 절실하게 느끼게 하고 있다.

생명권生命圈을 통해서 자연의 구조를 이해한다

생물과 환경과의 상호작용의 관계를 연구하는 학문 영역인 생태학이 여러 가지 독자적인 시각에서 연구성과를 거두었으며 생명권 life sphere의 구조를 밝힐 수 있게 된 것은 20세기 후반에 이르러서였다.

헤켈 자신도 에콜로지의 용어를 명명하였고 앞에서와 같은 일반적인 정의를 내렸음에도 불구하고 생태학 분야의 구체적인 연구는 없었으며 그의 염두에 있었던 것은 당시의 생물학이 환경으로부터 받은 영향을 지나치게 경시하고 있는 점을 우려하여 에콜로지를 제창하였다고 한다.

뿐만 아니라 생태학의 이름으로 실재로 연구를 시작한 덴마크의 식물학자이자 식물생태지리학의 창시자인 요하네스 바르밍Johannes Eugenius Warming(1841-1924 / 스톡홀름 대학 교수 및 코펜하겐 대학 교수, 동식물원장)에 의해서 『식물 사회Plantesamfund』(1895)가 발표되기도 했지만 이도 역시 식물의 지리적 적응, 계절의 변이 등 생물학적 색채가 짙은 연구였기 때문에 생물학과 생태학의 구분이 명확하지 않았다.

그렇지만 미국의 식물학자 카울즈H. Chandler Cowles(1869- 1939)[8]와 클레멘스Frederic Edward Clements(1874-1985)[9]에 의한 사막과 초원의 식물 생태에 대한 관찰로부터 많은 동식물이 하나의 생물처럼 살고 있는 것을 발견하고 이를 '복합유기체complex organism'로 명명함으로써 헤켈의 에콜로지는 좀더 분명하게 계승되었다.

이와 같은 흐름에 이어서, 생태학의 기초가 만들어지고 뿌리를 내리게 된 것은 1920년대에서부터 30년대에 걸쳐서 주로 영국의 동물학자이며 생태학자였던 찰스 엘튼Charles Sutherland Elton(1900-1991)과 역시 같은 영국의 식물생태학자였던 아서 탄슬리Arthur George Tansley(1871-1955, 런던 대학 교수, 캠브리지 대학 강사, 옥스퍼드 대학 교수, 생태학의 한 학파를 만들었으며『New Phytologist』지를 창간<1902>하고 30년간 편집)에 의해서였다.

엘튼은 동물군집의 상호의존관계를 조사하는 과정에서 동물이 식물을 소비하며 그 동물을 다시 다른 동물이 소비한다고 하는 '먹이사슬food chain', '먹이망food web', '생태적 지위ecological niche', '개체수 피라미드pyramid of numbers' 등 후기 생태학의 발전에 영향을 줄 수 있는 중요한 개념과 이론을 정립시켰다.10)

한편 탄슬리는 생물과 이를 둘러싸고 있는 무기적인 비생물적 환경과의 상호작용에 대한 연구로부터 태양 에너지를 생산자(식물)가 받아들인 후 순차적으로 소비자(동물)가 이를 계승해가는 자연계의 에너지의 흐름이 있다는 것을 발견하고 에너지의 흐름과 물질 환경과의 작용(기능계)이 존재하고 있음에 주목하여 1935년에 그는 이를 '생태계生態系ecosystem'라고 말하였다.11)

이와 같은 관점을 더욱 발전시켜서 '생태계生態系'의 개념을 확립시킨 것은 영국 태생의 미국의 생태학자 조지 허친슨George Evelyn Hutchinson(1903~1991)의 연구(생물지구화학, 생태적 지위, 종의 다양성, 개체군 생태학에 대한 연구업적을 남겼다. 특히 '영양단계설'로 '생태계 생태학'의 창설에 공헌한 27세의 나이로 요절한 생태학자 린대만Raymond L. Lindeman(1915~ 1942)을 길러냈다는 점)12)을 생각하지 않을 수가 없다.

이렇듯 생명의 구조에 관한 기초적 연구를 기반으로 하여 20세기 후반에 이르러 생태학의 눈부신 발전을 보게 되었다.

생태학은 연구대상에 의해서 '식물 생태학', '동물 생태학', '개체군個體群 생태학', '군집群集 생태학'이 있을 수 있으며 방법론에 의해서는 '생산 생태학', '수리數理 생태학', '시스템 생태학', '화학 생태학' 등 다양한 연구방법이 분화 · 발전되었다.

이밖에도 제2차대전 후 특히 60년대 이후에 이르러서는 사회 생물학sociobiology(미국의 곤충학자 윌슨Edward Osborne Wilson<1927- >이 제창하고 1975년 역저『Sociobiology』와 더불어 본격적인 운동이 시작됨)과 같은 사회학적 관점에서 접근하려는 분야나, 생태학적 신학ecological theology 13)과 같은 '사상적 · 신학적 생태학'의 관점도 대두하게 되었다.

한편 존 캅John Boswell Cobb(1925~) 데이비드 그리핀David Ray Griffin(1939~) 같은 사람은 화이트헤드Alfred North Whitehead(1861~ 1947)의 자연철학을 계승하여 형성된 '과정신학process theology'(『과정과 실재process and reality』(1929)로부터 연유함)의 입장에서 1970년대에 에콜로지 신학을 제창하였다.

이처럼 생태학이라고 말하여도 그 내용에 있어서 다종다양하며 반드시 관점에 있어서 일치되고 있는 것은 아니라는 것을 이해할 수가 있다. 이와 같은 점은 각각 해당 전문서에서 다루어야 할 문제이기 때문에 여기서는 생태학이 밝혀온 기본적인 개념 몇 가지에 대해서만 간단하게 설명해두고자 한다.

먹이사슬의 생물권生物圈의 구조

자연계에 서식하고 있는 모든 생물은 서식하고 있는 그들의 환경이나 먹이사슬의 '운명'으로부터 자유롭게 이탈할 수가 없다. 그 어떤 벌레나 물고기나 새나 짐승이라 할지라도 생태계 속에서 펼쳐지는 먹이사슬을 쫓아서 생사를 되풀이 한다. 작은 벌레들은 조류와 동물에 의해서 먹히며 다시 이들은 보다 더 강하고 큰 육식동물에 의해서 먹히게 된다.

이와 같은 관계를 좀더 구체적으로 생각해보자.

쏙독새(학명상으로는 요타카caprimulgus indicus jotaka과에 속하며 4, 5월에 동부 시베리아·중국 동북지방·몽골·한국·일본 등지로 날아와 삼림 속에서 서식하고 10, 11월에만 남부·남양제도로 날아가서 월동하는 익조)는 저녁 때와 해뜰 무렵에 나와서 날아다니는 작은 곤충을 잡아먹는 익조이지만 이윽고 독수리에 잡아먹히고 마는 것과 같이 지구상의 모든 생물은 '먹고-먹힌다'고 하는 관계를 통해서 생활이 영위되고 있다.

설혹 어떤 맹수猛獸·맹금猛禽류라 할지라도 그들이 필요한 생활환경과 의존 관계를 잃어버리게 되면 생존을 지속시킬 수가 없기 때문에 멸종의 길을 가지 않을 수가 없다. 벌써 오래 전부터 환경의 격변에 의해서 먹이사슬이 끊어져버림으로써 멸종된 생물이 있다는 것을 알고 있다. 그 결과 우리가 사용하고 있는 언어 가운데는 벌써 없어져버린 생물의 낱말들이 늘어가고 있다.

생물끼리의 먹이사슬이란 매우 복잡하게 얽혀 있기 때문에 생태학에서는 개념상 이를 다음 세 가지로 나누어 설명하게 된다. 살아 있는 생물을 잡아먹는 '생식生食 사슬(=포식捕食 사슬)', 수목의 낙엽이나 나뭇가지 또는 죽은 생물의 시체를 먹는 '부식腐食 사슬', 숙주에 기생하는 '기생寄生 사슬' 등으로 나누어 설명하고 있다.

어떤 경우에 있어서나 최초의 먹이사슬을 차례로 거슬러서 올라가게 된다면 최종적으로는 과연 어디까지 갈 수 있을 것인지 매우 흥미 있는 문제가 될 수 있을 것이다.

그런데 유념해두어야 할 것은 '먹고-먹힌다'고 하는 관계를 통해서 유기물을 먹이로서 잇달아 소비해가기 위해서는 무엇보다도 먼저 '먹이'를 제공하는 생산자producer가 있지 않으면 안 된다는 점이다. 요컨대 생산자가 스스로 생명 활동을 함과 동시에 다른 생물의 먹이가 될 수 있는 유기물을 산출하는 생산단계가 있다는 것이다.

여기서 생산자란 과연 누구일까? 그것은 녹색식물이다.

최초의 생산자 · 녹색식물의 경이적인 작용

주지하고 있는 바와 같이 녹색식물은 태양 에너지와 무기물에 의해서 스스로 생활을 하게 된다. 다시 말해서 태양 에너지를 광합성색소photosynthetic pigment인 엽록소chlorophyll(식물세포의 엽록체chloroplast 속에 위치한 녹색 색소이며, 탄소 동화 작용의 촉매적 역할을 함)의 도움을 받아 무기물, 즉 이산화탄소carbon dioxide와 물로 탄수화물을 합성하며 여기에 다시 무기염류가 가해짐으로서 단백질protein · 핵산nucleic acid · 지질脂質lipid 등의 유기물을 만들어낸다.

요컨대 녹색 식물은 태양 에너지와 무기물을 '영원한 먹이'로서

섭취하여 필요한 영양소를 스스로 만들어내는 자연계의 최초의 생산자(=기초 생산자)인 셈이다.

녹색 식물의 구조란 매우 복잡하여 경이로운 기능들이 숨어 있으며, 자세한 것은 전문서적에 맡기고 여기서는 기공氣孔stoma에 관해서 그 신비로운 기능에 관하여 생각해 보기로 한다.

기공은 한 쌍의 특이한 공변세포孔邊細胞guard cell로 둘러싸여 있으며, 수압으로 작동하는 밸브로서의 기능을 함으로써 구멍의 크기를 조절한다. 공변세포는 모든 고등식물에서 볼 수 있으며, 선태식물蘚苔植物bryophyte(음습한 곳에 군생群生하고 몸은 왜소하고 줄기·가지·잎 등의 구별이 없는 엽상체葉狀體이며 가근假根으로 무기 양분을 흡수하는 은화식물隱花植物의 한 부분. 선류moss, 태류liverwort로 나눔)같은 하등식물에도 존재하며 크기는 비교적 작으나 종류에 따라 다양하다. 보통 길이는 10-80μm, 넓이는 수μm-50μm에 이른다. 기공은 대부분 잎의 윗면abaxial upper과 아래면abaxial lower에 분포하지만 밀도는 아랫면이 높다.

또한 기공을 열리게 하는 추진력은 공변세포가 물을 삼투적으로 흡수하여 그 결과 수압이 증가하기 때문인 것으로 알려져 있다. 그리고 식물의 생존에 필요한 중심적인 생리현상에는 광합성photosynthesis과 기공을 통해 수증기를 확산하는 기공 증산작용蒸散作用stomatal transpiration이 있다.

기공은 잎과 대기 사이의 CO_2와 수분 교환의 약 95%를 맡고 있으며 식물체내의 수분 증산량蒸散量과 광합성의 비를 조절하고 있다. 기공을 뜻하는 stoma는 그리스어로 '입mouth'과 '구멍pore'을 의미하고 있는 점에서 생명과 직결되는 숨구멍에 해당하며, 그리고 '기공

복합체stomatal complex'는 공변세포와 부세포subsidiary cell를 합친 개념이다.

식물에서 가장 흔한 스트레스는 수분 스트레스이다. 또한 식물이 진화하여 육상 생활을 하게 되었을 때도 고사枯死의 위험이 가장 큰 문제였다. 이 경우에는 방수 효과가 있는 상피上皮cuticle층의 형성이 이 문제를 해결해주었다. 대기에 노출된 식물체 표면을 덮는 상피층은 수분손실을 막는 효과적인 층으로서 식물이 건조되는 것을 막아준다.

그러나 수분 손실을 완전히 차단하면 광합성 · 호흡 · 증산蒸散에 필요한 O_2, H_2O, CO_2의 교환은 불가능해진다. 신비롭게도 이런 딜레마를 기공의 조절이 해결해 준다. 밤에는 광합성이 일어나지 않기 때문에 잎에서 CO_2의 요구가 일어나지 않아 기공을 작게 열어 수분의 손실을 줄이고, 햇볕이 비치는 아침에 수분 공급이 충분하면 광합성을 극대화 하기 위하여 잎 안의 CO_2 요구가 증가하고 CO_2 확산에 대한 기공의 저항은 감소한다.

증산작용蒸散作用transpiration은 뿌리로부터 무기염류의 흡수를 촉진시킴으로써 식물의 생장을 위해서 매우 중요하다. 반면에 토양수분이 고갈되면 기공은 작게 열리거나 닫음으로써 치명적인 탈수를 피한다. 이처럼 기공은 적절한 조절기능을 통해서 CO_2의 흡수와 수분손실 사이의 균형을 이룬다는 것을 생각할 때 참으로 그 경이로움에 놀라지 않을 수가 없다.

식물은 음악을 들려준다

식물의 잎 내부의 각 세포에는 광합성光合成의 기능을 맡고 있는 엽록체chloroplast가 있다. 엽록체는 폭 2-3미크론, 길이 5-10미크론(1 미크론은 1,000분의 1미리) 크기의 이중막으로 이루어진 소기관으로서 보통 하나의 세포에 5～500개 정도 분포되어 있다.

엽록체에는 여러 개의 틸라코이드thylakoid(엽록체 속의 막으로 둘러싸인 평편한 주머니이며, 광합성의 명반응明反應light reaction을 수행하는 분자와 빛을 흡수하는 색소를 가지고 있다)가 중첩되어 형성된 그라나grana(엽록체 내의 틸라코이드가 층상層狀lamella arrangement으로 쌓여 중첩된 구조이며 엽록소 분자가 응축되어 있다)를 주축으로 한 막계膜界가 있으며, 여기에는 광화학 반응에 참여하는 단백질과 색소가 들어 있다. 또한 엽록체에는 스토로마stroma라고 하는 투명하고 액체 상태의 영역이 있으며, 틸라코이드 막膜 주위에 있는 용액인 광합성에 관여하는 효소와 용질들이 들어 있다.

요컨대 엽록체에는 온도에 영향 받지 않고 빛의 강도에 의해서 광화학 반응photochemical reaction을 보이는 그라나grana라고 하는 밀도가 높은 부분과 반대로 빛에는 영향받지 않고 온도에 의해서 화학 반응chmical rection을 보이는 스트로마stroma가 있는 셈이다. 따라서 엽록체에 있는 그라나와 스트로마에 의해서 경이적인 현상이 일어나게 된다는 것을 이해할 수가 있다.

즉, 빛의 에너지를 받아서 고에너지 상태로 된 그라나로부터 전자가 방출되고, 색소로부터 색소로 전해진다. 그 결과 그라나의 안

쪽에서는 산화에 의해서 산소가 방출되고 외부에서는 스트로마의 화학반응에 의해서 다른 물질로 환원된다.

이렇듯 거의 동시에 그라나와 스트로마의 반응이 연속적으로 일어나고 있는 것이며 이 경우에 전자 전달 속도는 최고 1,000분의 1초까지도 이른다고 한다. 이쯤 되고 보면 이를 경이적인 현상이라고 밖에 볼 수 없으리라고 본다.

일본의 한 원예전문가인 도가내 히로시訶金裕司는 아까마스 마사유기赤松正行의 도움을 받아 이와 같은 전자 전달 현상을 컴퓨터를 통해서 음향으로 바꾸어 미묘한 소리의 흔들림이나 하모니를 즐길 수 있는 실험을 하여 식물이 만드는 '음악'을 들을 수 있는 소프트웨어를 개발하였다고 한다.14)

내용인즉, 도가내는 녹색식물의 잎이 광합성을 할 때 일어나는 미약한 전기적 변화(광합성과 전기적 변화와의 관계)에 착안하였을 뿐만 아니라, 인간의 뇌파측정 장치를 개량하여 잎 표면의 두 점에서 일어나는 전위차電位差를 조사하고 그 변화를 주파수마다 컴퓨터로 해석하였으며 여기에다 아가마스의 도움을 받아 잡음을 처리하여 음정으로 바꾸는 소프트웨어를 만들었다는 것이다. 매우 흥미 있는 실험 보고라고 생각한다.

이와 같은 실험에서 전위적電位的 변화는 식물에 따라 다르다는 것을 말하고 있으며, 예컨대 히비스커스hibiscus(목부용속木芙蓉屬의 식물 : 무궁화·목부용 따위)에서는 전기적 변화가 느긋하게 일어나지만, 카틀레야cattleya(양란의 일종)는 몹시 거칠게 일어난다고 한다. 또한

같은 식물도 아침과 저녁, 그 날의 기상조건에 따라서 전위적 변화
도 다르게 일어난다고 한다.

환경의 변화가 어느 정도 전위적 변화에 영향을 주고 있는지 아
직 밝혀지지 않은 부분도 많이 있지만, 식물을 통해서 음향을 들을
수 있다는 것만은 근거 있는 자율적 변화인 것은 분명하다고 본다.

이렇듯 생명권生命圈에 있어서 최초의 유기물 생산자인 녹색식물
의 신비적인 영위현상이 이렇게 조금씩 해명되어감에 따라서 인간
의 자연에 대한 이해력과 감응력感応力도 길러지게 될 것이며 또한
자연과의 친화력도 길러지게 될 것이라고 본다.

생물권에서의 생산자와 소비자와의 관계

생태학에서는 생산자가 만들어낸 유기물을 직접·간접으로 소
비하는 생물이나 생물군을 '소비자consumer'라고 말한다.

또한 소비자에게는 생산자인 식물을 직접 소비하거나 수목의 낙
엽과 나뭇가지 같은 고사체枯死體를 먹는 식식植食 동물을 '제1차
소비자primary consumer', 식식동물을 먹는 육식동물을 '제2차 소비자
secondary consumer', 육식동물을 먹는 대형 육식동물을 '제3차 소비자
third consumer', 대형 육식동물에 기생하여 소비하는 생물을 '제4차
소비자fourth consumer'라고 말한다.

이와 같은 먹이 소비의 각 단계를 영양營養단계trophic level라고 말
하며 이를 먹이의 섭취 방식에 의해서 구별할 때 '생식生食 사슬',
'부식腐食 사슬', '기생寄生 사슬'로 구분된다. 또한 생물적 요소 가

운데서 자연계의 기능에 관여하고 있는 것으로서 생산자와 소비자 외에 또 하나의 존재로서 '분해자decomposer'가 있다.

분해자分解者란 말 그대로 동식물의 사체나 배설물을 분해해 버리는 생물을 말하며 예컨대 균류菌類, 원생동물 같은 미생물을 말한다. 이를 부생腐生 미생물saprobe이라고도 한다.

분해자는 물질을 분해할 때 발생하는 에너지로 생활하며, 유기화합물을 다시 생산자가 이용할 수 있는 무기물로 순환시키는 물질환원의 역할을 하고 있는 점에서 환원자reducer라고도 한다. 이런 점에서 분해자는 소비자와 생산자 사이의 중요한 연결고리의 역할을 하고 있는 셈이다.

좀더 자세히는 분해자는 유기물이나 생물의 잔유물과 노폐물을 분해하여 암모니아, 황산염, 아질산염, 질산염, 인산염, 이산화탄소, 물과 같은 단순한 생성물로 전환시켜주고 있는 것이다. 그러나 분해자는 유기물을 먹고 성장한 후 결국 죽어간다는 점에서 소비자의 위치에 있기 때문에 이를 '미소소비자microconsumer'로 보기도 한다.

이상은 먹이 사슬의 양상을 생물적 요소의 측면에서 그 대강을 생각해 본 것이다.

그런데 생태학에서 생각할 수 있는 자연계에는 이와 같은 생물적 요소와 더불어 비생물적 요소가 있다. 이 비생물적 요소는 모든 생명의 활동에 있어서 매우 중요한 역할을 맡고 있다. 다시 말하여 생물요소 간 및 생물적 요소와 비생물적 요소 간에 긴밀한 상호작용을 하고 있는 생태계ecosystem를 만들고 있는 것이다.

다시 이 생태계의 구조를 전체적으로 보았을 때 여기에는 '에너지의 흐름energy flow'과 '물질순환cycle of matter'의 두 가지 원리가 작용하고 있다는 것은 주지의 사실이지만 인식을 새롭게 하는 의미에서 다음에 다시 그 요점을 리뷰해보고자 한다.

에너지의 흐름과 물질순환

자연계의 생명체가 생명활동을 펼쳐가기 위해서는 에너지의 지속적인 공급이 불가결하다. 그렇다면 다종 다양한 생물은 그 에너지를 어디로부터 어떻게 해서 얻게 되는 것일까?

앞에서도 언급한 바와 같이 에너지의 궁극적인 공급원은 태양으로부터 끊임 없이 지표에 미치고 있는 광에너지이다. 그렇지만 모든 생물이 광에너지를 이용할 수 있는 것은 아니다. 극히 한정된 생물, 즉 광합성생물(녹색식물 · 광합성 세균 · 조류藻類)만이 광에너지를 직접 이용하여 생활하게 된다.

예컨대 녹색식물은 흡수한 광에너지를 가지고 물과 이산화탄소로부터 유기물(당질 등)을 합성하여 화학에너지로서 축적한다. 따라서 태양광이 지표에 미치고 있는 한 생명권의 에너지 공급은 무한하다고 볼 수 있다.

그렇다고는 하지만 지표에 미치고 있는 광에너지 가운데서도 화학에너지로서 이용될 수 있는 것은 조금밖에 안 된다. 잘 발달한 식물군락, 요컨대 양호한 환경에서 생육하고 있는 원생림이나 삼림조차도 1%에도 달하지 못한다고 한다.

이렇듯 불과 1% 정도의 광에너지에 의해서 먼저 식물체에서 유기물이 합성된다. 광합성의 능력을 갖고 있지 않는 비광합성생물非光合成生物은 우리들 인간을 포함하여 모두가 앞에서 말한 먹이사슬의 구조에 따라서 화학 에너지를 변환하여 소비하면서 생명활동을 유지하고 있다.

다시 말해서, 생명활동에 사용된 에너지는 최초의 유기물의 생산단계에서부터 시작하여 제1차 소비자-제2차 소비자-제3차 소비자의 각 단계마다 일부분은 생체 내에 남지만 대부분은 이미 이용 불가능한 열에너지로서 방산放散되어 없어지게 된다(그림 3-1 참조)15). 그 비율은 90%에까지도 이른다고 한다.

3차소비자

생산자

1차소비자
(곤충)

2차소비자
(송어)

에너지의 흐름

그림 3-1. 인간을 포함한 먹이사슬15)

(사람에게 모기는 4차 소비자이다.)

요컨대 광에너지로부터 화학에너지로 변환되며, 열에너지로서 이용된 에너지는 소비단계마다 소실되어 다시 돌아오지 못하는 일방향으로만 흘러가게 된다. 이를 생태학에서는 '에너지의 흐름 energy flow'이라 부르며 이 문제는 다음에 서술할 '엔트로피entropy' (열역학 제2법칙)에서 생각해보기로 한다.

이 에너지의 흐름과 표리일체를 이루면서 아주 대조적인 현상을 보이고 있는 것이 '물질순환物質循環cycle of matter'이다.

모든 생물은 생명활동의 과정을 통해서 각종 물질을 환경으로부터 생체에 필요한 것을 거두어들인다. 그리고 생물체에 들어간 물질은 먹이사슬을 통해서 생물 사이를 이동한 다음 다시 환경으로 되돌아가며, 열 에너지처럼 소실되는 일은 없다. 몇 번이고 순환하게 된다. 이와 같은 현상을 물질순환이라고 한다.

예컨대 물을 생각해보자. 잘 알고 있는 바와 같이 지구상의 물의 대부분은 바닷물이며 담수는 불과 약 3%에 지나지 않는다. 대기로부터 내린 강수 가운데서 육지에 내린 물의 일부는 바다로 흘러가고 일부는 호수와 소택지沼澤地나 지하수로서 저장되어 있다가 다시 증발산하여 대기 속으로 돌아가 해양으로부터 증발한 물과 더불어 순환을 반복한다(그림 3-2 참조).[16]

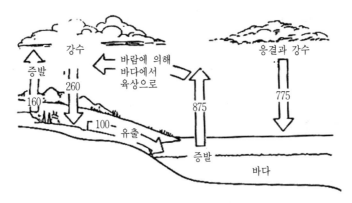

그림 3-2. 물의 순환(1일 기준의 양, ㎦)

이와 같은 '물의 순환hydrological cycle'의 과정을 통해서 육상생물은 물 그 자체는 말할 것도 없고 물에 용해된 물질을 생체 내에 거두어들인다.

물질의 순환경로와 형성의 구조는 물질의 특질이나 생물이 어떻게 물질에 관여하느냐에 따라서 달라진다고 하지만 아직도 해명되지 못한 부분도 적지 않다고 한다. 그러나 생태계에 있어서 특정한 곳에 물질이 정체하거나 물질이 편재하게 되면 물질의 순환계에 변동을 가져오게 된다고 하는 사실은 우리에게 매우 중요한 의미를 시사해 주고 있다.

다시 말해서, 환경오염이라든가 호소湖沼의 부영양화富營養化auto-tropication(물의 출입이 적은 폐쇄성 수역으로 질소·인 등을 함유한 물질이 흘러들어 조류藻類 등이 비정상적으로 증가하여 수질이 가속적으로 악화되는 일. 연안 해역의 부영양화도 적조赤潮 현상의 원인이 된다.) 또는 유독물질에 의한 생물농축biological magnification(생체농축 : 식물 연쇄 과정에서 생물체 내에 분해되기 어려운 DDT<dichloro- diphenyl-trichloro-ethane 살충제의 일종> · BHC <benzene hexachloride 강력한 살충제> · 유기수은 · PCB<poly- chlorinated biphenyl 풀리 염화 비페일> 등의 화학물질이 흡수된 경우에 이들 물질이 연쇄를 거칠 때마다 점점 농축되는 현상) 등은 모두 물질순환계의 혼란을 가져다 주고 있는 것이다.

만일에 인간이 이와 같은 '에너지의 흐름'과 '물질순환'의 원리로부터 자유롭게 될 수 있는 생존상의 일대혁신이 일어나게만 된다면 문제될 것이 없지만 그렇지 않는 한 우리는 자연계의 원리 · 원칙에 따라서 종種으로서의 생명활동을 유지시켜가지 않으면 안 될 것이다.

이런 점에서 '에너지 순환'과 '물질순환'의 문제는 개인의 건강은 물론, 미래사회의 자연과 인간과의 공존 · 공생의 문제를 풀어가는 데 있어서 반드시 고려하지 않으면 안 될 불가결의 조건이라고 하는 것을 생태학은 가르쳐주고 있는 것이다.

1) 독일의 동물학자, 진화론자이며, 베를린 대학, 뷰르쯔부르그 대학에서 요하네스 뮐러Johannes Peter Müller(1801-1858)와 루돌프 휠효Rudolf Carl Virchow (1821-1902) 밑에서 의학·자연과학을 사사하였으며 1857년 베를린 대학에서 의학으로 학위를 취득하고 개업의의 자격을 얻었다. 1861년에 예나 대학 강사, 62년에 조교수, 65년에 동물학의 교수가 되어 1909년까지 교수직에 있었다. 헤켈의 주된 업적은 세 가지다. 첫째는 동물분류학·형태학의 분류 업적이며, 둘째는 진화론적 사고를 생물학의 넓은 영역에 적용시킴으로써 많은 이론적 가설을 제시한 점이며, 셋째는 진화론의 독일 도입과 보급 또는 세계적인 진화론의 기초를 다진 점이다. 그가 남긴 자연과 생물 세계의 불가사이한 점을 다룬 『우주의 수수께끼Die Welträtsel』(1899), 『생명의 불가사의Die Lebenswunder』(1903)는 그리스도교적 문화를 이원론으로서 비판하고, 19세기 과학사상의 도달점을 독자적인 실체 개념으로 정리하였다. 그리고 『자연 창조사Naturliche Schöpfungsgeschichte』 (1868)도 남겼다.

2) Ernst Heinrich Haeckel, *Über Entwickelungsgang und Aufgabe der Zoologie*, *Jenaische Z.*, 5 1870, pp. 353-370.

3) 소로우는 하버드 대학에서 수학한(1837) 후 임시교직에 종사(1839- 1841)하였으며, 농업·측량·집필·강연 등으로 최소한의 보수로 검소한 생활을 하면서 독서·사색에 전념하였다. 이 무렵에 그는 청교도의 독단을 배격하고 자유로운 개성의 신장을 중시하며 피상적인 물질주의와 합리주의를 배격하고 직관直觀을 중시한 초월주의자transcendentalist의 중심인물인 엠머슨Ralph Waldo Emerson(1803-1882)의 인정을 받아 콩코드Concord(미국 Massachusetts주 동북부 마을. 독립전쟁의 시발이 된 곳)에 정착(1834)한 엠머슨의 집에 동거하기도 했다 (1841-1843). 콩코드는 소로우의 출생지이며, 그는 근교의 월든Walden의 호반에 집을 지어 자급자족의 고독생활을 보냈다(1845-1847). 『숲속의 생활』은 당시의 기록이며 여기에는 다소 동양적인 인생관이 담긴 자연에 대한 흥미 있는 깊은 관찰이 수록되어 있다. 소로우는 열렬한 노예 폐지론자였으며, 『시민으로서의 반항On Civil Disobedience』(1889)을 통해서 불합리한 정부 권력을 부인하였다. 이 글은 미국의 비폭력직접행동 운동의 원류가 되었을 뿐만 아니라 인도의 간디

Mohandas Karamchand Gandhi(1869~1948)에게도 영향을 주어 '비폭력적 관용 ahimsa'의 정신을 낳게 했다. 그는 독신으로 생애를 마쳤다.

4) 다윈도 1856년에 『자연도태』에 관한 글을 쓰기 시작하였으나 왈래스로부터 편저 자연도태에 관한 논문이 보내져 왔기 때문에 자신의 논문 요지를 왈래스의 논문과 같이 '린내학회'에서 발표하게 되었다. 『종의 기원On the Origin of Species』 (1859)이 발표되기 한해 전이었다. 다윈은 '종의 기원'을 통해 생물진화의 사실을 제시하고 나서 '자연도태설'을 수립하였다.

5) D. Worster, *Nature's Economy : The Roots of Ecology*, Cambridge University Press, 1977.

6) ibid., p. 378, p. 257.

7) E. H. Haeckel, *Die Lebenswunde*, 1905 ; *The Wonders of Life : A Popular Study of Biological Philosophy*, Reprint Edition, De Young Pr., 1997 Chapter 4.

8) H. Ch. Cowles, The ecological relation of the vegetation on the send dunes of Lake Michigan, *The Botanical Gazette* 27, 1899, pp. 95~117, pp. 167~303.

9) F. E. Clements, *Plant Succession : An Analysis of the Development of Vegetation*, Washington. DC : Carnegie Institute of Washington, 1916.

10) C. S Elton, *Animal Ecology*, London : Sidgewick & Jackson, 1927.

11) A. G. Tansley, 'The use and abuse of vegetational concepts and terms', *Ecology 16*, 1935, pp. 284-307 ; *The British islands and their vegetation*, Cambridge University Press, 1939.

12) R. L. Lindeman, 'Seasonal foodcycle dynamice in senescent lake', *Amer. Midl. Nat. 26*. 1941, pp. 636-673 ; The trophic-dynamic aspect of ecology, *Ecology 23*, 1942, pp. 399-418.

13) 자연의 신학이며 전통적인 계시신학revealed theology에 대비되는 자연신학 natural theology이 아니라 자연을 중요한 영역으로서 펼쳐지는 신학적 관점이다. 여기에는 창조에 관한 성서내용을 생태학적으로 해명한 리드케Gerhard Liedke(1937-)가 있으며 인간과 자연을 화해의 길로 인도하는 길을 탐구하며, 피조세계에 성령으로서 임하는 신의 인식을 탐구하는 신학을 주장한 몰트만 Jürgen Moltmann(1926-)과 같은 '사상적 · 식학적 에콜로지'의 관점과 또는 해방신학자liberation theologist 보프Leonardo Boff(1938-) 등의 화경파괴와 빈곤과의 깊은 관련을 주장하는 생태학적 신학도 대두하였다.

14) 日本, 朝日新聞, 1992년 10월 4일, 31면.

15) Paul R. Ehrlich & Ann H. Ehrlich, *Population, Resources, Environment : Issues in Human Ecology*, San Francisco : W. H. Freeman and Co., 1970.

16) ibid.

네번째
인간과 자연의 공존
- 환경의 쾌적성을 중심으로

윤리란 살아 있는 모든 것들에 대한
무제한으로 확장된 책임을 말한다.
각 생명체에 대해 경외심을 가져야만 하고
그에 상응하는 책임감 있는 행동을 해야 한다.

알베르트 슈바이처Albert Schweitzer 『*Kultur and Ethik*』(1923)

인간은 그가 인간이 될 수 있다는
점에서 자연에게 신세를 지고 있다.
그 사실은 인간 생명의 성장을 위해서만 적용되는 것이 아니다.
인간 존재에 자연이 관여하는 부분은
정신적인 발전의 매 단계마다 강화된다.
인류의 정신적인 발달사는
바로 정신이 자연 속으로 진보적으로 전진해 나아가는 역사이다.
역사란 정신의 자기 외화의 과정인 것이다.
……인간의 역사적인 책임은
인간을 계속해서 자연으로 내몰고 있기 때문에
그것은 다른 인간들에 대한 책임일 뿐만 아니라
불가피하게도 사물에 대한 책임이기도 하다

게오르그 피히트Georg Picht 『*Der Begriff de Verantwortung*』(1967)

자연공동체주의

모든 사물과 생명체는 서로가 공존하고 있는 관계를 맺고 있을 때만 자신의 존재를 확인할 수가 있으며 존재의 의미를 드러내 보일 수가 있다. 왜냐하면 어떤 사물, 생명체라도 다른 사물들, 생명체들과 함께하고 있을 때 자신의 존재를 이어갈 수가 있기 때문이다.

예컨대, 산이나 강변에 있는 아름다운 형상의 수석을 집에다 옮겨놓고 보면 제아무리 좌대를 예술적 감각을 살려서 보기 좋게 만들어 연출했다 할지라도 자연 속에 있었던 것만큼 아름답게 보이지 않는 경우를 생각해보자.

집으로 가져온 수석에는 원래 그 돌을 둘러싸고 있던 '환경'이 빠져있기 때문에 자연 속에서 보았을 때보다는 좀 달리 보이게 될 것이다. 이러한 것은 야생의 식물이나 동물에게도 적용된다. 야생의 식물이나 동물은 자연 그대로의 환경에서 산다는 사실이 무엇보다도 중요하다. 왜냐하면 동물이나 식물은 자신이 속한 세계나 주위의 생명체들과 무관하게 존재하는 것이 아니라 주변세계와 맺고 있는 여러 관계를 통해 제 모습을 자연스럽게 갖추게 되기 때문이다.

자연이라는 공동체는 이렇듯 공존共存symbiosis함으로써 유지된다. 이 공존은 자연이 역사를 거듭해오는 동안 모든 것이 서로 긴밀한 유대의 사슬을 만든 가운데서 얻어진 상태를 말한다. 인간을 자연의 일부로 보았을 때 인간도 자기 안에 갇혀 있는 존재가 아니라 언제나 자연과 공존함으로써 완성될 수 있는 존재이다.

공존은 모든 사물과 생명체가 '전체'의 조화와 '질서' 속에서 존재의 의미와 가치를 갖을 수 있게 하는 기본적 조건이다. 이런 점에서 그 어떠한 개체나 종種도 따로 떨어져서 존재할 수가 없다. 이런 맥락에서 우주의 조화와 질서로부터 벗어나 있는 존재는 존재의 진의도 없을 뿐더러 생명체의 조화와 질서도 깨뜨리고 말 것이다.

인간이 개발한 과학기술이 자연을 위기에 빠뜨린 오늘날, 일방적으로 독주하는 '개인의 무한한 자기실현'으로 인하여, 그리고 인간의 편의와 행복만을 위한 인간중심적인 생활양식으로 인하여 심각한 피해를 입고 있는 자연을 지키기 위해서 인간과 자연의 공존은 우리가 추구해야 할 지상의 과제이다.

'공존'이라는 개념이 인간사회에만 국한되어왔던 점은 매우 모순당착된 일이다. 왜냐하면 인간은 인간사회 안에서 다른 인간들과 더불어 생존하고 있을 뿐만 아니라 실제로는 자연이라는 공동체 안에서 다른 생명체들이나 사물들의 존재—인간 이외의 세계nonhuman world—와도 공존하고 있기 때문이다.

인간 이외의 세계와 관련하는 가치의 이론화에 관심을 두었던 대다수의 자연(생태)철학자들의 환경가치론environmental axiology도, 인간은 '고유가치intrinsic value'를 갖고 있지만 인간 이외의 세계는 인간에게 가치가 있을 때만 가치가 있다고 본 이용가치use value(또는 수단가치instrumental value), 자원가치resource value로 보는 접근 이론과 인간의 고유가치(또는 본질가치)와 인간 이외의 세계 그 자체에 가치가 있다고 보는 '환경고유 가치이론intrinsic environmental value theory'의 접근방식으로 구분하고 있다.

환경가치론의 시각에서 보았을 때 지금 우리에게 요청되고 있는 것은 후자의 접근방식이다. 이 문제에 관련하여 좀더 생각해보자.

모든 피조물은 그 하나 하나가 '소우주小宇宙'이다. 인간만이 아니라 일체의 사물과 생명체도 소우주인 셈이다. 이 말은 우리 인간에게는 스스로가 책임責任있게 행동하는 '지구시민의 호혜적 개인주의'의 원칙을 의미하며, 그리고 이 원칙은 인간 이외의 어떤 생물체도 예외일 수가 없음을 말해주고 있다. 이 말은 우리가 인간 이외의 생물체 하나하나도 '생명의 실재reality(또는 자연이라는 전체)가 제각기 독특한 방법으로 분화한 것이기 때문에 인간도 이들의 고유한 권리·의미·가치를 존중해 주어야 할 윤리를 지키지 않으면 안 된다는 것을 의미한다.

일찍이 스웨덴의 식물학자 칼 폰 린네Carl von Linné(1707- 1778)[1]가 자신이 낸 『곤충들의 신기한 속성Rede von den Merkwürdigkeiten an der Insekten』(1739)이라고 하는 책에서 "세계는 모든 사물이 서로가 서로에게 봉사할 의무를 갖는 아름다운 공동체로 창조되어 있다"고 말한 것처럼, 우리가 자연이라는 공동체 안에서 경험하는 공존은 '상호의존'과 '먹이사슬'을 통해서 그 의미를 이해하게 된다.

이와 같은 의미의 기반에는 우리에게 시사하는 더욱 심오한 의미가 내재되고 있다. 즉, 서로가 서로에게 빚을 지고 있다는 것은 한 생명이 다른 생명 안에서 다시 태어난다는 생각으로까지 이어진다는 것이다.

다시 말해서 원소들이 식물 안에서, 식물이 동물과 인간 안에서, 동물과 인간이 죽어서, 다시 식물 안에서 새로운 생명에 참여하게 된다는 것이다. 요컨대 생물들은 서로 다른 생물의 죽음을 통해서 살고 또한 자신이 죽어서 다른 생물을 살린다는 것이다. 이렇듯 공존에는 화합과 대립, 유사성과 이질성 등과 같은 양면성이 존재하고 있다는 것이다.

공존을 위한 태도

우리는 어떻게 하면 자연이라는 동반자를 아끼며 사랑할 수 있을까? 이 물음은 매우 어려운 물음이 아닐 수가 없다. 이 물음의 답을 찾기 위하여서는 분석적인 시각보다는 동양적인 세계관인 '유기적organic'인 시각에서 찾을 필요를 느낀다.

왜냐하면 동양적 세계관은, 감각에 비치는 모든 사물과 생명체는 서로 연결되어 있으며 '동일한 궁극적인 실재the same ultimate reality'의 다른 양상이며 발현에 지나지 않는 것으로 보기 때문이다.

다시 말해서 사물이나 생명체는 하나의 큰 궁극적 실재가 개개의 구체적인 종이나 개체로 '특수화'되고 '개체화'된 것이라고 볼 수 있다는 것이다. 이렇게 본다면 자연이라는 공동체는 근본적으로 하나의 동일한 뿌리를 갖고 있기 때문에 평등하다고 볼 수 있다.

따라서 만물은 근원적 평등성과 상대적인 다양한 질적 차이를 가지고 있다는 것을 알아야 하며, 모든 사물과 생명체를 자연적인 본성本性에 따라 다루는 일이야말로 자연을 대하는 가장 바람직한 태도態度attitude라고 볼 수 있다.

왜냐하면 '태도'란 그 사람의 어떤 행동이나 반응 이전의 마음의 준비상태이며 정신적 자세mental set 내지는 정신·신경적 준비상태 mental and neural state of readiness의 의미를 갖기 때문이다. 특히 여러가지 태도가 모인 태도군clusters of attitude은 한 사람의 삶의 방향을 결정해주는 가치관의 기저가 된다는 점에서 더욱 중요한 개념이다.

때문에 우리가 한 그루의 나무를 어떻게 대해야 할 것이며, 강물을 어떻게 대해야 할 것인가의 물음도 결국은 어떠한 태도가 나무와 강물이 갖는 자연의 본성에 맞게 대할 수 있는 태도인가를 묻는 질문에 귀착된다. 요컨대 나무는 나무의 본성에 맞게 대하고 강은 강의 본성에 맞게 대할 때 자연의 본성을 살리고 자연과 공존할 수 있는 태도가 될 것이다.

이렇듯 우리가 자연이라는 공동체 안에서 모든 사물과 생명체를 각각 그들이 지니고 있는 자연적인 본성에 맞게 대해 주는 태도야말로 자연과 인간의 공존에 있어서 가장 자연스럽고 적절한 태도라고 말할 수가 있다.

물리학과 철학을 전공한 독일의 자연철학교수인 클라우스 미하엘 마이어 아비히Klaus Michael Meyer-Abich(1936~)는 영혼은 윤회輪廻samsāra한다는 관점에서, 우리가 다른 생물로, 그 생물이 우리 인간으로 다시 태어날 수 있다고 가정할 때, 비로소 우리는 다른 생물들을 어떻게 대해야 하는지가 명확해진다고 말하고 있다. 그렇다고해서 나무를 베고 물고기를 낚고 농작물을 수확해서는 안 된다는말은 아니라고 말하고 있다.

그렇다는 것은 이 세상의 모든 사물과 생명체는 하나의 큰 전체를 이루고 있으며, 그 자체로서 독립된 가치를 지니고 있기보다는유기적인 전체 자연 속에서 자신의 본성에 상응하는 가치價値를 지니고 있기 때문이다.

예컨대 바위를 쪼아서 예술작품을 만들거나 대나무를 베어 공예품과 도구를 만들 경우에 그것이 바위와 대나무의 본성을 더욱 아름답게 부각시켜 준 것이라면 이는 바위와 대나무의 본성에 합당한 행위가 될 수 있다는 것이다.

자연에 맞는 설계

사람은 누구나 장소 · 기후 · 시설 · 생활 등에 있어서 기분 좋고쾌적함을 추구한다. 그러기에 근자에 와서 도시재개발이나 지역개발에 있어서 '인간적인 삶의 쾌적성amenity' 또는 '환경의 쾌적성'을중요하게 생각하게 되었다.

이 환경의 쾌적성을 얻기 위하여 무엇보다도 우리가 기본적으로

살려가야 할 것은 자연이 가지고 있는 특성과 거기에 잠재하고 있
는 가능성이다. 다시 말해서 자연의 잠재적 가능성을 가슴으로 깊
이 껴안아 이에 감사하는 마음으로 환경을 설계하는 일이다.

　도시개혁의 지도적 인물인 이안 막하그Ian L. McHarg는 『자연에
맞는 설계Design with Nature』(1969) 속에서 다음과 같은 주목할 만한
시사적인 비유를 들고 있다.

　　캔버스와 물감은 그림을 그릴 수 있도록 숨어 기다리고 있다. 돌 ·
　나무 · 금속물질은 조각할 수 있는 준비를 갖추고 있다. 입지立地조건
　은 도시를 잉태하고 있다.[2]

　이 말에는 여러가지 의미를 시사하는 매우 함축적인 의미가 담
겨 있다.

　여기서 물감 · 돌 · 금속물질 · 나무 · 입지조건 등은 그저 우리
옆에 있다고 보기보다는 이들이 이를 이용할 인간을 기다리고 있
으며, 자연과 인간을 위하여 무엇을 구현할 수 있도록 준비를 갖추
어 어떤 가능성을 잉태하고 있음을 말해주고 있는 것이다. 요컨대
자연에 맞는 자연에 잠재하고 있는 가능성을 존중한 환경 설계야
말로 인간이 살 수 있는 쾌적한 환경을 만들 수가 있다는 것을 의
미한다.

　무릇 인간 본래의 정신 가운데는 어떤 고도의 발달 단계에 있어
서나 인위적으로는 접할 수가 없는 신비적인 자연성에 끌려갈 수
있는 본성이 있다. 인간은 결코 자연의 약탈자일 수는 없다. 그렇

다고 하여 자연에 맞는 설계가들이 원시신봉론자인 것도 아니다. 그러나 그들은 존 스튜어트 밀John Stuart Mill(1806~1873)의 「자연 Nature」(1904)에 관한 논문 가운데서 지적되고 있는 태도—"문명·예술·발명 등에 보내지고 있는 칭찬은 그만큼 자연을 경멸하는 것이 된다"[3]—를 타파하려고 한다.

예컨대 현대인이 델포이Delphi의 아폴로Apollo 신전의 고전건축미의 문화유산을 칭찬했다고 하여 당시 건축가들이 선택한 입지조건의 아름다움을 경멸했다고 동일시할 수가 없다는 것과 같다. 요컨대 사람이 무언가 의미와 가치를 구현하기 위하여 창의적인 노력을 한다는 것은 자연이 가지고 있는 입지조건의 특성을 짓눌러 버리기 위해서가 아니라 입지조건의 잠재가능성과 진수를 살리기 위한 것이라고 본다.

'자연에 맞는 설계가들'은 이상과 같은 관점을 갖고 있다. 옛날 우리 조상들이 집을 짓고 길을 낼 때 자연의 산수형세山水形勢에 조화되게 집을 짓고 길을 냈다는 것도 자연에 맞는 조형미와 자연의 순리를 중시한데서 취해진 것이었다고 본다. 요컨대 자연과 사람과의 관계를 대립의 관계로 보지 않고 유기적인 일체관一體觀의 관점에서 본 것이다.

그러나 존 패스모어John Passmore는 『자연에 대한 인간의 책임Man's Responsibility for Nature』(1974)에서 '자연에 맞는 도로건설자들'이나 '도시건축가들'은 그들의 행동원리로서 비유해서 말하기를 이사야 Isaiah(누가복음Luke's Gospels)의 예언서에 담긴 지혜를 지나치게 믿고 있다는 것을 지적하고 있다. 즉 "모든 골짜기를 메우고, 산과 언덕을 깎아 내려라. 절벽은 평지를 만들고, 비탈진 산골길은 넓혀라."4)
를 맹신하고 있다는 것이다.

또한 알프스의 도로나 토스카나Toscana의 산악도시처럼 산과 골
짜기를 옛날보다 더한층 훌륭하게 연결된 도시를 만들고 도로를
만드는 일이 가능하겠지만 이 설계가 지나치게 되면 그 결과가 자
연의 의미를 훼손시키게 됨으로써 이와 같은 구상은 결코 바람직
한 선택이라고 볼 수는 없다는 것이다. 무조건 인간의 편의만을 위
한 설계 · 계발은 바람직하지 않다는 말이다.

자연에 맞는 설계를 세움으로써 자연을 완성하는 일이 인간의
과제임을 말하는 이론이란, 인간은 자연지배만을 하면 된다고 보는
'전제군주적專制君主的'인 시각과 자연은 그 자체가 완전한 것이기
때문에 인간은 이를 변용시켜서는 안된다고 보는 '원시신봉론적原
始信奉論的'인 시각과의 중간 입장을 가지고 있다.

분명하게 인간과 자연의 관계에 대한 이런 관점은 한편으로는
자연의 잠재적 가능성을 너무 과소평가한 나머지 귀중한 소재를
그대로 썩게 만들어 버릴 우려도 있으며, 그 결과 인간의 과제에
대한 폭군적 해석이 되어버릴 것이다. 또 한편으로는 자연의 보존
을 강조한 나머지 원시신봉론자가 되어버릴 두려움도 있다. 그러나
원리적인 관점에서 본다면 자연친화적인 설계의 관점은 전제군주
적 지배론과 원시신봉론에 대신할 수 있는 대안을 제시해 줄 수가
있어야 할 것이다.

쾌적함amenity이란 무엇인가

　도시화urbanization가 진전됨에 따라서 시가의 아름다움이나 역사적 경관과 인간적인 주거공간 등이 중시되고 환경운동이 활성화되어감으로써 쾌적한 환경문제가 관심의 초점이 되었다.

　'어매니티'란 매우 폭이 넓은 다의성을 지니고 있는 개념이다. 참고로 혼비A. S. Hornby에 의해서 편찬된 『옥스포드 영영사전Oxford Advanced Learner's Dictionary』[5](sixth edition)에 의하면 '어매니티'란, 친절하며 동정심이 깃든 표현, 시가의 모습 · 공원 · 도서관 · 은행 · 야영지 그밖에 각종 시설이 제공하는 편안함과 즐거움을 의미하고 있다.

　이와 같이 볼 때 '어매니티'란 각종 설비를 통해서 만들어지게 되는 어떠한 물질적인 편리성이나 상쾌한 기분은 물론 이와 동등 또는 그 이상으로 인간사회에서 느낄 수 있는 정신적인 만족감과 정서적인 즐거움을 우리가 더불어 나누어 가질 수가 있는 상황 그 자체임을 말해주고 있다고 본다.

　'어매니티'의 기본적인 개념은 '생태학적 어매니티ecological amenity (eco-amenity)'임을 잊어서는 안 된다. 기본적으로 에코어매니티는 환경을 저해하지 않은 어매니티, 자연과의 공생관계 · 조화를 이룬 어매니티를 함의含意하고 있음을 이해하지 않으면 안 된다.

　이런 점에서 말한다면 어매니티의 의미는 결코 도시의 주거환경만을 말하고 있는 개념이 아님을 이해할 수가 있다.

영국의 도시계획가인 윌리엄 홀포드 경Sir William Holford도 아매
니티의 정의에 대해서 이와 비슷한 견해를 가지고 있다.

어매니티란 단지 하나의 특질만을 말하는 것이 아니라 복수의 총합
적인 환경가치의 카달로그이다. 그것은 예술가가 추구하고 건축가가
디자인하는 미美와 역사가 낳아 놓은 친근감 있는 경관을 비롯하여 어
떤 상황 하에서는 효용, 요컨대 마땅히 그렇게 있어야 할 것(예컨대 주
거의 따뜻함, 햇빛, 맑은 공기, 집에서의 서비스 등)이 있어야 할 곳에 있는
것the right thing in the right place, 즉 전체로서의 쾌적한 환경을 말한
다.6)

이상의 정의 가운데서 역점을 두고 있는 점으로는, 어매니티가
'복수의 총합적인 환경가치의 카탈로그'라고 하는 점이다. 여기에
다 또한 '어떤 상황 하에서의' 효용성에 관한 조건을 붙여서 '마땅
히 있어야 할 것이 있어야 할 자리에 존재한다'고 하는 표현의 의
미를 깊이 이해할 필요가 있다고 본다.

여기서 잠깐 독자의 이해를 돕는 참고적인 부연을 한다면 '어매
니티amenity'의 어원은 라틴어의 '아마래amare'에서부터 나왔으며, 이
말은 '사랑love'을 의미한다. 이는 프랑스어로부터 파생했다고 하는
'아마추어amateur＝애호가'와도 같은 어원을 가진 말이며 매우 시사
적인 어의를 가지고 있다고 본다. 요컨대 아매니티에는 그 근저에
사물과 사람·자연과 사람·사람과 사람 사이의의 관계에 있어서
더불어 같이 있고 상대를 아끼는 훈훈한 애정으로 충만해 있다는
것을 가르쳐 주고 있다.

정의보다 이해가 중요하다

한 개념의 '정의定義'는 문자나 언어에 의해서 내려지게 되거니와 이때 한 개념의 의미를 알고 있다는 수준의 앎knowing(知)이란 매우 추상적인 것이 되고 만다는 점에서 행동·실천의 관점에 볼 때 실제와 유리된 것이기 때문에 단순하게 '지를 위한 지'는 바람직한 것이 못된다.

이런 문제는 교육에서 교육목적의 분류체계 및 지력분류知力分類 (지식knowledge-이해comprehension-응용application-분석analysis-종합synthesis-평가evaluation)[7]가 시사하고 있는 바와 같이 한 개념에 대한 정의의 '지식'보다는 '이해'가 더 복합성complexity을 띤 지력임을 알 수가 있으며 더 가치가 있다는 것을 생각한다면 단순한 지식보다는 이해가 더 중요하다는 것을 쉽게 이해할 수가 있을 것이다.

때문에 제아무리 훌륭한 개념에 명쾌한 정의가 내려졌다 할지라도 단순히 알고 있는 수준에 머물고 있는 지식이란 무의미한 것이 되고 만다. 왜냐하면 지식보다 '이해'가 '응용'과 '분석'의 기초가 되기 때문이다.

이런 점에서 '이해'는 지식보다 상위 단계의 지적능력이라고 볼 수 있다. 즉, 이해란 자기가 획득한 지식의 짜임새(셰마schèma정보처리체계의 정신구조)에 근거하여 외계의 대상 및 사상事象을 해석하고 여기서 정보를 선택적으로 받아들여, 부호화encoding와 변환transformation, 통합integration과 추론inference의 심리조작을 통해서 기유지식(또는 셰마)과 관계를 지음으로써 대상 및 사상에 대하여 일관되게 체계화된 표상을 구성하는 것을 말한다.

　따라서 어매니티란 이러이러한 의미를 가진 것이라고 추상적인 개념상의 수준에서 알고 있는 것보다는 이를 생활을 통해 그 의미를 실감하고 경험하며, '어매니티란 이런 경우를 말한다'는 것을 온 몸으로 감동을 가지고 체득했을 때 어매니티의 참뜻을 생활에 응용할 수 있는 이해의 수준에 달하게 될 것이다.

　더욱이 환경의 어매니티가 사람들에게 쉽게 이해가 되고 공통된 가치관에 의해서 수용될 수만 있다면 자연보호는 그만큼 잘 될 수 있을 것이다. 그렇지만 현실적으로 어떤 상태를 쾌적한 환경으로 보느냐의 인식기준의 문제를 비롯하여 사람들이 어매니티를 이해의 수준을 넘어서 이를 실천하는 생활에서 삶의 의미를 찾는다고 하는 것이그렇게 쉽지 않다는 것도 고려하지 않으면 안 될 것이다.

　구체적인 사례를 하나 생각해보기로 한다. 예컨대 도시의 주거환경을 만들 때 미관·보건·위생·공해방지를 위해서 녹지를 조성한다는 것은 누구에게 있어서나 환영할 만한 일이다. 그러나 여기에는 말할 것도 없이 이를 관리할 수 있는 조건이 충족되어야 하고 한 사람 한 사람의 어매니티의 소중함을 신천하는 생활(사고와 행동)이 전제가 되어야 할 것이다.

　제아무리 아름다운 녹지를 조성해 놓았다 할지라도 관리를 소홀히 하여 나뭇가지가 부러지고 말라 죽거나 여기 저기 빈 깡통·휴지·개들의 오물이 널려 있고 악취가 난다고 한다면 누구인들 이런 환경에서(는) 어매니티를 느낄 수가 없을 것이다. 또한 주거 환경의 주변에 맑은 하천이 흐르고 물고기가 한가롭게 떼지어 노닐고 있을 때는 시민들의 휴식장소로서 사랑을 받게 되지만, 공장에서 쏟아내는 독극물이나 폐수로 인하여 하천이 오염되어 악취를 내뿜게 된다면 그 누구도 이곳에 가지 않으려고 할 것이다.

어매니티는 그 기본에 있어서 자연환경과 인공환경 사이에 알맞는 조화가 유지되어 있지 않으면 안된다. 바꿔 말한다면 인간과 자연과의 공생共生을 일상생활 속에서 체감할 수가 있어야 한다.

그러나 '자연과의 공생'이 중요하다는 것은 하나의 일반적인 상식으로서는 알고는 있어도 사람들의 심정 속에 깊이 내면화 internalization되어 있는 공통된 이해가 공감대로서 형성되어 있느냐 없느냐의 문제를 생각하게 되면 매우 어려운 문제에 직면하게 된다. 그렇다는 것은 우선 가치관價値觀에 개인차가 있다는 것은 차치하고라도 풍토에 따른 지역차도 있으며 자연에 대한 자연관自然觀을 둘러싼 국민성이나 민족적인 심성의 차이도 있기 때문이다.

끝으로 우리가 어매니티의 개념에 관하여 논할 경우에 명심하지 않으면 안될 점이 있다. 그것은 우리가 통념적인 암묵 속에 함의含意되고 있는 '아름다우며, 쾌적하고, 누구나 바람직하다고 느끼는 공간 상태'를 기술적으로 만들어내는 것이 어매니티의 과제라고 할지라도 '누구나 바람직하고 쾌적하다고 생각하는 공간상태'란 반드시 균질적均質的으로 고정화되어 있는 것은 아니라는 점이다.

만일에 어매니티를 균질적인 고정관념으로 대하게 된다면 아매니티의 실현에 참여하고 있는 사람들의 독단을 초래하기 쉽고 불합리한 점이 발생해도 이를 탄력적으로 수정하기 어렵다는 것도 알아 둘 필요가 있다.

다음은 이와 같은 문제를 중심으로 발생할 수 있는 몇 가지 사례이다.

아매니티를 느끼는 방식은 같지 않다

자연이란 인간의 타율적인 작위作爲에 의하지 않고 우주적인 섭리에 따른 모습이며, 자체적으로 그렇게 될 수밖에 없는 우주적인 질서에 따른 모습이다. 따라서 자율적 변화운동의 상태이며, 실체實體의 생성 · 소멸과 '질'의 형성 변화의 상태이며 '양'의 증대 · 감소 등 자율적인 자기형성과 자기발전적인 상태이다.

우리 나라와 같이 사계절이 분명한 경우, 봄에는 벚꽃과 진달래, 여름에는 산야의 푸르름, 가을에는 단풍, 겨울에는 설경 등을 볼 수 있는 것도 자연의 한 단면이다. 우리는 이 자연의 품 속에서 자연이 인간에 대해서 삶의 질을 높여줄 수 있는 정취와 쾌적함을 주고 있다고 생각한다. 이와는 달리 벌거벗은 산이나 사막화 되고 있는 들판을 보았을 때는 정서적으로 메마름과 삭막함을 느끼게 될 것이다.

그러나 이런 경우도 있다. 객관적으로는 동일한 자연도 국민성이나 개인에 따라서 전혀 상반된 체험을 하게 된다는 점이다. 예컨대 인위적 환경을 좋게 생각하는 문화권 속에서 살아온 사람들은 똑같은 자연을 접하고 나서 아무런 시설도 없다고 느껴 별로 이곳에 온 의미를 찾지 못하지만 생태의 소중함과 인간도 자연의 일부임을 생활화 하고 있는 문화권 속에서 살고 있는 사람들은 이곳에 와서 다시 한번 자연의 신비함을 체험함과 동시에 때 묻은 마음을 씻을 수가 있고 나아가서 수목들이 자체적으로 균형있게 공존하고 있는 자연의 고유한 본질적 가치intrinsic value로부터 만다라mandala蔓茶羅(마음의 진수 · 본질 · 중심을 뜻하는 만다manda와 소유 또는 성취를 뜻하는 la의 합성어/영성체험의 우주도상 宇宙圖像)의 지혜를 얻을 수가 있는 사람도 있을 수가 있다.

이와는 달리 시대와 사회의 변천 추이에 따라서 같은 건축물이 전혀 다른 평가 때문에 완전히 모습을 달리하는 극단적인 경우도 있을 수가 있다. 가장 대표적인 예로서 '바우하우스Bauhaus'를 들 수가 있다.

바우하우스란 1919년 8월에 탄생한 바이마르 공화국Weimarer Republik의 요청으로 독일의 건축가 발터 그로피우스Walter Adolf Georg Gropius(1883-1969)에 의해서 설립된 혁신적이며 종합적인 조형(건축 · 공예)학교(바이마르 국립 바우하우스Stantliches Bauhaus in Weimar)이다.

바우하우스의 이념은 근대에 와서 분화된 예술과 공예 등 일체의 조형활동을 종합적인 건축으로 승화 · 통합하는 데 있었다. 이 학교는 건축을 주축으로 한 예술과 기술을 중시하고 새로운 시대에 부합한 생활환경의 창조에 집단의 힘을 통해서 기여하겠다는 이념을 가진 사회개혁적인 교육운동 · 조형운동의 중심이 되었으며, 1925년에는 바이마르에서 댓싸우Dessau로 옮겨지면서부터 활동의 최전성기를 맞이하였다.

그러나 1932년에 세계 경제대공황(1929)의 영향과 정정政情의 우경화와 그리고 그로피우스 교장의 사임에 이은 후임 바이어Herbert

Bayer(1900-1985)의 사임, 다시 로에Ludwig Mies van der Rohe(1886-1969) 교장으로 이어졌으나 폐교되고 일시적으로 사립학교 형태로 베를린으로 이전되었으며, 다음해 나치스Nazis(국민사회주의독일노동당 Natinalsozialistische Deutsche Arbeiterpartei)의 탄압에 의해서 1933년에 폐교되는 우여곡절의 역사를 걷게 되었다.

그로피우스의 설계에 의해서 지어진 가장 상징적인 기념비가 될 만한 바우하우스 교사敎舍는 공업화시대를 맞이한 20세기 초, 독일 특유의 기능미와 구조를 조화롭게 살려서 지어진 획기적인 건물로서 유명하였다. 그리고 이곳에서 많은 인재도 배출되었을 뿐만 아니라 기능성과 심플한 아름다움을 살린 각종 생활 용구도 만들어짐으로써 국민들의 일상생활에 크게 기여하였다.

그렇지만 1933년에 정권을 획득한 나치즘의 가치관에서 볼 때는 바우하우스의 이념이나 표현양식이란 모두가 상반된 것이었다. 특히 바우하우스 교사의 '유리 칸막이 벽glass curtain wall'은 히틀러 Adolf Hitler(1888-1945)의 혐오의 표적이 되어 조형미의 극치를 지니고 있던 유리 칸막이 벽은 아깝게도 벽돌 벽으로 교체되고 말았던 것이다.

이는 나치스=히틀러라고 하는 광신적이고 비정상적인 지도자의 편견이나 우견愚見에서 비롯된 어리석은 처사였다고 생각하지만, 한편 당시의 가치관이나 이념을 신봉했던 지식인 및 다수의 국민이 있었다고 하는 것을 생각해보면 착잡한 생각을 떨칠 수가 없을 것이다. 이렇듯 쾌적함이나 건축의 미도 그것을 느끼는 방식이 시대에 따라 같지 않다는 것이다.

자연적 환경과 인위적 환경의 조화

'자연에 맞는 설계'에서 자연환경과 인위적 환경은 적당한 조화가 유지되고 있어야 한다는 것이 쾌적성을 살리는데 있어서 기본적 요건이라는 것을 말하였거니아, 그러나 '적당한 조화'란 과연 어떤 상태를 말하느냐에 있어서는 한마디로 말하기는 매우 어려운 문제이기도 하다.

통념상 환경이라고 하는 용어는 어떤 주체主體를 둘러싸고 있는 외계 · 상황이며, 주체와 영향의 통로를 맺고 있는 생활공간으로 인식되고 있다. 이 경우에 있어서 주체란 인간 개인이나 사회를 생각하게 된다. 그러나 1960년대에 이르러서부터 공해 · 자연파괴 · 생태위기가 대규모로 일어나기 시작하면서부터 종래의 인간중심주의적인 환경문제의 접근방식에는 문제점이 있다는 것을 알게 되기 시작하였다. 그리하여 인간 이외의 생명체에도 이 지구상에서 살아갈 수 있는 생존권生存權이 있다는 것을 경시해서는 안 된다는 것을 반성하게 되었다.

특히 1970년대에 이르러 노르웨이의 철학자 아네 내스Arne Naess(1912-)에 의해서 1972년 인간의 생존을 위해서 환경을 보호하려는 환경보호운동을 '피상적 생태론shallow ecology'의 운동이라 하여 이를 배격하고 인간의 생존과는 독립하여 환경 그 자체(자연전체)가 보호되어야 한다는 '근원적 생태론 또는 심층적 생태론deep ecology의 환경운동을 펼쳤으며,8) 또한 생명 · 자연 · 생태계의 가치와 타당성을 탐구하는 탈인간 중심적 입장인 『환경윤리학

Environmental Ethics』9)(1979년 조지아 대학 애슨스 캠퍼스University of George at Athens 철학과 교수인 유진 하그로브Eagene Hargrove에 의해서 계간지 『환경윤리*Enviromental Ethics*』가 발간됨)이라고 한 학술계간지가 나옴으로써 환경윤리의 활성화에 크게 기여하였다.

그러나 환경문제를 접근해 감에 있어서 흔히 말하는 인간중심주의anthropocentrism와 비인간중심주의nonanthropocentrism사이에 명확한 선을 그은 듯이 문제를 해결하려고 하는 것은 현실적으로는 어려운 일이다. 그렇다면 이 문제를 환경 개념을 중심으로 검토해보자.

환경이란, 본래 철학적 인간학이 지적하고 있는 바와 같이 생물의 각 종種이 주체가 되어 주체인 자기를 중심으로 관계를 맺고 있는 객체客體와의 망상적 조직이며 각 종에 따라서 고유적인 것이다. 예컨대 오랑우탄Orang-utan(숲 속의 사람men of forest을 뜻하는 말레이Malay 말이며, '사람'을 뜻하는 orang과 '숲'을 뜻하는 hutan의 합성어이다)에는 오랑우탄의 생존을 가능케 하는 환경이 있고, 고등어에는 고등어의 생존을 가능케하는 환경이 있다. 모두에게 환경이 똑같지 않다는 것을 유의할 필요가 있다.

오랑우탄의 환경구성 요소는 대기와 숲이며 고등어의 환경은 바다인 것이다. 이렇게 볼 때 환경이란 종차種差를 초월해서 동일한 것이 아니며 각 종의 생존을 중심으로 만들어진 생활공간인 것이다.

그렇지만 생물의 한 종의 환경이란 다른 종의 환경과 겹치면서 공유되고 있는 것이 현실이다. 요컨대 지구상에 살고 있는 일체의 종의 각 환경은 서로가 얽혀 있는 이른바 '지구환경地球環境global environment'이라고 하는 하나의 큰 환경을 형성하고 있는 것이다. 때문에 생물로서의 사람의 환경이란 지구환경, 다시 말해서 지구 전체에 이르게 된다고 볼 수가 있다.

여기서 지구환경으로서의 인간의 환경요인을 자연적인 것과 인위적인 것으로 나누어 생각해 보고자 한다.(표 4-1을 참조)

표 4-1. 인간을 둘러싸고 있는 환경요인

자연적 환경	물리적 요인	온도 압력 방사선	빛 진동	습도 소리
	화학적 요인	인공유기 화합물 천연유기 화합물 원소 비의도적 생성화학물질		
	생물적 요인	미생물 동물	식물	
인위적 환경	사회적 요인	정치 법률 교통 복지	경제 유통 인구	행정 치안 의료
	문화적 요인	교육 주거	정보 종교	예술

표 4-1에서 읽을 수 있는 바와 같이 오늘날의 환경문제는 학제적 學際的interdisciplinary인 문제임을 알 수 있음과 동시에 환경을 요인별로 분리해서 논하는 일은 별로 의미가 없다는 것을 이해할 수가 있다.

개인이나 사회는 환경에 영향을 줄 뿐만 아니라 역으로 환경으로부터 영향을 받으면서 환경에 적응하며 생존하고 있는 것이다. 요컨대 인간활동과 환경은 서로 영향을 주고받고 있는 것이다. 또한 각 환경요인은 여러 환경요소로 구성되어 있고 이들 요소가 서로 관련된 체계를 형성하고 있다. 그리고 하나의 환경요소에 대한 충격은 연쇄 반응적으로 다른 환경요소에도 영향을 미치게 된다는 것도 알고 있지 않으면 안 된다.

회고해 보면 인류문화 및 문명의 역사도 인간의 끊임 없는 자연에 대한 도전과 변형에 의한 인간 위주의 인위적인 환경 창조의 역사였다는 것을 이해할 수가 있다.

지구의 장구한 역사를 돌이켜 볼 때 고대사회의 인간 활동은 매우 규모가 작았던 것이었기 때문에 인간에게 있어서의 환경은 자연 그 자체였다. 설혹 일시적으로 인간의 의도에 의해서 환경이 개조되고 오염·훼손이 되어도 그것은 '환경용량環境容量environmental capacity10)의 범위 내에서 이루어졌기 때문에 자연의 복원력에 의해서 환경은 원상태로 회복될 수가 있었다.

인류는 지구상에 탄생한 이래, 자연의 도전과 맹위猛威와 싸웠고 자연을 정복하였으며 스스로의 생활환경을 임의로 개조하는 일이 인류의 행복에 이르는 길이라고 믿고 행동해 왔던 것이다. 그러나 20세기의 후반에 이르러 경제의 고도성장만을 위한 인간 활동이 급진적으로 확대되고 '다원적多元的인 문명'의 구조가 가속화됨에 따라서 환경을 외면한 경제 우선의 다종다양한 기술의 일방적인 독주는 환경을 단기간에 질과 양에 있어서 놀라우리만큼 변화시켜 버렸으며 인간의 생존이나 사회·문화 활동에 지대한 부정적인 영향을 주게 되었다.

이와 같은 현상이 오늘날의 환경문제를 야기시켰으며, 인류가 역사이래 처음으로 직면하고 있는 지구환경의 위기를 초래케 하였다.

환경의 '일차변화一次變化'로 인하여 나타나는 '환경의 이차변화二次變化'가 이를 잘 말해주고 있다. 환경의 일차변화란 인간의 생존에 필요한 식량생산, 자원, 에너지 개발, 산업활동 등에 의해서 자연환경이 직접 개조변형된 것을 말한다. 환경의 이차변화는 일차변화가 원인이 되어 인간이 제어할 수 없는 자연의 기제에 의해서 환경이 연달아 변화하는 것을 말한다.

예컨대 산성비acid rain(대기중에 방출된 유황산화물SOx이나 질소산화물 NOx이 유산硫酸이온이나 초산이온으로 변화된 강한 산성을 포함한 강우)로 인한 산림피해, 프레온 가스freon gas(클로로프루오르카본chloro-fluoro-carbon : CFCs로 표기하며 메탄CH$_4$이나 에탄C$_2$H$_6$의 수소원자를 염소Cl나 불소F로 치환한 염화불소탄소의 총칭명이다. 오존층을 파괴하는 주된 원인물질이다)로 인한 자외선량의 증대, 온실효과 가스green house effect gas(이산화탄소CO$_2$, 프레온 가스CFCs, 메탄CH$_4$, 대류권 오존O$_3$, 아산화질소N$_2$O)로 인한 지구온난화 현상, 수질의 오염으로 인한 적조赤潮현상의 발생 등이 이차변화이다. 이들 이차변화의 원인이 되는 주된 일차변화는 화석연료의 대량사용으로 인한 질소산화물窒素酸化物과 유황산화물硫黃酸化物의 방출, 프레온 가스의 방출, 수중의 질소와 인燐 농도의 상승이다.

이들의 실례가 말해주고 있는 것처럼 인간활동의 환경에 미치고 있는 영향을 생각할 때는 언제나 일차변화와 이차변화의 양면을 생각하지 않으면 안된다는 점이다. 그러나 이 문제는 매우 어려운 문제다. 왜냐하면 이 문제는 개인 및 집단의 욕망과 이해관계가 얽혀있기 때문에 이차변화를 정확히 예측한다는 것이 쉬운 일은 아니기 때문이다.

환경문제를 줄이기 위해서는 인간중심의 환경의 일차변화만 추구할 것이 아니라 이로 인하여 나타나는 이차변화가 인류 또는 미래에 미칠 영향까지도 감안하여 인간도 살고 자연도 살 수 있는 변화의 조정과 균형을 잡아가는 노력이 따르지 않으면 안 된다고 본다.

도시의 생활공간과 자연환경

생활양식의 형태와 다양성으로 보아 인위적 환경 가운데서 가장 큰 규모의 위치를 차지하고 있는 것은 역시 도시를 중심으로 조성된 생활공간의 형태라고 볼 수 있다. 그러나 도시의 생활공간의 문제를 생각할 때 이것과 관련을 맺고 있는 자연환경의 문제도 생각하게 된다.

무릇 도시의 생활공간이라고 하면 통념상 인위적으로 건조된 각종 물리적인 구조물의 집합된 상태를 떠올리게 된다. '도시는 선線이다'라는 말과도 같이 도시는 가장 인위적인 환경 그 자체라고 생각하게 된다. 그러나 이러한 도시공간도 깊이 생각해본다면 각종 자연환경의 영향으로부터 제약을 받고 있다는 것을 알 수가 있다.

생태학에서는 자연환경을 연구할 때 대기권atmosphere, 지권地圈

geosphere, 수권水圈hydrosphere, 토양과 생물권biosphere으로 나누어 이
들 각 권의 상관관계 속에서 하나하나의 특성을 조사 연구하여 생
명의 생존 조건을 고찰하는 방법을 사용한다.[11]

이들 방법은 도시의 생활공간에 영향을 주고 있는 자연환경에
대해서 생각할 경우에도 적용시킬 수가 있을 것이다. 사실 도시생
태학이라고 하는 분야에서는 이와 같은 방법에 근거한 연구가 많
이 실시되어 왔다. 그리하여 오늘날에는 자연생태계를 연구하는 방
법 상의 유추類推에 의해서 '도시 생태계'를 과학적으로 파악하는
생태학의 응용분야의 하나로서 자리를 잡게 되었다.

그러나 도시생태계가 자연생태계와 많은 점에서 공통성을 가지
고 있으면서도 역시 기본적으로 다른 점은 환경을 대하는 도시인
의 주체적인 영향력이 중요한 요인을 이루고 있다는 사실이다.

요컨대 도시 공간에 영향을 미치고 있는 자연 환경에 있어서도
각종 인공적인 시설물과 도시인의 생활에 수반하는 반응과 더불어
도시 공간 특유의 자연적 환경이 조성되어간다는 것이다. 그 대표
적인 환경이 '열섬heat island'이라고 불리우는 현상이다.

열섬 현상이란, 요컨대 도시에 모여사는 사람들의 다양한 활동에
수반하는 에너지 소비량의 증대, 연무층煙霧層의 형성, 지표면 구조
물의 변화, 산업 활동, 자동차 교통량, 에어컨, 지표 포장률의 증대,
도시식생都市植生vegetation(녹지 등)의 감소 등 복합적 요인으로 인하
여 다른 지역에 비해서 기온을 상승시키는 도시의 고온화 현상이
다. 이렇듯 교외郊外에 비해서 도시 지역에 조성된 국지적인 고
온·건·다습지대를 등온선等溫線으로 그리게 되면 도시가 마치 바

다에 솟아 있는 섬과 같은 형상을 닮고 있는데서 붙여진 명칭이다.

이와 같은 복합적 요인으로 만들어진 열섬으로 인하여 도시인의 '체감기후體感氣候sensible temperature'에도 변화가 생기게 되었다. 요컨대 도시화가 진행되면 될수록 도시의 자연환경(기후)은 변하기 마련이며, 때문에 여름에는 열대야가 찾아오며 겨울에는 삼한사온보다는 불규칙적 혹한과 건조현상이 심해지는 것이 도시 특유의 기후환경을 형성하게 되었다. 그렇지만 에너지 분야 연구가에 의하면 히트 아일랜드로부터 신 에너지개발을 위한 '도시 에너지urban energy'의 구상을 현실화하는 미래도 조망할 수 있게 되었다.

도시를 중심으로 한 환경 변화가 세계 규모로 진행된 결과 나타나고 있는 것이 이른바 '지구온난화 현상'이다. 지구의 온도는 태양열이 지구에 쪼이는 열과, 지표로부터 방사열로서 나오는 열과의 수지 밸런스에 의해서 결정된다. 이 경우에 대기 중에 존재하는 각종 가스가 적외선(열선)을 흡수함으로서 우주 공간으로 발산될 열을 대기권에 가두어둠으로서 지구 표면과 하층 대기가 덥혀지는 현상이다.

이 온난화의 진행에 의해서 해면 온도의 상승으로 인한 허리케인 태풍의 위력이 커지는 등의 문제 외에도 인간의 건강에 관련하는 예측불허의 사태도 일어날 것이라고 하는 우려도 생각할 필요가 있을 것이다.

이상과 같은 관점에서 지구온난화global warming[12]와 오존층의 파괴depletion of the ozone layer로 인한 병원체에 대한 영향 및 화학물질의 유해성 유무 등 환경과 건강과의 관련성에 대한 대규모적인 연구도 실시되고 있는 것이다.

현재 과학자들은 지구가 안고 있는 가장 심각한 문제로서 오존
층의 파괴를 지적하고 있다. 일반인들은 아직 이 문제의 심각성을
잘 인식하지 못하고 있지만 그 피해를 안다면 놀라게 될 것이다.
오존ozone이란 그리스어의 '냄새가 난다ozein=smell'의 말에서 유래되
었으며 이를 화학기호로 'O₃'로 표시하고 있다.

　오존의 농도는 성층권成層圈(대류권과 중간층 사이에 있는 지표로부터 약
12km-50km 높이의 대기층)의 하부, 즉 지구로부터 20-25km 상공부근
에 최대로 분포되어 있으며, 이른바 오존층ozone layer을 형성하고
있다. 이 오존층은 태양으로부터 오는 강력한 자외선 가운데 사람
과 동식물에 해를 끼치는 자외선만을 골라서 차단하는 역할을 한
다. 때문에 오존층을 '지구의 생명을 지켜주는 우산' 또는 '지구의
파수꾼'이라고 부른다.

　그런데 1980년대 초부터 남극대륙상공의 오존 농도의 급격한 저
하로 생긴 오존홀ozone hole(오존층 파괴로 오존 농도가 희박해진 부분)이 관
찰되고서부터 지구의 오존층이 서서히 파괴되고 있다는 보고가 나
오기 시작하였으며, 현재까지 오존층의 파괴가 전체의 3% 수준에
이르고 있으며 오존홀 면적이 남극대륙의 1.8배에 이르고 있다고
한다.

　전문가들은 이런 추세대로 나간다면 오는 2025년에는 오존층의
4분1이 없어질 것이라고 전망하고 있다. 한 연구에 의하면 성층권
의 오존층에 의해서 태양광 속에 있는 생물에 유해한 320nm 이하
의 자외선의 대부분이 흡수된다. 오존의 농도는 특히 성층권의 하
부, 지상으로부터는 25km 상공 부근이 최대로서 소위 오존층을 형
성하고 있다. UNEP(유엔환경계획기구United　Nations　Environmental

Program/1972년 창설, 본부는 Kenya의 수도 Nairobi)의 보고는 오존농도가 1% 저하하면 지표에 방사되는 자외선량은 약 2% 증가하고, 피부암 환자는 3% 증가하며, 백내장이나 각막염 등 시력장애도 증가하며 면역기능도 저하한다고 말하고 있다.

뿐만 아니라 해양 생태계의 변화, 작물 수확량에 대한 영향, 대류권 오존의 생성 및 온실효과에도 영향을 주게 된다고 한다. 최근의 한 보고서는 앞으로 계속해서 오존층 파괴가 방치된다면 70년 후에는 모든 사람이 피부암 방지를 위해서 우주복을 입어야 할 것이라고 말하고도 있다. 또 오존층이 25% 이상 파괴되면 농작물의 수확이 20% 이상 감소되어 심각한 식량란을 겪을 것이라고 한다.

이와 같은 오존층을 파괴시키는 가장 큰 주범은 염화불화탄소 CFCs chloro fluroro carbon라는 물질이며, 이는 냉장고나 에어컨의 냉매체, 스프레이의 분무제, 반도체의 세척제로 널리 쓰이고 있다. 이 경우에 지상에서 방출되는 CFC는 10년 정도 공중에 떠 다니다가 오존층과 결합하면서 다른 화합물이 되기 때문에 오존층이 파괴되어 버린다고 한다.

이 무서운 CFC는 주로 도시생활 공간에서 많이 방출된다는 것을 생각할 때 오존층 보호를 위한 도시인들의 생활양식의 혁신이 절실히 요구된다. 그러나 생활에 다소 불편함이 따르더라도 이를 감수할 수 있을지가 문제다. 이미 오존층 보호를 위한 국제적인 움직임으로서 1987년 캐나다 몬트리올에서 채택된 '몬트리올 의정서 Montreal Protocol'(1985년 오존층 보호를 위하여 채택한 비엔나협약Vienna Convention에 기초함)가 제정된 것도 그 노력의 하나라고 볼 수 있다.

농촌의 자연환경

도시의 생활 공간에 비해서 농촌의 자연환경은 생명의 생존 조건인 대기권, 지권地圈, 수권水圈, 생물권에 있어서 덜 오염(특정지역을 제외하고는)되어 있다고 볼 수 있었다. 그러나 식량 증산과 과수 재배에 불가피한 경제독economic poison인 살충력이 강한 인공합성 농약pesticide(살충제insecticide 살서제殺鼠劑rondenticide, 살균제fungicide, 제초제herbicide, 살선충제殺線虫劑nernatocide, 살비제殺蜱劑acaricide, 보조제 supplemental agent, adjuvant, 식물성장조절제plant growth regulator)을 사용함으로써 자연의 정화력(자정작용self purification)을 떨어뜨리게 되었을 뿐만 아니라 먹이 사슬food chain를 통한 체내축적bioaccumulation를 증대시킴으로써 농촌 생태계를 위협하고 있다(그림4-1. 참조).

죽어가는 생태계의 위기를 각성시켰던 미국의 여류 생물학자이며 환경문제 연구가였던 레이첼 카슨Rachel Carson(1907- 1964)은 그녀를 유명하게 만든『침묵의 봄Silent Spring』(1962)에서 "해충을 억제하기 위한 방법으로서 화학농약을 사용하는 기술적인 '즉효수단quick fix'에 의존하고 있는 인류의 경솔함과 어리석음을 고발하고 제2차 세계대전 중에 시도한 화학무기 연구의 부산물이었던 농약을 '죽음의 묘약elixirs of death'이라고 보아 농약이 죽음의 세계를 가져오고 있다는 것을 경고하였다."13)

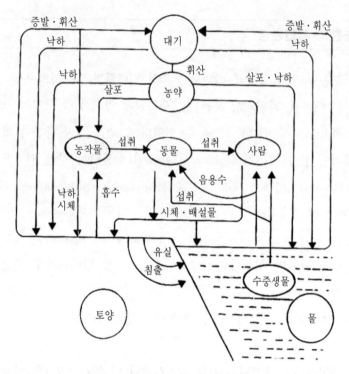

그림 4-1. 환경 중 농약약의 이동

참으로 『침묵의 봄』은 잃어버릴뻔 했던 인류의 미래를 각성시켜 주었으며, 또한 다수의 인공화학물질이 내분비기능을 교란시킴으로써 인간 및 야생생물의 성·생식·발달에까지 영향을 주고 있음을 지적한 여류과학자 태오 콜본Theo Colborn 여사의 『도둑맞은 미래Our Stolen Future(1996)』[14]와 더불어 과학의 핵심과 윤리를 대중에게 호소하였다.

우리 나라의 농촌은 그동안 수확량의 증대에만 관심을 쏟은 나머지 그로 인하여 생태계가 파괴되고 인체에 미치는 영향 같은 것은 생각지도 않았다. 이 점이 '집약적 농업intensive farming'의 문제점이기도 하다.

자연계는 본래적으로는 인간의 생활에 수반하는 다종다양한 폐기물이 부하負荷되어도 자연 본래의 정화력(자정작용self purification)에 의해서 오탁 물질을 분해·제거하는 능력을 가지고 있었다. 그러나 일단 부하량(=오탁부하량)이 자정능력을 넘어섰을 때는 그만큼 환경은 오염의 도를 더하게 된다.

다음에 자정작용의 이해를 돕기 위하여 간단한 하천의 자정작용 실험의 예를 하나 소개한다.

그림 4-2의 좌에서 두 개의 비커에 같은 양의 오수를 넣어 B의 비커에는 하상河床의 조약돌을 깔아놓고 햇빛이 드는 곳에 놓아두었으며 공기를 집어넣었다. 이와는 달리 A의 비커에는 조약돌을 집어넣지 않았다. 수시간 후에 두 개의 비커에 들어있는 시수試水의 BOD (Biochemical Oxygen Demand생물화학적 산소요구량),[15] NH$_4$-N(암모니아성 질소)를 측정했을 때, 그림 4-2의 우와 같이 B의 비커의 성분이 격감하고 있다는 것을 알 수가 있다. 이 점은 하상조약돌의 표면을 덮고 있는 생물막生物膜인 조류藻類와 세균을 주로 한 원생동물, 곰팡이류 등 다양한 생물군이 정화의 역할을 담당하고 있음을 알 수가 있다.

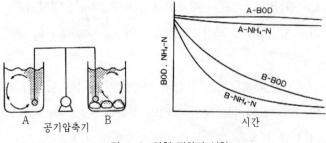

그림 4-2. 하천 정화의 실험

　여기서 하천의 자정작용을 좀더 자세히 설명한다면 그림 4-3과 같다. 수중의 유기물의 제거는 첫째로 하상부착생물막河床付着生物膜 속에 있는 종속영양미생물heterotrophic microorganisms에 의한 산화, 무기화이며 수중의 산소 소비를 동반하게 된다. 둘째로는 부유성浮游性유기물의 침전에 의한다. 증식된 생물막이나 침전물은 벗겨져 물에 떠내려가서 다시 침전하게 됨으로써 총유기물량의 감소에 바로 도움을 주지는 못한다.

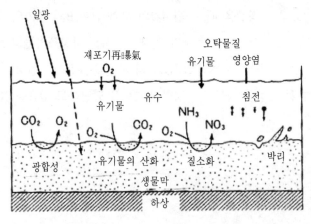

그림 4-3. 하천의 자정작용의 모식도

한편, 영양염류nutritive salt에 관해서 볼 때 암모니아성 질소NH₄-N는 독립영양미생물autotrophic microorganisms에 의해서 아초산성질소 NO₂-N를 거쳐 초산성질소NO₃-N로까지 질산화된다. N, P의 영양염류는 부착생물, 특히 조류藻類에서 대표되는 광합성생물의 증식을 조장한다. 그리하여 호수 · 늪이나 내륙에 들어간 해만에서는 적조赤潮red water 즉 동물 플랑크톤Zooplankton이나 식물 플랑크톤phytoplankton의 이상 발생으로까지 이어지는 경우도 있다.

이와 같은 본래적인 자연사이클에 차질과 기능 이상이 발생하는 것은 첫째로 자정작용으로 대응할 수 없을 만큼 다량의 오탁 물질이 환경에 버려지거나 자정작용을 할 수 있는 장소가 없어지는 경우를 들 수 있으며, 둘째는 자연의 정화력을 기대할 수 없을 만큼 복잡한 화학물질이 환경에 다량으로 방출되고 있는 경우를 생각할 수가 있다.

농촌환경을 쾌적한 생활공간을 만들어가기 위해서 극복해야 할 가장 핵심적인 문제는 자연의 정화력을 점검하면서 화학물질의 부하량을 최소화하는 일이다.

화학물질의 환경에 대한 부하 양식에는 세 가지가 있다. 첫째는 농약과 같이 의도적으로 전답에 살포되는 물질군, 둘째는 가정배수나 공장 폐수, 배출가스 등과 같이 직접적 또는 어느 정도의 처리를 거쳐서 부하되는 물질군, 셋째로 환경오염의 진입로가 불명료하여 오염원이 어디인지 정확히 지적하기 어려울 정도로 광범위하게 환경을 오염시키고 있는 물질군이다.

자연과의 공생과 자연과 조화된 농촌의 자연을 지키고 아름답고 쾌적한 환경을 만들기 위해서는 이와 같은 물질군을 필요최소한으로 억제하는 평상시의 생활실천이 따르지 않으면 안 된다. 예컨대 해충害蟲의 생태를 관찰하면서 감농약減農藥, 저농약低農藥의 실천은 물론, 노동력이 더 들고 수확이 감소하고 경제성이 떨어지더라도 인류의 미래를 생각하여 친환경적인 유기농법과 같이 가급적 농약을 줄이는 삶의 양식으로 바꾸지 않으면 안될 것이다.

더 나아가서는 환경윤리학environmental ethics의 관점에서 환경이나 자연을 단순하게 지켜야 한다는 생각이나 인간최우선주의 태도가 아니라, 인간 이외의 생물종·생태계·자연의 생존권을 인정하는 태도, 현세대가 미래세대의 생존가능성에 책임을 지는 세대간 윤리와, 지구상의 이용 가능한 식량·자원·에너지의 총량이 유한함을 감안하여 이들의 배분이 공정해야 하고 더불어 살아가는 지구 규모의 환경에 대한 윤리관을 갖지 않으면 안 된다. 그리고 이를 실천에 옮기지 않으면 안 된다.

토양에 미치는 농약의 장기적인 영향을 생각해보면 암담해진다고 말한 농업 문제 전문가인 퍼거슨Deryel Ferguson은 농약으로 인하여 발생하는 토양 장해에 대하여 다음과 같이 경고 하고 있다.

기름진 토양 약 30그램 속에는 몇 백만이라는 박테리아·균류菌類·조류藻類·원생생물 그리고 지렁이 지네 등의 무척추동물이 포함되어 있다. 이들 유기체는 모두가 토양의 비옥도와 구조를 유지해가는 데 있어 중요한 역할을 한다.[16]

이렇듯 농약은 토양을 피폐하게 만들며 생물의 서식환경을 파괴시킬 뿐만 아니라 결과적으로는 토양의 엔트로피 과정entropy process of the soil을 급속히 촉진시키고 있는데 문제가 있다.

특히 문제가 되고 있는 것은 해충에 유전적 형질의 변형이 생겨서 사용된 농약에 대해 저항력이 생기고 있다는 점이다. 미국 대통령 환경 문제 자문위원회의 연차보고[17]에 의하면, 이미 1978년 현재로서 한가지 이상의 화학살충제에 저항력을 갖고 있는 것으로 보이는 해충의 수는 305종에 이르렀다고 하니 이는 농약이 얼마나 악순환을 되풀이하고 있는 지를 잘 말해주고 있다.

왜냐하면 해충에게 저항력이 강한 유전적 형질이 생기게 되면 이에 대응할 수 있는 더욱 독성이 강한 농약을 점점 더 많이 사용해야 하기 때문이다. 참으로 가슴 아픈 악순환이다. 화학비료나 농약이 토양·생태환경에 미치고 있는 악영향의 문제는 우리가 시급히 해결하지 않으면 안 될 환경문제의 하나인 것이다.

이와 같은 관점에서 볼 때, 근년에 와서 새로운 연구영역으로서 주목받고 있는 에코톡시콜로지ecotoxicology(생태독성학 生態毒性學)는 지속가능한sustainable 생물 사회를 보호하는 대책을 강구하는 데 있어서 매우 중요한 도움을 줄 것으로 기대된다.

1) 스웨덴의 식물학자로서 식물분류학의 창시자이며, 『자연의 체계*Systema naturae*』(1739), 『식물학의 철학*Philosophie botanica*』(1751), 『식물의 종*Species plantarum*』(1753)은 대표적 저술로서 유명하다. 특히 그가 1751년에 제창한 과학적 이명법二名法, 즉 라틴어의 명사의 속명屬名과 형용사의 종명種名으로 표시한 명명법은 생물의 학술명 안정에 기여하였다. 현재 국제 명명규약에서는 식물에 있어서는 린내의 『식물의 종』, 동물에 있어서는 『자연의 체계』의 종명種名을 기준으로 하도록 되어 있다.

2) Ian L. McHarg, *Design with Nature*, Philadelphia, 1969, p.1.

3) J. S. Mill, 'Nature', in *Three Essays on Religion*, London, 1904, p. 14.

4) 누가복음 3:5. 이는 '이사야서' 40:4의 인용성구이다. 루가에서는 '메워지고'가 이사야에서는 '메우고'로 되어 있다. 이를 신앙생활의 관점에서 본다면 하느님의 뜻을 거스르는 교만(산과 언덕)을 깎아내리고 하느님의 모상대로 창조되었음을 잊고 아무렇게나 사는 골짜기를 메우고, 형편대로 적당히 살겠다는 굽은 정신을 곧게 하고 온갖 잡념으로 응어리진 험한 마음을 고르게 해야 한다는 회개의 의미를 갖는다.

5) A. S. Hornby, *Oxford Advanced Learner's Dictionary*, Great Clarendon Street, Oxford Ox2 6DP : Oxford University Press, First Published 1948/ Secoand edition 1963/ Third edition 1974/ Fourth edition 1987/ Fifth edition 1955/ Sixth edition 2000.

6) C. E. Cherry and L. Penny, *Holford : A Study in Architecture, Planning and Civic Design*, London : Mansell, 1986.

7) Benjamin S. Bloom, et al., *Taxonomy of Educational Objectives : Cognitive Domain*, New York : David McKay, 1956.

8) Arne Naess, "The shallow and deep, long-range ecology movement : A Summary", *Inquiry 16*(1973), pp. 95-100.

9) Eugene Hargrove, *Foundations of Environmental Ethics*, New Jersey : Englewood Clifts, 1989.

10) 이 말은 여러 분야에서 사용되며 정의도 다양하지만 여기서는 다음과 같이 정의한다. 대지 · 바다 · 하천 · 삼림 · 토양 등의 환경 속에 방출된 오염물질의 대부분은 물리 · 화학 · 생물학적인 작용을 받아서 정화된다. 이 경우에 자연환경이 갖고 있는 정화능력은 유한하며 그 정화의 한계를 환경용량이라고 한다. 자연의 자정작용 自淨作用self purification의 한계를 말한다.

11) Paul B. Sears, *The Ecology of Man*, Condon Lectures, University of Oregon Press, 1957.

12) 온실효과가스의 지구온난화에 미치는 직접 기여도는, 이산화탄소CO_2가 63.7%, 메탄CH_4이 19.2%, 염화불화탄소CFC가 10.2%, 아산화질소N_2O가 5.7%, 기타가 1.2%이다. 이는 CO_2의 대기 중 농도가 다른 온실효과 가스에 비해서 매우 높기 때문이다.(1988년 11월에 제네바에서 만들어진 '기후변동에 관한 정부간 조사위원단(IPCC:Intergovernmental Panel on Climate Change)의 1995년도 보고에서.)
IPCC는 인간활동의 확대에 수반한 대기변화가 기후 · 식량 · 에너지 · 수자원 등 사회 모든 분야에 중대한 영향을 미치고 경제의 지속적 성장을 저해할지도 모른다는 공통인식 하에 국제적 대처를 검토하기 위해 발족하였다. 특히, 온난화의 주범인 이산화탄소 등 온실가스 배출량을 줄이기 위한 국제협약으로서 1997년 일본 교토京都에서 채택한 '교도의정서Kyoto protocol'는 온실가스 감축을 위한 배출권 거래 · 청정개발사업 등을 명시하고 있다.

13) R. Carson, *Silent Spring*, New York : Fawcett Crest Books, 1962. p. 9.

14) Theo Colborn, Dianne Dumanoski, and John Peterson Myers, *Our Stolen Future:Are We Threatening Our Fertility, Intelligence, and Survival?-A Scientific Detective Story*, New York : Dutton Book, 1996.

15) BOD : 시수試水를 밀폐된 유리용기에 넣어 20℃로 5일간 방치한 후의 산소 소비량을 mg/l로 표시한 것이며, 하천의 환경기준에 사용되고 있다. BOD 수치가 높다는 것은 수중의 미생물이 이용할 수 있는 유기물량이 많다는 것을 간접적으로 표시해 주고 있다. 그러나 호수와 늪, 해역의 환경기준에는 COD (chemical oxygen demand: 화학적 산소 요구량)가 사용된다. COD는 시수 중의 유기물을 $KMnO_4$(과망간산칼륨)과 같은 산화제로 분해했을 때 소비되는 산소량을 mg/l로 표시되는 것을 말한다. BOD에 비해서 수시간 내에 검사결과를 알 수가 있다. 이때 산화되지 않는 것이 존재하거나 유기물 이외의 것도 산회될 경우에는 문제가 있다는 것을 나타내는 지표이다.

16) Wilson Clark, *Energy of Survival*, New York : Doubleday / Anchor Books, 1975, p. 173.

17) Environmental Quality, *Ninth Annual Report of the Council on Environmental*

Quality, Washington D. C. : U. S. Government Printing Office, December, 1978, p. 277.

다섯번째
엔트로피와 삶의 질

문명文明 앞에는 숲이 있고, 문명 뒤에는 사막砂漠이 남는다.
샤또브리앙François-René Chateaubriand 『*Atala*』(1801)

천지의 오묘한 힘은 그 영향이 얼마나 넓고 깊은가!
그 힘을 보려고 하지만 우리의 눈에는 보이지 않으며,
들으려고 하지만 우리 귀에 들리지 않는다.
그것은 만물의 본질과 같은 것이어서 만물과 불리될 수 없다.
헨리 데이빗 소로우Henry David Thoreau 『*Walden*』(1854)

엔트로피란 무엇인가?

엔트로피entropy/Entropie란 주지하고 있는 바와 같이 본래 열역학 thermodynamics에서부터 사용된 개념이다. 요컨대 자연계에서 일어나고 있는 사상事象들이 비가역적인 변화임을 알고 이를 하나의 자연법칙으로서 파악하여, 어떤 자원이나 시스템이 장차 어떤 작업과 활동을 할 수 있는 잠재능력을 표현한 것이다. 다시 말해서 자원 · 에너지로서 이용이 가능한가 또는 유효한가의 거시적인 상태를 기술하는 물리량物理量이다.

엔트로피라는 용어를 처음으로 만들어 낸 것은 1865년(열역학 제2법칙의 정식화, 1864-1965) 독일의 이론 물리학자로서 열역학 기체분자 운동론의 파이오니어의 역할을 했던 루돌프 클라우지우스Rudolf Julius Emanuel Clausius(1822-1888)에 의해서였다.

그는 프랑스의 물리학자 카르노Nicolas Léonard Sadi Carnot(1796-1832)의 사상—고온의 물체로부터 저온의 물체로의 열의 이동은 동력의 원천이다. 1824년에 발표 그의 유일한 저서『불의 동력에 관한 고찰Réflexion sur la Pussiance motrice du feu』에서—을 발전시켜 '닫혀진 체계closed system(외부로 확장되지 않는 반응 시스템) 속에서는 에너지 레벨에서 차이가 있으면 언제나 평형 상태the equilibrium state로 향하게 된다'는 것을 발견하였으며, '고온으로부터 저온으로의 열의 이동은 불가역irreversibility이다'라는 명제를 내놓게 됨으로써, 우주의 엔트로피는 최대치를 향한다고 보아 엔트로피는 끊임없이 증대한다고 하는 법칙을 내놓았다[1] (클라우지우스의 엔트로피의 법칙은 또한 1852년에 영국의 왕립학회회장 (1990-1995)이었고 물리학자였던 톰슨William Thomson(Lord Kelvin, Baron Kelvin of Largs : 1824-1907)이 주장한, 역학적 에너지는 흩어져 없어지는 경향을 갖는다는 '열종말 heat death'의 이론으로부터 영향도 받았다. 톰슨은 절대온도 등 열역학 제2법칙의 정립과 해저전신선의연구업적에 기여한 공로로 작위를 받았다.).

따라서 엔트로피의 기본인 '물리의 엔트로피'란, 한 체계에 내재하고 있는 잠재적인 능력이 감소하게 되면 그 이용가치가 저하함과 동시에 이에 수반하여 엔트로피가 증대한다고 볼 수 있으며, 엔트로피가 최대로 변환된 상태인 평형상태에서는 다른 일을 하는 데 사용될 수 있는 자유로운 에너지는 존재하지 않으며 엔트로피는 언제나 최대로 향하는 경향을 가지고 있다는 것이다.

열역학熱力學의 '제1법칙'이 우주의 물질과 에너지의 총화는 일정하며 결코 더이상 조성되거나 소멸되는 일이 없으며 변화하는 것은 형태뿐이고 본질은 변하지 않는다는, 유명한 '에너지 보존의 법칙the law of conservtation of energy'이라면, 열역학의 '제2법칙'은 물질과 에너지는 하나의 방향으로만, 즉 사용이 가능한 것에서 사용이 불가능한 상태로, 이용이 가능한 것에서 이용이 불가능한 상태로, 질서있는 것에서 무질서한 상태로 변화한다는 것이 '엔트로피의 법칙the entropy law'이다. 그리고 엔트로피의 결정에 대한 절대 기준점이 되고 있는 제3의 법칙은 온도가 절대 0도인 순수 결정체(물질)는 완전한 질서 상태에 있기 때문에 엔트로피는 0이라고 말한다.

어의상으로 볼 때 엔트로피는 그리스어에서 '변화·변환'을 의미하는 '트로페*tropē*'에로부터 연유하였으며, 더 변환해서 사용할 수 없는 에너지의 양을 말한다. 요컨대 엔트로피는 죽은 에너지를 말하며, 따라서 엔트로피가 증대하지 않는 상태는 그만큼 잠재적인 능력을 가지고 엔트로피가 증대한 상태는 그만큼 잠재적인 능력이 저하한다는 것을 의미한다.

예컨대 석유는 에너지이며, 이것이 타서 열과 탄산가스로 변환되면 떠돌아다니는 탄산가스는 더 이상 다시 바꿔쓸 수 없는 형태의 에너지인 엔트로피가 된다. 물론 엄밀히 말한다면 식물의 동화작용assimilation으로 인하여 흡수되는 탄산가스는 그것이 식물의 성장에 필요한 에너지가 될 수는 있지만, 대기상층에 떠돌아 다니는 탄산가스는 엔트로피인 것이다.

우리는 그 어느 때보다도 과학문명의 해택을 누리며 편리한 생활을 하게 된 것을 행복스럽게 생각하기 쉽지만, 깊이 생각해보면 인간 중심적인 대량 생산과 대량 소비, 대량 폐기의 악순환 속에서 살고 있기 때문에 닫힌 체계closed system 속에서 변환 사용이 불가능한 에너지의 양이 늘어만 가고 있는 매우 불안한 문명 속에서 살아가고 있는 셈이다.

이런 상황 속에서 진정으로 오늘을 살고 있는 인류와 우리의 후손을 생각한다 할 때, 증대일로에 있는 엔트로피의 위기를 최소

화하는 피나는 노력을 기울이지 않는다면 우리도 우리의 후손도
결코 행복할 수 없을 것이다.

엔트로피 사상과 문명의 질

우리는 보다 풍요로운 삶, 쾌적한 삶, 편리한 삶을 누리기 위하
여 과학적 발견과 경제 발전에 온 정신을 기울여 왔다. 그러나 경
제 발전과 과학 문명의 진보가 풍요롭고 쾌적하며 편리한 생활을
하도록 한 반면에 우리들의 삶을 위협하는 부작용도 따르고 있다.
독일 태생의 영국의 경제사상가 슈마커Ernst Friedich Schumacher
(1911-1977)는 자원의 위기를 에너지 저소비형의 경제이행經濟履行에
의해서 극복하고 자본 집약도가 낮은 소규모 기술로 구조 불황을
타개할 방안에 대하여 논한 그의 저서 『작은 것이 아름답다Small is
Beautiful』(1973)에서 다음과 같이 말하고 있다.

> 개발이라는 명분으로 과학 기술의 힘을 휘두르는 광분 속에서 현대
> 인은 자연을 파괴하는 생산체제와 인간을 훼손하는 사회 유형을 만들
> 고 말았다.[2]

이렇듯 슈마커는 서구 근대화 사상의 중심이 되고 있는 경제확
대를 지향하는 '거대주의'와 '물질주의'가 인류 사회를 병들게 하
였고 자연과 인간을 황폐화시켰음을 지적하였으며, 그의 비판은 날
이 갈수록 우리들의 가슴에 큰 울림으로 다가오고 있다.

미국을 대표하는 문명비평가 리프킨Jeremy Rifkin(1943-)도 그의 저서 『엔트로피Entropy』(1980)에서 다음과 같이 말하고 있다.

엔트로피의 법칙은 우리에게 어떻게 하여 현대의 패러다임이 허물어졌는가를 서서히 그리고 정확하게 가르쳐 줄 것이다. 현대인은 오랫동안 기반으로 삼아온 낡은 패러다임과 지금 막 형성되어 가고 있는 새로운 규범 사이에 존재하고 있다. 얼마가지 않아서 우리는 어찌하여 누가 보더라도 분명하게 그릇된 원리나 이론을 믿어 왔을까 하고 어이없어하는 시대가 도래하게 될 것이다.
그리고 다음 세대, 즉 우리 후손들의 시대가 되면 엔트로피의 세계관entropic world view은 인간의 제2의 본성이 될 것이다. 그들은 굳이 엔트로피에 관해서 생각하지 않더라도 아주 자연스럽게 그것에 의지하여 생활해 나가게 될 것이다.[3]

이렇듯 리프킨은 지구의 물리적 한계, 다시 말하여 에너지의 유한성을 절대로 넘을 수가 없으며 엔트로피 법칙의 진리가 의미하는 바를 무시하게 되면 인류 문명의 미래는 매우 어두울 뿐만 아니라 인류의 존망에 관계되는 위험을 면치 못할 것을 경고하였다.
문명 과정의 본질은 '발견'에 있거니와 그동안 과학 문명의 눈부신 발견에 힘입어 각종 테크놀러지가 증대되었다. 그 결과 경제발전, 산업발전, 과학 발전, 도시 발전 등 문명의 꽃을 피웠다. 이와 같은 맥락에서 현대 문명의 미래는 밝다는 것이 상식으로 되어 있다. 그러나 이런 고정관념을 버리고 엔트로피의 법칙이라는 새로운 진리로 바꾸지 않는 한 인류는 결코 행복해질 수도 없을 것이다.
어떻게 보면 엔트로피 이론은 매우 우울한 이론이다. 그것은 문명이 발달되고 테크놀러지가 증대하여 에너지의 소비가 높아짐에 따라 그 결과 더욱 큰 무질서無秩序가 초래되기 때문이다.

그 무질서란 세 가지로 분류될 수 있다. 하나는 에너지를 여러 가지 제품 내지는 서비스로 변환시킴으로써 가속화된 무질서이며, 둘째는 개인과 집단 사이에 에너지 교환이 일어난 결과로 생긴 무질서이다. 셋째는 에너지 폐기물을 버리는 데서 일어나는 무질서이다.

이와 같은 무질서는 인간이 살아가기 위해서 에너지의 흐름에 의존하지 않을 수 없고 에너지의 변형transformation, 교환exchanging, 폐기discarding와 항상 관련을 맺지 않으면 안 되기 때문에 당연히 있을 수 있는 현상이기도 하다.

예컨대 우리는 살아가기 위하여 일하고, 물건을 사며, 사용한 물건을 버리거나 교환한다. 경제생활이란 바로 에너지의 흐름을 말한다. 상품을 만들기 위하여 노동을 하고 서비스를 할적마다 에너지를 소비하며 엔트로피를 증대시키고 있다. 뿐만 아니라 서비스와 제품을 통화通貨와 교환할 때마다 소비된 에너지의 대가로서 통화가 지불된다. 이런 의미에서 통화는 축적된 에너지에 대한 신용 stored energy credits이며 봉급과 노임은 자기가 지불한 노동과 소비된 에너지의 대가이다.

요컨대 에너지의 흐름이 어느 단계에 있든 에너지의 변형·교환·폐기는 일어나며 이 과정에서 에너지가 소비되며 엔트로피는 증대한다.

이때 에너지의 흐름이 어떠하냐에 따라서 무질서의 형태·범위·정도가 결정된다. 동시에 사회에서의 업무의 '할당 방법'(에너지의 변형), 다양한 인간 · 집단 구성원 사이의 에너지 '분할 방법'(에너지의 교환), 각 단계의 에너지 흐름에서 발생하는 폐기물의 '처리 방법'(에너지의 폐기)에 의해서 무질서의 사회적 · 경제적 · 정치적 성질은 달라지게 된다.

우리는 타성적으로 물질의 풍요, 생산의 증대, 생활의 과학화와 편리성 혹은 편의성에만 끌려 가고 있다. 그러나 우리가 너무 근시안적으로 여기에만 빠져서 경제적 · 물질적 · 감각적으로만 만족을 누리면서 잘살면 잘살수록 에너지는 엔트로피화되어서 결과적으로는 그만큼 후손들에게 더 잘살 수 없는 유산을 물려주게 된다는 것을 알지 않으면 안된다.

각종 공해와 오염, 생태계의 훼손은 지금 당장은 우리를 만족시켜 주고 편안하게 해 주지만 우리 자손들은 조상들이 남긴 엄청난 과실의 죄과를 치루게 될 것이다. 이것이야말로 현대를 살아가는 사람으로서 누구나 명심해야 할 환경의 윤리의식이다.

저엔트로피 사회와 가치관

고高 엔트로피 사회의 문화에서는 고도의 엔트로피의 흐름을 이용하여 물질적인 풍요함을 추구하며 이를 충족시키는 것이 인생의 중요한 목적이 되고 있다. 때문에 부를 많이 축적하는 길을 인간이 해방되는 길로 보며, 쾌적한 삶을 영위하는 조건으로써 가장 가치 있는 일로 보게 된다.

이렇듯 고엔트로피 문화high-entropy culture의 사회에서는 인간의 가능한 물질적 욕구의 충족을 존재의 궁극적 목적으로 보며, 궁극적인 실재reality도 측정할 수 있고 수량화 내지는 검사할 수 있다고 본다. 그 결과 정신적·질적·형이상학적인 것을 부정하며, 물질적인 세계의 운동을 규정한 뉴턴적·기계론적 세계관Newtonian mechanical world-view에 모든 것을 맡기며 또한 정신과 육체는 별개라고 본 데카르트적 세계관Cartesian world-view의 이원론dualism에 젖어서 육체와 '주위의 세계surrounding world'도 분리되어 있는 것으로 생각하게 되었다.

이러한 사회·문화에서는 그 어떤 가치보다도 물질적인 진보·능률·전문화를 중시함으로써 가정·공동체·전통과 같은 보다 인간적인 면을 경시하게 된다.

슈마커는 벌써 1979년에 미국에서 행한 연설에서 "현재 또한 앞으로도 가장 긴급한 과제는 '인간이란 무엇인가?', '인간은 어디서 왔는가?', '삶의 목적은 무엇인가?'라고 하는 문제에 대해 근본적인 통찰을 함으로써 명확한 해답을 얻는 일이다"4)라고 말한 바 있다.

슈마커의 이와 같은 지적은 고엔트로피 사회의 위기를 극복하고 업적과 능력위주의 사회meritocracy로 인하여 소외되는 인간의 가치나 존엄성을 회복시켜 저엔트로피 사회의 생활의 기본방향을 찾기 위한 문제의식의 지적이라고 볼 수 있다.

왜냐하면 저엔트로피 사회에 있어서의 윤리적 기본원리는 각자가 에너지의 흐름을 최소화해야 하며 인간은 자연의 일부이며 자연과 인간은 공생의 관계에 있다는 가치관을 갖고 생활해야 하기 때문이다. 뿐만 아니라 고엔트로피 사회에서는 사람들이 과도하게 욕심대로 누리는 물질적 · 경제적 부富가 귀중한 자원을 고갈시켜 돌이킬 수 없는 결과를 초래하게 된다고 생각해야 하기 때문이다.

저엔트로피 사회low-entropy society에서는 '보다 적은 것은 보다 풍부하다less is more'5)라는 의식이 가장 중요한 진리일 것이라고 본다. 불행하게도 우리 사회에는 경제적으로는 빈곤으로부터 탈출했지만 정신적으로는 아직 빈곤에서 탈출하지 못하고 있는 병든 족속들이 많다. 지난날의 가난으로부터의 탈피에 뼈에 사무치도록 고착fixation된 결과인지도 모른다.

예컨대 물 · 전기 · 석유 · 가스 · 식품 등 그 사용에 있어서 필요 이상 과용 · 낭비 · 허비할 것이 아니라, 아무리 부를 얻었다 할지라도 상황에 적합한 생활을 할 줄 아는 가치관을 가져야 한다. 적은 것에서 만족하고 써야 할 경우와 써서는 안되는 경우를 구분할 줄 알아야 할 것이며, 남과 공익을 위해 쓸줄도 알고 아낄줄 아는 검약儉約의 철학을 가져야 할 것이다.

'보다 적은 것이 보다 풍부하다'는 말은 경제적인 풍요보다는 정신적인 풍요를 말하며 우리의 조상들의 생활 태도였던 지족자부知足者富(자기의 분수를 알고 족한 것을 아는 사람은 부하다)와도 통하는 말이라고 본다. 그러나 지족知足의 철학은 결코 현재에서 안주하라는 말은 아니다.

동양 사상과 저엔트로피

인간이 살아가는 궁극적인 목적이란 물질적인 욕망에 사로잡혀 이를 충족시키는데 있는 것이 아니라, 우주의 진리(엔트로피의 법칙)와의 합일을 도모함으로써 얻는 만족으로부터 오는 인간적인 해방감을 체험하는 데 있다. 다시 말해, 우리를 자유롭게 해방시켜 주는 진리眞理the truth를 발견하는 일이야말로 인간에게 있어서 가장 소중하며, 특히 저엔트로피 사회의 실현을 위해서 모든 사람이 가슴에 품어야 할 생활신조라고 본다.

일찍이 노자老子(604?-531 B.C.)는 그의 저서 『노자Lao Tzu/전반의 상도常道를 밝힌 도경道經과 후반의 상덕常德을 밝힌 덕경德經으로 된 도덕경道德經Tao Te Ching』 상편 9장에서 다음과 같은 참된 길을 밝혀 놓았다.

> 지이영지 持而盈之는 불여기이 不如基已하고
> 취이절지 揣而梲之는 불가장보 不可長保니라.
> 금옥만당 金玉滿堂이면 막지능수 莫之能守하고
> 부귀이교 富貴而驕면 자유기구 自遺其咎니
> 공수신퇴 功遂身退는 천지도 天之道니라.

지니고 있으면서 지속적으로 그것을 채우려 하면 이를 그만두는 것보다 못하며 갈아서 이를 날카롭게 하면 오래 보존할 길이 없다. 날카로움은 무딘 것보다 오래 보존되기가 어려운 것이다. 금과 옥이 집을 가득 메우면 이를 지킬 길이 없으며 돈 많고 지위 높다 하여 교만하면 스스로 그 허물을 남길 뿐이다. 공을 세우고 스스로 물러나는 것은 하늘의 도리다.

이렇듯 부귀한 자리에 앉아 교만하고 뽐내고 과욕을 부리게 되면 가득한 물은 넘치고 칼날은 너무 날카롭게 갈면 무뎌지는 것처럼 물질적 욕망의 충족과 오만에 빠지면 그 과실의 벌은 부메랑 boomerang처럼 되돌아 오게 된다.

봄은 봄의 할 일은 끝내면 그 자리를 여름에 양보하고, 여름도 여름의 일을 끝내면 그 자리를 가을에 양보한다. 이것은 하늘의 법칙이다. 이처럼 인간도 공명을 성취한 후에는 공명의 자리에서 물러나는 것이 '천도天道'6)에 맞는 인간의 도이다.

노자의 이와 같은 사상은 만물의 '자연'을 응시하려는 그의 철학의 근본적 입장을 잘 표현한 것이며 도덕경 제29장에서 말하고 있는 바와 같이 거심去甚(과도하고 극단적인 것을 버리는 것)하고 거사去奢(욕망을 지나치게 충족시키려는 과욕을 버리는 것), 거태去泰(교만을 버리는 것)하는 것을 성인聖人의 모습으로 본 그의 천도의진리가 잘 드러나고 있다.

이밖에도 인도의 민족 운동의 사상적 지도자였으며 독립 운동의 아버지이자 무정항주의자였던 간디Mahatma Gandhi(1869-1948 : 본명은 Mohandas Karamcharnd Gandhi)의 사상에서도 이와 같은 점을 엿볼 수가 있다.

간디는 산스크리트로 쓰여져 전해지고 있는 방대한 두 종류의 인도의 서사시의 하나인 『마하바라타Mahābhārata』7)(또 하나는 라마야나

Rāmāyana 7편으로 되어 있으며 2세기부터 현체제와 같이 편집되었다고 전해짐)
의 6편에 해당하는 종교철학서사시이자 힌두교성전인『바가바드기
타Bhagavad-Gitā』를 애독하였다고 한다. 그의 아힘사(비폭력ahimsa), 브
라흐마차랴(순결과 절제brahmacharya), 스와데시(국산품 애용swadeshi), 스와
라지(자치swaraj)의 정치철학도『바가바드기타』로부터 지대한 영향을
받았다.

  인도에는 간디뿐만 아니라 위대한 정치가들이나 학자들, 지성인
들 가운데는 '바가바드기타'를 성서처럼 옆에 두고 탐독하고 있는
사람이 많다고 한다.

  간디가 "문명의 본질은 욕망의 증대multiplication에 있는 것이 아
니라 깊이 생각하고 자진해서 욕망을 버리고 극기克己하는데 있
다"8)고 본 것도 "인간은 물질 중심의 사고로 굳어져 있음을 보았
기 때문이다. 물질에 집착하면 욕심이 커지며, 이 욕심에서 분노가
생긴다. 다시 분노에서 미혹迷惑delusion이 생기며, 미혹에서 기억이
상실된다. 기억이 상실되면 분별력도 상실되고 분별력의 상실은 결
국 자기를 멸망시킨다"9)고 지적하고 있는『바가바드기타』로부터
영향을 받은 것이라고 볼 수 있다.

  우리는 사물을 소유하는 소유욕이 지나쳐 나중에는 사물에 소유
당하는 경우가 있다는 것을 알아야 한다. 이는 물욕에 대한 지나친
집착, 즉 자신에게서 혹여或如 가지고 있던 물질이 떠나가지나 않
을까 하는 초조와 불안감이 그렇게 만들고 있는 것이다.

  비유컨대, '인간은 마치 물 속에 있으면서도 목말라하는 것처럼
가질 만큼 갖고 있으면서 항상 신경증적으로 만족하지 못한 채 더

많은 것을 갖고 싶어 한다. 이런 물욕에 빠져 있는 사람은 자기 자신을 정의할 때 '나는 무엇인가?'에 대해서보다도 '나는 무엇을 소유하고 있는가'에 대해서 관심을 더 갖고 있는 사람일 것이다.

신플라톤주의Neo-platonism와 유대사상Judaism의 영향을 받은 중세 독일의 스콜라 철학자scholastic philosopher로서 사변적 신비주의의 대표자였던 에크하르트Meister Eckhart(1260?-1327)[10]는 "많이 가지면 그만큼 소유할 것이 적다"고 말하였으며, 또한 이슬람 신비주의sufism의 설교사들은 전통적으로 "소유자도 아니고 피소유자도 아닌 자"를 이상적으로 생각했다고 한다.

이는 그가 도미니크회(정식명칭은 설교자 수도회Ordo Practicatorum)의 청빈과 연학硏學과 선교의 정신으로부터 그리고 토마스 아퀴나스 Thomas Aquinas(1225?-1274)의 스승 알베르투스 마그누스Albertus Magnus (1193?-1280)의 스콜라 철학사상과 신플라톤주의 영향을 받았다는 점에서 당연한 귀결이라고 볼 수 있을 것이다.

앞에서 말한 바와 같이 동양사상 가운데는 이렇듯 저엔트로피 사회를 실현할 수가 있는 '진리'가 옛부터 우리들의 정신 문화 속에 전해져 내려오고 있음을 깨달아야 할 것이다. 이는 동양만이 아니라 인류의 성인 선각자들이 한결같이 소유와 소비에 집착하는 것을 경고하고, 이를 실천궁행하였다는 것에서 위대한 가르침으로 받아들여야 할 것이다.

그러나 한 가지 명심해야 할 것은 종교적인 가르침이나 동양사상이 경제적 빈곤을 권장한 것이 아님을 이해해야 할 것이다. 개인적·사회적 풍요로 생긴 잘못된 여유가 사회와 인간과 환경을 병들게 하기 때문에 이를 극복하기 위하여 모두가 과부족함이 없이 더불어 평화롭게 살아가야 할 필요성을 도덕적·정신적으로 주장한 것이다.

검소한 생활을 실천하는 지혜

인류의 역사 속에서 위대한 선각적인 예지를 설파한 사람들—노자·예수 그리스도·마호메트·이스라엘의 예언자, 인도의 마하트마*mahatma*(대성大聖) 등—은 한결같이 검소한 생활을 실천하였다. 그리하여 경제 성장이 가져다준 병든 물욕주의와 사치와 낭비에 중독되어 가고 있는 사람들에게 사는 의미가 무엇이며 그 의미가 어디에 있는지를 각성시켜주는 교훈을 주고 있다.

검소한 생활을 할 수 있으려면 먼저 의식 구조에 있어서 자연과 인간을 분리된 관계로 보거나 자연을 인간의 정복의 대상으로 보기보다는 인간을 자연의 일부로 받아들이며 인간을 자연과 일체적인 존재로 이해하는 가치관을 갖고 있지 않으면 안 된다. 그리고 자연과 조화를 이룰 새과학문명의 실현을 위한 신념을 갖고 살지 않으면 안된다.

왜냐하면 이러한 가치관이나 신념을 갖고 있을 때 자연을 대하는 윤리적 기반이 확립될 것이며 이에 따라 인간의 행동 방향은 올바르게 판단하고 실천할 수 있게 하기 때문이다.

그렇게만 된다면 자연정복의 의식은 다른 생명체와 유기적이며 '전체로서의 환경environment as a whole'과의 조화를 이루어야 한다는 의식으로 바뀌게 될 것이며 지구상의 모든 생명체가 자기 생명을 타고 난 특성대로 누릴 수 있도록 최대한 자연을 보호해야 할 책임이 있다는 것을 느끼게 될 것이다.

지금 우리는 석탄·석유 같은 '화석연료fossil fuel'를 비롯하여 현대사회의 에너지 전반에 걸쳐 엔트로피의 한계점이라는 역사적인 전환점에 서 있다. 재생이 불가능한 자원nonrenewable resources에 의존했던 시대로부터 태양에너지 시대the Solar Age나 수소에너지Hydrogen energy의 기술개발 시대로 옮아감에 따라 우리는 현재 단순히 사용하고 있는 에너지의 형태와 양만을 전환하는 것 이상의 것을 경험하지 않을 수 없는 심각한 전환점에 서 있다.

그러나 태양 에너지라 하여도 재생이 불가능한 에너지처럼 응집된 것이 아니므로 고도로 집중화된 현재의 산업구조 하에서는 적합하지 않다는 문제점도 있다. 또한 유의해야 할 점은 태양 에너지 기술은 새로운 에너지 기구 장치를 몇 백만 개나 만들어야 하며 그리고 석유정제나 합성연료 플랜트만큼 자본집약형은 아니라고 하여도 고갈할 기미가 보이는 재생이 불가능한 자원을 엄청나게 많이 필요로 한다는 문제점이 있다는 점이다.

수소 에너지도 청정연료로서 지구온난화와 산성비 등의 지구환경문제를 해결할 수가 있고 고갈되어 가고 있는 화석연료 자원의 대체 연료alternative fuel로서 주목받고 있는 에너지 자원이다. 문제가 되는 것은, 수소는 주로 물의 전기분해나 석유나 석탄과 같은 화석연료의 분해로 얻기 때문에 경제성이 문제가 된다는 데 있으며 또한 운송 및 저장과 효율적인 사용 문제 등 해결해야 할 문제들이 많이 있다는 점이다.

아직 시험적 사용단계에 있지만 앞으로 경제적인 수소의 생산과 문제점들에 대한 기술개발이 이루어진다면 미래에 가장 기대되는 에너지 자원이 될 수 있을 것이다.

그러나 태양 에너지나 수소 에너지이든 어느 경우에서나 청정 에너지라고 생각하여 종래의 화석연료처럼 무절제하게 사용한다면 엔트로피를 낮추는 데 별로 도움이 되지 않을 것이다. 석유든 태양 에너지·수소 에너지이든 이를 대량으로 사용한다는 것은 결과적으로는 종전의 소비지상주의consumerism의 가치관을 실현시키기 위한, 방법을 달리한 에너지적 수단의 의미밖에 없다는 것을 알 필요가 있다.

때문에 잘못된 가치관을 바로 잡지 않고 단지 에너지로서 무엇을 사용할 것인가 하는 이론만 가지고서는 우리의 눈 앞에 닥친 엔트로피 증대의 위기에 대한 해결에는 하나도 도움이 되지 못할 것이다.

환경학자인 오덤Howard Odum은 '순수 에너지net energy'라는 개념으로 태양 에너지에 대한 인식을 바로 잡아주고 있다. 그에 의하면 "순수 에너지란 어떤 기술에서 산출된 에너지에서 그것을 얻는 데 투입한 에너지를 마이너스 한 것이다.[11]라고 설명하고 있다.

오덤은 다음과 같이 말하고 있다.

태양 에너지는 식량·섬유·전기라는 형태로 응축된 에너지를 다소 산출할 수는 있다. 그러나 태양 에너지의 대부분은 그 수집과 집중을 위해 유지·조작해야 할 여러 과정에서 소비되므로 면적당 에너지의 생산량은 매우 적다.[12]

이와 같은 지적은 앞에서도 언급한 바가 있거니와 태양에너지는 집열기集熱器를 포함하여 필요한 설비를 모두 태양 이외의 에너지원에 의존하는 방법으로 생산되고 있다는 것을 깨우쳐 주고 있다. 이와 같은 지적은 슈마커Schumacher[13]도 경제학적인 측면에서 지적하고 있다.

이미 1976년에 스탠포드 조사 연구소Stanford Research Institute가 발표한 보고에 의하면 400만에서 500만의 미국인이 수입의 대폭적인 감소를 각오하면서까지 종래의 고엔트로피의 산업적 소비경제의 생활양식을 스스로 선택한 검소한 생활양식으로 바꿔가고 있다는 것이다. 요컨대 적은 소비에 의한 저엔트로피의 생활, 물질보다 개성적·내면적인 성장에 대한 관심과 생태학적 자각의 성장에 대한 관심이 높아가고 있다는 것이다. 그리하여 800만에서 1000만의 미국인이 이미 이런 검소한 생활을 시작했다는 것이다.[14]

검소한 생활양식의 변화는 보다 높은 생활수준에 도달하는 것보다는 인간의 기본적인 정서와 인간적 가치를 중시하는 생활태도를 중시하며, 보다 많은 재화와 생활의 편의성에 대한 욕구를 만족시키는 것보다 비물질적인 삶의 의미를 찾는 생활에서 기쁨을 얻고, 노동자의 생산성을 높이는 것보다 노동을 통해서 내면적·인간적인 보수를 얻는 쪽으로 변해가고 있다는 것을 말해주고 있다. 뿐만 아니라 저엔트로피의 환경이야말로 인간 생활에 가장 어울리는 이상적인 환경이라는 것을 말해주고 있다.

이와 같은 사고방식이 개개인의 의식 속에 스며들어가서 우리

사회에 확산되어간다면 사회 전체가 그런 방향으로 달라져갈 것
이다.

그러나 그동안 뼛속까지 쾌락에 젖어 여기에 도취되어 있는 인
간들이 그 깊은 잠에서 깨어나 검소한 생활로 전환하기란 그렇게
쉬운 것만은 아니다. 특히 현대사회는 구조적으로 에너지의 흐름을
최대한으로 하도록 설계되어 있기 때문에 이를 조정하는 것도 현
실적인 이해관계 때문에 여간 어려운 문제가 아니다.

더욱 큰 문제는 저 엔트로피 사회를 만들기 위하여 엔트로피를
내릴만큼 내리면 되는 것은 아니라는 점이다. 왜냐하면 엔트로피를
많이 내리면 질서(청정)는 회복될지 모르지만 사회가 경직화되어
부자유스러운 사회가 될 가능성이 있기 때문이다. 이런 점에서 저
엔트로피의 실현에 있어서 엔트로피의 한계를 어디에 둘 것인가가
가장 어려운 풀어야 할 과제라고 볼 수 있다.

엔트로피 법칙의 활용

경제학자 리프킨Jeremy Rifkin(1945-   )은 그의 제2판인 『엔트로피
Entropy : Into the Greenhouse World』(1990)에서 자연과학뿐만 아니라 경제 ·
사회문제들까지도 엔트로피의 개념을 사용하면 이해하기 쉽다고
말하고 있다.

리프킨은 다음과 같이 말하고 있다.

바야흐로 새로운 세계관이 대두하고 있다. 그리고 뉴턴의 세계관을 대신하여 다음 시대를 지배할 규범으로서는 엔트로피의 법칙 이외에 다른 것이 있을 수 없다.

엔트로피는 모든 과학에 있어서 제1의 법칙The premier law이다라고 말한 것은 아인슈타인Albert Einstein(1879-1955)이며, 우주 전체의 숭고한 형이상학적 법칙으로서 엔트로피의 법칙을 전개한 것은 에딩턴 Arthur Eddington(1882-1944)이었다.15)

리프킨의 이와 같은 표현의 밑바탕에는 '잠정적 진리暫定的 眞理'의 관점이 깔려있다. 요컨대 뉴턴의 이론체계든 아인슈타인의 '상대성 이론'이든 그것은 잠정적으로만 진리라는 관점이다. 때문에 지금까지 인간이 발명 · 발견 · 개발해 온 모든 이론이나 법칙도 잠정적으로만 진리라는 것이다. 그렇지만 한 가지 예외가 있다고 보아 그는 이를 '엔트로피의 법칙'을 포함한 '열열학의 법칙'이라고 보았다.

엔트로피는 무질서라는 말로부터 유래되었다고 한다. 여기서 무질서란 단순히 혼돈을 의미하는것만은 아니고 지녀야 할 '형식 Pattern'이 결여되어 있음을 의미한다. 다시 말해서 에너지의 변환과정에서 최후로 남는 에너지인 열은 분자의 무작위random(무질서) 운동에 의한 분자운동에너지이며, 이때 열의 증가는 분자의 무작위운동 즉 무질서의 증가를 의미하고 이것은 바로 엔트로피의 증가를 의미한다.

우리는 엔트로피의 개념을 질서 정연한 상태와 그 반대인 혼돈 상태의 측정 수단으로 쓰고 있다. 때문에 어떤 상태의 체계에서 정돈 상태가 좋을수록 엔트로피는 감소하고 반대로 무질서가 심할수록 엔트로피는 증가한다. 이러한 무질서는 무질서하게 될 통계적 확률로 표현될 수가 있다.

엔트로피의 통계적·확률적 해석은 일찍이 1877년 오스트리아의 이론물리학자 볼쯔만Ludwing Boltzmann(1844-1906)에 의해서 발견된 엔트로피와 물리적 확률과의 함수관계가 열역학 제2법칙의 기초를 제공했으며, 특히 1866년에 발표한 학위논문 『열이론의 제2법칙의 역학적 의의Über die mechanische Bedeutung des zweiten Hauptsatzes der Wärmetheorie』는 원자론의 관점에서 열역학의 제2법칙의 기초를 제공했다.

볼쯔만에 의해서 발표된 엔트로피 개념은 그후 여러 분야, 특히 정보이론情報理論으로까지 확장되었다. 그 결과 미국의 응용수학자 샤논Claude Elwood Shannon(1916-　)[16]은 「통신의 수학적 이론The Mathematical Theory of Communication」(1948)이라는 논문을 발표함으로써 정보이론의 원형을 제공하여 정보이론의 창시자가 되었으며 오늘날의 정보과학을 탄생시켰다.

그는 통신회선의 엔트로피를 정의하기 위해서 이미 수식화되어 있던 엔트로피의 양量에 마이너스 부호를 붙이기만 하면 된다고 보았다. 이 방법에 의하여 정보전달에 관한 다양한 계산이 가능하게 됨으로써 그 동안 애매했던 정보의 가치를 수식으로 '수학의 엔트로피' 또는 '정보의 엔트로피'로서 기술하게 되었다.

실로 샤논이 있었기에 소음이 심한 레이더 신호(엔트로피의 증대)로부터 본래의 신호를 얻는 데 문제가 되었던 것을 0.1의 '부울 대수Boolean algebra'를 사용하여 부호화encoding하는 수학 문제로서 해결할 수 있게 되었다. 샤논의 이와 같은 공적은 소음의 바다 속에 빠져 있던 신호를 구제해 준 구명보트와 같은 역할을 한 셈이 되었다. 여기에 다시 제2차대전 중 독일군의 암호cipher를 해독하는 데 성공한 영국의 수학자 투링Alan Turing(1912-1954)이 출현하였다.

투링은 2차대전 중 정보전략이라는 측면에서 정보의 엔트로피에 관한 끈질긴 연구를 한 결과 불리한 전황에서 영국을 승리로 이끄는 데 결정적인 기여를 하였다. 당시 영국의 처칠Winston Leonard Spencer Churchill(1874-1965) 수상은 독일 해공군의 다양한 공격에 시달리면서도 독일군의 에니그마Änigma / enigma(암호), 특히 잠수함이나 공군에 보내는 암호지령을 해독하는 일에 나라의 운명을 걸고 수학적으로 컴퓨터의 기초이론을 만든 투링에 기대를 걸었다고 한다.

그는 암호란, 정보의 엔트로피가 증대된 상태이며, 그 해독이란 역逆의 엔트로피를 더듬어 간다고 하는, 물리의 엔트로피에서는 불가능한 수학적인 엔트로피의 세계로 보았다. 여기서 그는 물리의 엔트로피에는 시각의 전후가 있지만 수학의 엔트로피는 시각과는 아무런 관계도 없다고 본 것이다. 그리하여 의미 있는 정보량을 파악하는 일은 마이너스의 '부負의 엔트로피'로 표현하는 일이라고 보았다.

투링은 생각하기를 에니그마라고 하는 암호를 만들어 보내는 기계는 ABC 하나하나의 문자를 다른 알파벳으로 치환하여 발신하기 때문에 처음의 'A'는 예컨대 'XYN'과 같이 매우 복잡한 형태로 발신하게 된다고 보았다. 독일군은 이 에니그마로부터 발생하는 암호전보로 병력을 지휘하였다고 한다.

이때 수학적으로 컴퓨터의 기초이론을 발견해 낸 투링이 수학의 엔트로피의 추론을 통해서 암호문 속에 있는 한가지 규칙성을 발견하게 된 것이 암호해독cryptoanalysis을 돕게 되었다고 한다.

암호해독이 늦어져서 독일군의 공격이 조금만 더 지속되었더라면 영국도 일본처럼 패전의 치욕적인 역사의 오점을 남겼을지도 모를 일이다. 참으로 엔트로피는 아인슈타인이 말한 것처럼 모든 과학에 있어서 제일의 법칙이었다.

우리는 지금 그 어느 때보다도 정보의 엔트로피가 시사하는 지혜를 보다 유효하게 활용하여 생태계에 숨어 있는 자연의 암호를 해독하여 공생의 패러다임을 구체적으로 파악하지 않으면 안될 상황에 처해 있다. 비록 상황이나 배경은 달라도 '정보를 얻어서' 그 정보에 의해서 현상을 정확히 파악하여 '의사결정을 한다'고 하는 것이 얼마나 중요한가를 알게 될 것이다.

지금의 국제사회는 새로운 산업, 새로운 시장을 개척하지 않으면 지금까지의 많은 기술이 좀체로 살아남을 수 없는 시대가 되었다. 때문에 사람들은 어느 때보다도 생태계에 대한 올바른 이해를 함과 동시에 자연계의 질서에 공명하고 새로운 기술질서를 확립하여, 전통문명에 구애됨이 없이 국제사회에 공헌하는 산업시스템을 만들어가는 마음가짐이 필요한 시대가 되었다.

일상생활에서의 엔트로피의 생성

이미 앞에서 말한바와 같이 엔트로피를 무질서無秩序 또는 비조직화非組織化의 척도라는 관점에서 볼 수 있듯이 우리는 엔트로피의 생성을 우리들의 사소한 행동의 과정에서 발생하는 무질서와 비조직화라는 관점에서도 생각해 볼 수가 있다. 엔트로피의 개념을 일상생활의 여러 곳에 적용하는 것이 어렵지는 않지만 실제로 엔트로피의 개념은 에너지의 개념처럼 일상 생활에서 광범위하게 사용되지는 않는다. 그러나 엔트로피는 앞에서 말한 정보의 엔트로피가 있듯이 비공학적인 영역으로까지 확대해서 이해할 수 있게 되었다.

다음에 구체적인 일상생활에서 볼 수 있는 몇 가지를 생각해 보고자 한다.

매사에 효율적으로 행동하는 사람은 낮은 엔트로피의(고도로 조직화된) 삶을 살고 있다. 예컨대 이런 사람들에게 있어서 모든 물건들은 자기만의 위치(최소의 불확실성)가 있다고 보고 있기 때문에 물건을 놓기 위하여 소모되는 에너지는 최소화된다.

그러나 비효율적인 사람은 사려와 행동이 비조직화 되어 있으므로 높은 엔트로피 생활을 하게 된다. 따라서 이런 사람은 조직화되어 있는 사람보다 어떤 필요한 것을 찾을 때 더 많은 시간을 사용하게 되며 체계화되지 않는 방법으로 물건을 찾기 때문에 찾는 과정이 심한 시행착오적인 무질서를 만들어 내므로 엔트로피를 높이는 생활을 하고 있는 것이다.

요컨대 무의미하게 높은 엔트로피 형태를 꾸려가는 사람은 항상 바쁘게 생활하는 것처럼 보이지만 무질서하고 비체계적으로 행동하기 때문에 무언가 성취할 수 있을 것 같이 보이지 않는다는 것이다.

또한 학습의 경우를 생각해 보자. 어떤 학생이 빨리 학습하게 되면 우리는 이런 학생의 학습을 조직화된 학습, 낮은 엔트로피의 학습이라고 말할 수가 있다. 이런 사람은 학습을 통해 얻은 정보를 기존의 지식기반과 쉽게 관련지으며 사고思考의 정보망을 만들어 새로운 정보를 적절하게 정리하는 의식적인 노력을 하고 있는 사람이다.

관점을 돌려 도서관의 경우를 생각해보자. 좋은 서가와 잘 만들어진 색인체계를 갖추고 있는 도서관은 높은 조직화의 수준을 갖추고 있으므로 낮은 엔트로피의 도서관으로 볼 수 있으며 빈약한 서가와 비능률적인 색인제도를 갖고 있는 도서관은 조직화의 수준이 낮으므로 높은 엔트로피의 도서관이라고 볼 수 있다.

예컨대 백만 권의 책을 소장하고 있는 두 건물을 생각해 보자. A건물에는 책이 무질서하게 쌓여 있는 반면에 B건물에는 책이 체계적으로 분류 정리 되어 있기 때문에 책을 쉽게 참조할 수 있도록 색인되어 있다. 이 경우에 열역학의 '제1법칙'의 관점에서 본다면 두 건물은 대등하지만 '제2법칙'의 관점에서 본다면 A건물은 B건물보다 비조직성(엔트로피)이 높다.

또한 겉으로 보아 동일한 주제를 다룬 책이지만 학습요령이 부족하여 학습에 소요되는 시간이 다른 사람보다 두 배가 든다면 엔트로피의 측면에서 볼 때 같은 책은 아닌 것이다.

조직화 되어 있지 않은(높은 엔트로피) 군대의 경우를 생각해보아도 알 수가 있다. 10개의 사단으로 구성된 병력은 단일 사단으로 각각 구성된 10개의 군대보다 10배 정도 강하다는 말이 있다. 이는 그만큼 조직이 병력 강약의 척도가 된다는 것을 말해주고 있다. 그래서

군기도 없고 조직화되어 있지 않는 병력을 가리켜 오합지졸烏合之卒이라고 한다.

또한 기계공학적인 마찰이 엔트로피의 생성과 이에 따라서 성능의 저하를 가져다 주는 것처럼, 직장생활에서 동료·상사 간에 발생하는 마찰도 엔트로피를 생성하게 되며 이에 따라서 능률의 저하를 가져오게 될 뿐만 아니라 제품의 질도 떨어뜨리게 될 것이다.

특히 엔트로피를 사회학적인 관점에서 보아 사회가 무질서해서 (정치적·경제적 혼란, 계층 간의 갈등) 생기는 사회적 엔트로피social entropy는 국민소득에 비해 더 빨리 증가한다고 보는 사람도 있다.

엔트로피는 인간의 감성과도 관계가 있다. 예컨대, 사람이 화를 참지 못하고 악을 쓰는 것은 그만큼 엔트로피를 만들기 때문에 비가역적非可逆的이며(주어담을 수 없으며) 화가 더 큰 화를 불러오게 될 것이다. 결국 화를 내며 일어서는 자는 손해를 보고서 주저앉을 수밖에 없든가 피차가 후회하게 될 것이다.

이렇듯 우리는 비기술적인 활동 중에 만들어진 엔트로피를 정량화하는 어떤 절차를 제안할 수도 있을 것이며 그리고 여기서 생성된 엔트로피의 근본적인 원천과 크기를 정확하게 지적할 수도 있게 될 것이다.

| 주 |

1) R, Clausius, *Abhandlungen über die mechanische Wärmetheorie*, 1867.

2) Jeremy Rifkin and Ted Howard, *Entropy : A new world view*, New York : The Viking Press, 1980, p. 9.

3) E. F. Schamacher, *Small is Beautiful : A study of economics as if people mattered*, London : Blond & Brigge, p. 173, p. 293.

4) E. F. Schmacher, *Good Work*, New York : Harper & Row, 1979, p. 123.

5) J. Rifkin, *Entropy*, p. 206.

6) 천도는 천지자연의 이치이며 인간계와 자연계를 관통하는 영원불변의 진리이자, 자연의 법칙이며 필연의 이법이다. 기독교적인 하느님을 갖지 않은 중국민족에 있어서 천도는 모든 진리의 근원이며, 인간의 모든 행위의 구극적 준칙이었다. 이런 의미에서 천도는 기독교의 하느님이 유럽 사람들에 대해서 가졌던 것과 같은 구실을 중국인에 대해서 가졌다. 기독교의 하느님처럼 인격적인 절대자는 아니었지만, 중국인은 언제나 천도에서 행동원리를 찾았으며 자신의 어리석음과 교만을 자각하며, 천도 앞에서 부끄러워하며 반성하고 뉘우치게 함으로써 자신의 본래적인 모습을 깨닫게 하는 비인격적 절대자非人格的 絕對者였다.

7) 총 18편으로 되어 있으며 기원전 200년부터 서기 300년 사이에 만들어졌으며, 이 가운데서 『신의 노래*Bhagavad-Gita*』를 의미하는 『바가마드기타』는 종교철학서사시로서 『마하바라타』의 제6편 25-45장에 편입되어 있으며 700송頌으로 되어 있음

8) Goldian Vanden Broeck(ed.), *Less is More*, New York : Harper & Row, 1978.

9) *ibid.*

10) 본명은 Johannes Eckhart, 스패인의 수도자 도미니쿠스Dominicus(1170?-1221)가 1215년에 창설한 수도단체인 도미니코 회The Dominic Order에 들어가 케른에서 스콜라 철학자 알베르투스 마그누스Albertus Magnus(1193?- 1280)의 가르침을 받아 마기스텔Magister의 칭호를 얻고(1302) 파리로 가서 파리 대학 신학부에서 교수(1302-1303)로서 활약함으로써 마이스터 칭호를 받았다.

그러나 그의 신학사상이 범신론적이라는 명분으로 케른 대사교大司敎로부터 이

단으로 고소당하였으며, 사후에 교황 요하네스 2세 Pope Johannes ⅩⅩⅡ (1249-1334/제위 1316-34)에 의해서 공식으로 이단으로 단죄되었다. 그의 신비 사상은 스콜라 철학, 신플라톤설, 아랍 및 유대사상의 영향을 받았으나 자신의 신비적 체험이 결합되어 있는 독자적인 성격을 갖는 범신론이었다. 때문에 그는 만물의 '시원始原'을 탐구해 갔으며, 신의 페르소나적 속성을 초월한 '신성神性' 에까지 접근해갔다.

11) H. Odum, "Net Energy from the Sun", Stephen Lyons (ed.), *Sun : A Handbook for the Solar Decade*, San Francisco : Friends of the Earth, 1978.

12) *ibid*.

13) E. F. Schumacher, *Good Work*, New York : Harper & Row, 1979, p. 18.

14) Hazel Henderson, *Creating Alternative Futures*, Berkley : Windhover, 1978, p. 394.

15) J. Rifkin & T. Howard, *Entropy*, p. 18.

16) 미국의 대표적인 응용수학자. 수학적인 통신이론과 정보이론의 창시자. 미 시간 대학 졸업(1936), MIT에서 학위취득(1940), 제2차대전시 국가 국방연구위 원회 고문(1941)을 거쳐, 벨Bell 전화연구소에 입사(1941-1972), 정보전송의 수학 적 처리를 체계화 하였다. 한때는 MIT 교수(56이후)로서도 헌신하였다. 그의 업 적 가운데는 『논리의 수학적 분석Mathematical analysis of logic』(1847)으로 유명한 영국의 수학자이자 논리학자인 부울George Boole(1815-1864)의 논리수학을 응 용한 '논리회로의 연구'는 컴퓨터 계발의 기초가 되었고, 그의 정보이론은 통신 체계의 최적最適설계에 결정적인 도움을 주었다. 특히 지적 활동을 하는 기계에 대한 연구는 인공지능artificial intelligence의 연구를 탄생시켰으며, 「통신의 수학 적 이론The Mathematical Theory of Communication/Bell System Technical Journal」, (1948)Jul. and Oct.의 논문은 정보이론 분야에서 기념비적인 업적으로서 인정받 고 있다.

공생기술의 개발

만일 우리가 소유의 그릇됨을 즉각적으로 볼 수 없다면 우리
는 개별적으로 그리고 나아가서 집단적으로 지금까지와 다른
문명과 생활 양식을 가질 수 없을 것이다.

크리슈나무르티Jiddu Krishnamurti
『*Reports of Talks and Answers to Question by Krishnamurti*』(1935)

인간들이 만족할 수 있도록 제마음대로
자연을 변형시키는 일에 갖가지 위험을 무릅쓰고 자행하지만
결국은 자기 자신을 파멸할 수밖에 없다면
이보다 더 아이러니컬한 것이 없다. 그러나 이것은 바로 우리
들 자신의 모습이다.

레이철 카이슨Rachel Carson 『*Silent Spring*』(1962)

새로운 질서의 모색

우리는 자연의 섭리를 소중히 여겨 이를 살려서 인간과 자연이 서로 이익을 나누어 갖는 상리공생相利共生mutualism의 기술체계인 공생기술을 추구하는 생태공학ecotechnology을 통해서 새로운 질서의 페러다임을 찾아야 할 시대에 살고 있다. 이 공생기술은 종래의 과학기술이나 기계기술의 기반이었던 물리학 및 공학적인 이론·법칙과 더불어 생태학적인 이념을 기초로 하여 개발되어야 할 것이며 이는 또한 제3의 산업혁명을 가능케 하였다.

여기서 말하는 제3의 산업혁명은, 사회 통념적으로 생각하고 있는 단순한 기술혁신innovation 및 공업화industrialization나 전력·화학공업의 발전, 원자력 이용에의 이행 등과는 질적으로 의미를 달리한다. 이 점은 제3의 산업혁명에 이르기까지의 현대문명의 과정을 '물질', '에너지', '정보'라고 하는 세 영역에 관련지어 생각해봄으로써 이해하게 될 것이다(그림 6-1. 참조)

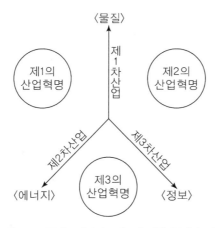

그림 6-1. 물질 · 에너지 · 정보에 의한 문명의 전개

제1의 산업혁명 : '물질'은 제1차 산업의 축軸이 되었으며 농업과 광업 등 천연 자원의 획득 · 개발과 더불어 시작되었다. 1760년 -1830년에 들어서 농 · 림 · 수산업, 목축업, 철광물 등은, 에너지원인 석유 · 석탄의 발견에 의하여 화력 · 풍력 · 수력에 이어서 각종 에너지의 변환 기술이 개발됨으로써 다양한 물질적 재화物質的 財貨의 생산업이 중심이 되는 산업사회로 전환되었다.

그리하여 물질과 에너지 영역은 산업이 발전하는 과정 속에서 서로 융합되어 하드적인 기술과 소프트적인 노하우가 탄생됨으로써 제1차 산업혁명이 진행되어 왔다. 동시에 이는 제2차 산업시대를 열어주는 전조이기도 하였다. '철은 국가이다'라는 말은 이 시대 이 영역에서의 대명사였다.

제2의 산업혁명 : '정보'와 '물질'의 관련분야에서 제품製品으로서의 다양화와 소비·판매를 위한 정보망이 결합함으로써 정보산업과 유통산업이 활기를 띠게 되었으며 이는 현재도 진행 중에 있는 것이 많다. 예컨대 인공위성이나 광섬유optical fiber(전기신호를 빛에 실어보내는 실리콘으로 만든 유리섬유의 일종) 등의 네트워크에 의한 통신·방송수단의 신속화 및 세계화와 더불어 운송수단의 고속화와 다량화가 실현되고, 전자결산EFT(Electronic Funds Transfer)이나 전자 데이터교환EDI(Electronic Data Interchange) 등 네트워크의 발달이 이 영역을 점점 활성화시키고 있다.

제3의 산업혁명 : 현대문명은 이상 말한 물질과 에너지 영역에서 일어났던 산업의 구조 속에서 발달하였고, 우리는 그 속에서 만족을 누려왔다. 하지만 우리는 인간과 자연이 공생할 수 있는 '합일·조화의 안정성'을 잃어버리게 하였고, 생태계·자연을 병들게 하였다. 다시 말해서 인간은 경제적 부나 물질적 풍요에만 치중한 나머지 경제학자 사무엘슨Paul Anthony Samuelson (1915-)이 지적한 바 있는 '합성의 오류the fallacy of composition'1)(부분을 위한 진리가 전체를 위한 진리로서 필요하다고 잘못 생각하는 것. 전체는 부분의 총화라고 잘못 생각하는 것)와 '환경파괴environmental destruction'를 자초하게 되었다.

이 폐해를 제거하기 위해서 무엇보다도 중요한 것이 '에너지'와 '정보'의 관련 분야에 있어서 기술의 질서秩序를 만드는 일이다. 이것이 제3의 산업혁명이다. 제1과 제2의 산업혁명은 지구상의 물리적 요인인 물리학적 패러다임만을 기초로 한 등질적等質的인 산업의 전개였다고 본다면 제3의 산업혁명은 자연환경의 생태계를 비롯하여 인간의 심성, 인간의 감성, 인간의 정서, 생활의 쾌적성 등의 요인까지도 산업구조의 기반으로서 반영시켜야 한다는 것이다.

예컨대 에너지에 있어서도 생활에 필요한 전력·가스·수도 등 '물질에너지'만을 대상으로 삼을 것이 아니라 인간 특유의 지적 정보나 사고 능력 등 '인간 에너지human energy'와 자연 환경의 생물체 연료에서 얻는 '생물 에너지bioenergy' 등까지도 포함시켜 이른바 공존의 페러다임에 근거한 문명의 성숙을 꾀하는 혁명인 것이다.

신문명 시대를 지향한 에너지

'물질·에너지·정보'라고 하는 문명의 구조에서 볼 때, 그 다양화의 관점에서 기술적인 개발이 낙후되고 있는 영역은 에너지 분야이다. 이제부터는 에너지의 수요 공급의 체계를 하나의 정보 네트워크로서 생각해야 할 시대가 되었다고 본다.

산업사회가 발달되어감에 따라서 설비투자의 증대와 기계화의 진전을 가져왔으며 동시에 거대한 기계화를 통한 대량생산과 대량소비 시대를 맞이하게 됨으로써 첨단정보기술을 사용한 '인공지능 건물intelligent building'(정보통신과 건물전체의 자동관리를 중앙컴퓨터가 통제하는 체제를 갖춘 빌딩)들이 늘어나고 있다.

다시 말해서 광섬유를 빌딩 내에 깔아서 각종 컴퓨터 등을 접속하여 대량의 정보 전달과 입수를 신속하게 할 수 있게 되었다. 그 결과 대형컴퓨터를 비롯하여 개인용 소형 컴퓨터personal computer 등의 전원으로부터 발생하는 열량과 냉각기 사용으로 인한 발열량 등, 계획성 없는 임기응변적인 에너지 소비를 생각하게 되면 일반

적인 고도정보사회의 진전은 바로 고高 에너지 낭비 사회라고 볼
수 있다.

여기서 우리가 추구해야 할 것은 소비에너지를 최소화하면서
최대의 효과를 올리는 일이다. 동시에 총합적인 에너지 소비에 있
어서도 효율적이면서 유효한 이용의 체계를 확립하지 않으면 안
된다는 점이다. 이 점은 산업용의 에너지만이 아니라 인적 에너지
에 있어서도 똑같이 말할 수가 있다. 다시 말해서 노동 환경이나
노동 조건으로서의 쾌적성의 실현은 물론, 보다 체계적인 분산 시
스템을 기초로 한 생태학적인 사회환경을 구축하지 않으면 안된
다는 것이다.

요컨대 '정보'를 축으로 한 '물질'과 '에너지'의 관련 분야에서
사용되는 산업기술 가운데서도 특히 '에너지와 정보' 분야에서의
총합적인 기술개발이 필요하다. 이것 없이는 신문명시대新文明時代
는 도래하지 않을 것이다. 이제부터의 시대는 효율이 좋은 전기·
가스로 바꾸는 각종 에너지의 변환 기술을 네트워크화해서 이들을
정보에 의해서 제어하고 목적에 부응하여 최적의 에너지를 공급·
이용하기 위한 다양한 에너지의 이용기술을 다방면으로부터 개발
하지 않으면 안될 것이다.

인간과 자연이 공존하는 에코페러다임ecoparadigm의 관점에서 볼
때, 문명이란 '물질·에너지·정보'라고 하는 3분야가 다양하면서
균형있게 발달된 모습인 것이다. '물질과 정보' 분야가 정보산업과
유통산업으로서 아무리 발달했다 할지라도 에너지의 분야만이 구
태의연한 시스템에 머물러 있어 가지고서는 유한한 자원·에너지

를 낭비할 뿐이며 문명 전체의 발달은 이루어질 수가 없는 것이다.

지금까지는 '물질 · 에너지 · 정보'의 어느 분야에 무게를 두어 발전시켜야 할 것인가를 생각할 필요가 있었지만, 이들 분야가 이만큼 발달해온 현재에 있어서는 에너지를 효율적으로 이용할 시스템을 개발해내는 것이 생태계와 문명의 공생현상을 유발해낼 수 있는 '물질 · 에너지 · 정보'의 여건조성이 된다. 이러한 노력은 제3의 산업혁명의 실천이며 이는 이제부터의 산업기술을 전개해가는 데 있어서 명심해야 할 크나큰 사명이다.

현실적으로 보아, 첨단기술high technology을 도입하는 기술적 · 경제적인 조건은 어느 나라 어느 분야에 있어서나 그렇게 큰 차이는 없다. 첨단기술이라고 해도 돈만 있으면 살 수가 있으며 간단하게 손에 넣을 수 있는 종류가 많아졌다. 예컨대 구소련의 해체로 인하여 핵 기술의 기술자와 군수산업의 노하우를 쉽게 얻을 수 있게 되었지만, 반면에 국제사회는 핵기술과 노하우의 확산에 대해서 우려하게 되었다. 중요한 것은 첨단과학 · 기술을 자국의 이익이나 패권주의의 수단으로써가 아니라 인류평화와 공존을 위해서 견제할 수 있는 제도적 장치를 제정하는 일에 적극적으로 참여하는 데 있다.

특히 에너지 문제에 있어서는 나라마다 에너지의 수요 · 공급의 체계가 다른 현실 속에서 에코패러다임을 기반으로 한 문명 신시대의 에너지 하부구조를 어떻게 재구축할 것인가는 어느 나라에게 있어서나 중요한 과제가 되어 있다고 볼 수 있다.

에너지 이용의 합리화와 자연보호

　우리 나라 에너지 이용 합리화법(1979. 12. 28 제정) 제1조에는 '에
너지의 수급 안정을 기하고 에너지의 합리적이고 효율적인 이용을
증진하며 에너지 소비로 인한 환경 피해를 줄임으로써 국민 경제
의 건전한 발전과 국민 복지의 증진에 이바지함'이라고 명시되어
있다.

　이러한 목적을 달성하기 위하여 분산형의 다 종류 에너지와 대
체 에너지alternative energy 이용에 대한 연구결과, 코제너레이션
cogeneration ＝열병합 발전熱倂合發電combined heat and power(같은 에너지
공급원으로부터 하나 이상의 유용한 에너지 형태를 생산함을 말함. 이 용어는
1977년 미국 제39대 대통령 지미 카터Jimmy Carter(1924-))가 처음으로 사용함
으로써 널리 퍼졌다), 연료전지fuel cell, 태양광 발전photovoltaics 및 폐기
물 에너지waste energy, 바이오 에너지bio-energy, 태양열solar thermal, 수
소 에너지hydrogen energy, 소수력small hydropower, 풍력wind power, 지열
geo-thermal, 해양 에너지ocean energy, 가스화 복합발전integrated gasfica-
tion combined cycle(IGCC) 등 괄목할만큼 기술개발이 이루어지고 있다.

　화석연료의 고갈에 대비한 조치로서 우리 나라도 1980년대에 들
어서서 열병합 발전의 기술을 도입하여 최초(1983)로 '목동열병합
발전소'를 건설하였으며, 그후 신도시 열병합 발전소가 가스터빈과
배열회수 증기 터빈을 이용한 방식으로 건설되었다.

　열병합 발전이론은 현실적으로는 대형 열병합 발전소를 이루기

보다는 지역에너지 시스템community energy system과 같은 중급 규모나 소규모 발전 용량을 가지면서 동시에 열을 생산해 내는 시스템 이론이다.

특히 2000년에 있었던 미국 남캘리포니아 주의 전력난과 2003년 여름에 있었던 뉴욕의 정전사태 등을 계기로 정보통신 기술과 결합된 분산 전력으로서 열병합 발전의 인기와 보급이 더욱 활성화 될 것으로 보인다.

이 방법은 일반적인 전력 생산용 화력발전방식에 비해 소형(규모에 대한 정확한 분류 기준은 없지만 엔진 또는 터빈을 이용한 설비로서 통산 10mw 이하의 발전용량을 갖춘 설비) 열병합 발전기술로서 열과 전기를 동시에 생산함으로써 열 손실을 최소화하는 고효율 에너지 절약기기이며 경제적 효과를 얻을 수 있는 종합에너지 시스템일 뿐만 아니라 종합에너지 이용효율이 80-90%에 이르고 있다. 그러나 초기 투자비가 과다하게 소요되는 점이 보급에 중요한 장애요인이 되고 있기 때문에 앞으로 연구해야 할 것은 경제성 있는 시스템을 개발해 내는 일이라고 본다.

우리 나라의 경우 열병합 발전 시스템의 보급은 소형이며 주로 가스 열병합 발전 시스템으로서 2003년 5월 현재 상업지구내 소형 가스열병합 설치는 약 9만kw(89,620kw) 시스템용량이 설치 보급되어 있으며 아파트단지 내 소형 가스열병합 설치현황은 2,813kw용량이 설치되어 있다고 한다.

소형 가스열병합발전 시스템은 일반적인 전력생산방식에 비해 30-40%의 에너지를 절감할 수가 있으며 CO_2 배출을 30-50% 감소시킬 수 있는 고효율 환경친화적인 에너지 절약기기로 국가 경제 및 가정경제에 이익이 될 수 있을 뿐만 아니라 국제적 환경규제에 부응할 수 있는 에너지 사용방안이 될 수 있다.

에너지 해외의존도 97%인 우리 나라의 경우 소형 가스열병합 발전 시스템은 경제적이익(소형 가스열병합발전 설비 2013년 목표 270만kw 보급시 원자력 발전소 3기 건설비용 4조7천억원을 절약할 수 있음), 외화의 절감과 환경오염의 감소 등 시너지 효과가 큰 고효율 에너지 시스템이라고 본다.(산업자원부가 만든 정부문건:소형열병합발전보급활성화기보방향에서)

분산 전원의 하나인 '연료전지'는 미국 NASA에서 1965년 제미니 우주선에 장착한 것이 첫 번째 시도였으며 아직도 개발 단계에 있지만 발전효율이 높고(발전효율이 35% 정도인 기존의 발전장치보다 1025% 더 높다), 환경 문제가 적으며, 다양한 연료를 사용할 수가 있고 다양한 발전 용량의 제작이 가능한(발전소와 같은 대용량의 발전이나 자동차를 움직일 정도의 적은 양의 발전 등) 전원이다. 또한 기존의 화력 발전은 화석 연료를 연소해서 증기 기관을 늘리고 다시 터빈을 돌림으로써 발전을 하기 때문에 발전 도중에 많은 양의 에너지가 손실된다. 하지만 연료전기는 화석연료를 '전기화학반응'시켜서 바로 전기에너지를 얻기 때문에 에너지 손실이 적은 저공해의 발전發電이다.

그렇지만 건설비용이 높다는 점(기존의 화력발전소 건설에는 kw당 1,200달러가 소요되나 연료전지 발전소 건설에는 현재 3,000 달러 이상이 소요된다)을 극복할 수 있는 방법을 찾아내고 연료전지의 수명과 신뢰성을 향상시키는 기술적 연구개발이 더 이루어져야 할 것이다.

우리 나라에서 사용되는 전기의 60% 가량은 화력발전으로 생산되고 있다. 그리고 화력 발전에 쓰이는 연료들은 거의 모두 우리 나라에서 생산되지 않는 화석 연료들이다. 때문에 전력생산에 막대한 외화가 들어가고 있다. 그렇지만 화력 발전을 하는 것보다 적은 양의 화석연료를 이용하여 많은 양의 발전을 할 수 있다는 것은 우리 나라같은 자원빈국에서는 적극 도입해야 할 전력공급시스템의 하나이기도 하다.

태양광발전 시스템도 환경오염을 막고 원료를 계속 공급하지 않고도 전기를 얻을 수 있는 에너지원이다. 우리 나라에는 섬이 멀리 떨어져 있고, 산이 깊은 곳이 많다. 이런 곳까지 전기선을 연결하는 데는 비용이 많이 든다. 물론 디젤 발전기를 이용하여 전기를 만들 수 있지만 이 경우에는 경유를 계속해서 공급해주어야 하고 전기를 만들 때 태우는 경유가 이산화탄소나 유황을 만들어 대기오염을 일으킨다고 하는 사실을 감안해 볼 때 매우 합리적인 에너지원이다.

또한 현대는 계산기나 손목시계, 라디오 등 간편하게 사용할 수 있는 휴대용 전자제품이나 연료비를 아낄 수 있는 다양한 품목들이 인기를 얻고 있다. 그리하여 휴대용 전자제품은 어떻게 하면 작고 가볍게 만드느냐가 관심의 초점이 되고 있다.

이상과 같은 문제의 해결책으로 현재 태양광발전기술이 많이 이용되고 있다.

태양광발전 시스템은 햇빛을 반도체 소자인 태양전지판에 쏘이면 전기가 발생하는 원리(광전자효과photovoltaic effect)를 이용하는 무공해, 무소음, 무한 에너지로서 분산 전원이자 대표적인 대체에너지 이용 시스템의 하나이다.

태양광발전은 1954년에 벨Bell 연구소에서 4%의 효율을 내는 첫 번째 결정질 실리콘 태양전지crystal silicon solla cell가 만들어진 이래 인공위성의 통신용 전원과 무선중계소, 등대 등에 응용되었으나 그 가격이 비싸 널리 보급되지 못하였다. 그러나 1970년대 오일 쇼크 이후 미국을 중심으로 태양전지의 연구개발 및 상업화에 수십억 달러가 투자되면서 태양전지는 점점 효율이 높아지고 생산단가도 계속 낮아지는 추세를 보여 왔으며 현재는 미국, 일본, 유럽을 중심 으로 그 보급이 가속화 되고 있다.

우리 나라의 경우 2002년 현재 대체 에너지 공급량 2,922천 toe 중 태양광 에너지 공급 비중은 0.2%(6, 7천 toe)로 매우 미흡한 실정 이다. 그러나 공공기관, 학교, 복지시설 등에의 시범보급 및 지역 에너지 사업 등으로 보급량이 점차 증가하고 있다. 현재 태양광발 전 시설용량의 현황(2001년 설치)을 본다면 다음 표 6-1과 같다.[2]

표 6-1. 태양광발전 주요시설 설치현황(2001년 설치)

구 분	시설용량 (kWp)	내 용
전화시설	259	삼척동굴탐험관(107Kw), 안산 육도(60Kw), 명지대학교(10Kw), 서천환경센터(10Kw) 등
통신용	62.8	지리산(8Kw), 강원 동해 북삼지역(4.8Kw) 등
가로등, 해양용	203.7	강릉시문화예술관(1.2Kw), 진해해안도로 외 599기(120Kw) 등
수질개선용 (펌프가동)	46	경남 하동(15.2Kw), 섬진강(30Kw), 전남곡성(0.8Kw) 등 하수 및 정수처리장(46Kw)
도로표시등, 항공장애등	80.2	속초시 해안가 등부표(0.2Kw) 등
기 타	139.8	연구용, 간이화장실, 산불감시용 등

국내 태양광발전 시스템은 12월 현재 총 4.9Mw의 설비가 전국적으로 보급되어 있다. 이는 일본(453Mw), 미국(168Mw), 독일(195Mw) 등 해외 선진국에 비해 미비한 상황이지만 매년 점진적으로 보급이 증가되고 있으며 향후 주택용 3kw급 태양광발전 시스템 또는 계통연계 태양광발전 시스템의 보급이 확대될 경우 큰 폭의 증가율을 보일 것으로 전망된다.

햇빛이 있는 곳이면 어느 곳에서나 간단히 설치할 수 있으나 에너지 밀도가 낮아 많은 수의 태양전지를 사용해야 하기 때문에 공간을 많이 필요한다는 점, 한 번 실치해 놓으면 유지비용이 거의 들지 않고 수명은 20년 이상이며 별도의 기계 가동 부분이 없으므로 소음과 진동 등이 없어 환경오염을 일으키지 않지만 태양전지의 재료인 비싼 반도체 재료인 실리콘을 사용해야 하기 때문에 설치비용이 많이 든다는 것이 앞으로 연구해야 할 과제이다.

동아일보(2003. 12. 23)는 최근에 와서 우리가 살고 있는 한반도의 온실가스의 농도가 '세계 최고'라는 기상청이 발표한 충격적인 『지구대기 감시보고서 2002』[3]를 실었다. 이 글을 읽었을 때 다시 한번 대체 에너지의 개발·보급확대의 필요성을 뼈아프게 느끼게 된다.

이 보고서에 의하면 한국의 이산화탄소CO_2 농도가 지구 평균보다 약 10ppm 높은 것으로 나타났다. 2001년 충남 태안군 안면도에서 측정한 이산화탄소 농도는 380.8ppm으로 북반구의 온실가스 변동 상황을 나타내는 미국 하와이 마우나로아 산Maunaroa Mountain에 있는 '마우나로아 관측소Maunaroa Observatory'의 371.1ppm보다 9.7ppm 높다. 이는 일본 '료리綾里 관측소'(이와대갠 岩手縣)의 373.4ppm보다 높은 것으로 나타나고 있다. 때문에 한반도의 온실가스 농도가 세계 최고 수준임을 보여주는 것이라고 기상청 관계자는 밝히고 있다.[4]

이처럼 한반도 주변의 온실가스 농도가 높은 것은 한국과 중국 등이 엄청난 화석연료를 사용하고 있기 때문이라고 풀이 된다.

온실가스 중 이산화탄소 농도는 2002년에 2001년(380.8ppm)보다 2.5ppm이 상승한 383.3ppm을 기록했고, 이산화질소NO_2[5]는 2001년의 315.3ppm보다 2.5ppm 상승한 317.8ppm를 보였다.

그러나 당국의 지속적인 프레온 가스Freon(냉장고·에어컨의 냉매나

스프레이의 분무 등에 씀, 염화불화탄소의 상표명) 사용 규제로 염화불화탄소 CFC(클로로플루오르카본chorofluorocarbon)가 줄어들어 CFC-11의 경우 2002년에 2001년보다 2.0ppb 감소한 265.9ppb, CFC-12는 2.8ppb 감소한 539.2ppb를 나타냈다.

한편 성층권 오존의 경우 1994-2002년 경북 포항시 상공에서 평균 314Du(Dobson Unit 오존의 측정단위)가 측정되었으나 2000년 330Du를 정점으로 2002년에 309Du로 감소해 한반도는 오존층 위험에서 벗어나고 있는 것으로 분석되고 있다.

이밖에도 서울대 권오상權五祥 교수팀이 경기개발연구원의 용역을 받아 수도권 전역의 대기오염물질을 측정한 결과를 다음과 같이 발표하고 있다.[6]

1989년 이후 최저 오염도는 아황산가스SO_2의 경우 0.002ppm, 이산화질소NO_2는 0.005ppm, 일산화탄소Co는 0.259ppm, 미세먼지PM는 m^3당 18.0μg, 오존O_3은 0.003ppm이었다. 이와 같은 수치가 2001년에는 일산화탄소의 경우, 경기 0.947ppm, 서울 0.9ppm, 인천 0.7ppm, 아황산가스는 경기 0.009ppm, 서울 0.005ppm, 인천 0.007ppm로 높아졌다.

몬트리올 의정서Montreaul Protocol(1987년 채택)에 의해 CFC의 규제와 교도京都 의정서Kyoto Protocol(1997년 채택)에 의해 온실가스의 규제에도 불구하고 이상과 같은 연구결과를 보여주고 있는 현실에서 볼 때 대체에너지alternatiove energy의 필요성은 더욱 절실하다.

우리 나라의 경우, 대체에너지 공급원의 현황을 본다면 2002년에는 1차에너지 소비가 전년보다 5.4% 증가한 209.112천 toe인 반

면에 대체에너지 공급량은 전년도보다 18.9% 증가한 2,922천 toe
로 대체에너지 공급비중이 1.4%로 집계되고 있다. 이런 사실로 보
아 우리 나라도 대체에너지에 대한 관심이 고조되어가고 있으며
대체에너지원이 다양되어 가고 있음을 이해할 수가 있다.[7]

표 6-2. 대체에너지원별 공급량 및 비중

구 분		폐기물	바이오	태양열	소수력	태양광	풍 력	지 열	계
'01	공급량	2,308.0	82.5	37.2	20.9	5.9	3.1	–	2,457.6
	비율(%)	93.9	3.4	1.5	0.9	0.2	0.1	–	100.0
'02	공급량	2,732.5	116.8	34.8	27.7	6.7	3.7	0.1	2,922.3
	비율(%)	93.5	4.0	1.2	1.0	0.2	0.1	0.0	100.0
증감	공급량	424.5	34.3	△2.4	6.8	0.8	0.6	–	464.7
	비율(%)	△0.4	0.6	△0.3	0.1	0.0	0.0	–	–

구체적인 대체에너지원별로 공급비중을 본다면(표 5-2 참조) 다소
전년에 비해 낮아진 폐기물분야가 93.5%, 매립지가스Land Fill
Gas(LFG) · 바이오디젤bio-diesel(디젤에 식물유를 섞은 대체유) 등에 추가된
바이오매스bio-mass(열자원으로서의 식물체 및 동물 폐기물) 분야가 4.0%이
고 다음으로 태양열분야는 시장이 활성화되지 못하여 1.2%(전년에
비해 다소 부진), 소수력 1.0%, 대양광 0.2%, 풍력 0.1%순으로 나타
나고 있다.[8] 그 결과 대체에너지 효과는 연간('02) 6,650억원의 원
유 수입 대체효과와 910만톤의 CO_2 절감효과(200mw급 화력발전
소 5개의 CO_2발생량)를 가져왔다.

우리나라에는 '에너지의 수급안정을 기하고 에너지의 합리적이

고 효율적인 이용을 증진하며 에너지소비로 인한 환경피해를 줄임으로써 국민경제의 건전한 발전과 국민복지의 증진에 이바지한다'라고 하는 에너지 이용 합리화 법(1979. 12. 28 제정) 제1조가 있다.

그 결과 2002년 현제 대체에너지 보급실적은 총 '1차에너지'9)의 1.4%(2,922천 toe)의 실적을 남겼다. 특히 표 5-2에서 볼 수 있는 바와 같이 폐기물 에너지가 93.5%를 점유할 정도로 대체에너지의 대부분을 차지하고 있다는 점에서 재생가능하고 청정한 풍력·태양·지열 등의 기술개발과 보급 확대가 절실하게 요구된다.

OECD(Organization for Economic Cooperation and Development : 경제협력개발기구, 1961년 발족) 국가 에너지 구성비 변화 및 계획을 본다면 대체에너지가 차지하는 비중은 1999년 3.9%(193백만 toe)에서 2010년 4.9%(291백만 toe)로 증가할 전망이며, 2002년 IEA(International Energy Agency : 국제에너지기구)가 발표한 『OECD 국가의 에너지 대조Energy Balances of OECD Countries』에 의하면 주요선진국 대체 에너지 공급비중(수력포함/2000년)은 한국 1.4%, 덴마크 10.8%, 프랑스 6.8%, 미국 5.0%, 독일 3.3%, 일본 3.2%이다.10)

대체 에너지는 화석에너지 고갈과 생태계 보호를 위한 환경규제에 대비하기 위해서 향후 주요에너지원으로 부상할 것이며, 우리나라의 경우 앞에서 본 바와 같이 대체에너지 공급 비중은 낮은 편이지만, 2011년까지의 대체에너지 개발·보급 목표를 6%까지 높일 계획을 가지고 있다고 한다. 반드시 이루어지기를 바라는 마음 간절하다.

공생기술을 기초로 한 지적적응에너지체계

자연계의 생태계生態系ecosystem란 천연자원을 중심으로 한 인간활동과 자연환경과의 상호작용 및 경합에 의해 이루어지고 있다. 이들 양자의 경합은 생태계에 자리잡고 있는 자원의 처리·배당·분배·규모에 지대한 영향을 주고 있다. 그러기 때문에 우리가 생물학이나 생태학의 영역으로 되돌아가 생태학의 관점에서 현재 우리가 안고 있는 에너지 문제나 장기적인 환경문제의 해결법을 찾는다면 비교적 빨리 찾아낼 수가 있을 것이다.

그 중의 한 가지 방법으로서 제3의 산업혁명을 구현할 수 있는 지적적응 에너지 시스템Adaptive Intelligence Energy System(AIES)을 제안할 수가 있다. AIES는 인공지능人工知能artificial intelligence[11]기술을 기반으로 한 생태계와 발전發電·배전配電·이용 등을 상리공생相利共生mutualism의 관계로 조직화하기 위한 개념이다.

주지하고 있는 바와 같이 인공지능이란, 인간의 사고와 기억과 같은 인지적 기능cognitire fanction을 기계를 통해서 실현할 수 있다고 하는 발상과 인간의 지적 기능이 기호처리의 기능을 포함하고 있다는 가설과 그리고 컴퓨터가 기호처리기계라고 보는 생각에 근거를 두고 있다. 따라서 인공지능이란 인간의 지적 행동과 같은 행동을 하는 기계(소프트웨어까지 포함), 또는 그와 같은 기계의 상태·설계·실현·이용 등에 관한 학술 기술분야에서 통용되고 있는 개념이다.

이와 같은 인공지능 기술은 공생기술의 개발에 이용될 수가 있으며 또한 인공지능의 기술을 기반으로 생태계와 발전 · 배전配電 · 이용 등을 상리공생의 관계로 조직화 할 수가 있다. 요컨대 AI (인공지능) 기술을 통해서 생태학적인 상리공생의 최적화를 가져오게 할 수 있다는 것이다.

제1의 산업혁명은 사람들을 에너지원源의 구속으로부터 해방시켜 증기엔진을 사용케 하였다. 그렇지만 제품의 생산과 서비스는 화석에너지에 크게 의존하였기 때문에 생산과정에서 공해물질인 각종 폐기물을 쏟아 내게 되었다. 그 결과 소비하는 에너지와 환경을 상대적으로 분리시켜 놓았으며 대립시켜 버렸다.

그 결과 생산과 소비의 결정적 분리라는 문명의 기본적 구도가 형성되었다. 이 경우에 생산자는 '규격화standardization, 전문화specialization, 동시화synchronization, 집중화concentration, 극대화maximization, 중앙집중화centralization'라고 하는 원칙에 지배되었다.[12]

오늘날의 선진공업국가의 대부분의 노동자들이란 '지적 인재'들이며 그들의 새로운 가치 · 개념 · 지각은 정보체계나 통신기술에 영향을 주면서 제2의 산업혁명을 출현시켰을 뿐만 아니라 세계적인 정보사회를 형성하였다. 이 경우에 새로운 원칙은 '상호작용interaction · 가동성mobility · 교환성interchangeability · 연계성interconnectedness · 편재성ominipresense · 보편성universality'이다. 그리고 비즈니스와 사회에서 야기되고 있는 대부분의 현상은 개인의 태도 · 가치 · 신념 · 관계와 같은 소프트한 것과 정보 · 통신 네트워크의 상호작용에 의해서 얻어진 결과이다.

아쉽게도 '현대'의 에너지 영역의 기술은 다양성 · 지속성 · 적응성에 있어서 다른 영역의 신기술보다 뒤떨어져 있으며, 그리고 에너지 자원의 관리는 산업계나 사회전반의 관리에 활용되고 있는 정보체계를 축으로 한 새로운 원칙이나 개념보다도 중공업을 지배하고 있는 일극집중—極集中의 장대長大하고 중후重厚한 낡은 원칙에 더 의존하고 있다.

에너지 연구의 방향은 안전하고 신뢰할 수가 있고, 효과적이며 경제적인 에너지의 기반에 근거하여야 하며, 에너지의 생산 · 분배 · 이용의 기술 개발도 자연과 인간이 공존에 기여할 수 있는 것이어야 한다.

근년에 이르러 환경단체의 환경에 대한 영향평가는 매우 심각한 문제를 제기하고 있거니와 특히 에너지 기반의 지속성과 적응성에 관한 문제는 우리가 생존하고 있는 자연환경을 탐구함으로써 그 해답을 발견해 낼 수가 있을 것이다.

이런 점에서 생물학이나 생태학은 환경문제 해결에 도움을 줄 수 있는 현명한 지혜와 과학적인 방법을 제시해 주어야 할 매우 막중한 사명감을 갖고 있는 과학이다. 이는 동시에 상리공생의 관점에서 지적적응에너지 시스템(AIES)을 조직화하는데도 도움을 주게 될 것이며 공생기술ecotechnology의 개발에도 기여하게 될 것이다.

에너지 투입 · 생산의 검토 모델

공생기술 활용의 또 하나의 측면은 자연 환경의 유지 · 관리를
위한 기술적 수단의 개발이다. 그것은 자연계의 상리공생mutualism
이라고 하는 생태학적인 현상에 대한 깊은 이해에 근거하지 않으
면 안된다. 이런 점에서 공생기술이란 엔트로피entropy의 증대 현상
을 최소화하기 위한 산업 메카니즘의 개발이며, 또한 엔트로피의
증대로 인한 사회 및 환경에 주는 피해를 최소화하는 메카니즘인
것이다.

엔트로피 증대의 최소화란 사회에 미치게 될 효율과 효과의 최
적화optimization의 노력이며, 그것은 사회와 환경과의 관계를 통해서
다양한 상호작용으로 나타나게 된다.

여기에다 자연계에는 그 특징의 하나로서 엔트로피 생산을 감소
시키는 생물 유기체가 있다. 뿐만 아니라 생물 유기체에 엔트로피
생산을 감소시키는 능력이 있다는 것은 저마다의 생물유기체가 살
아남기 위하여 환경에 가해지는 불가역적인 기능이 있다는 것이며
이는 시간을 초월하여 엔트로피 생산을 감소시키는 경향이 있다는
것을 의미하고 있다.

특히, 인공지능기술을 기반으로 한 지적적응에너지 시스템(AIES)
은 다종류 에너지 이용 시스템이기 때문에, 현재의 에너지 기반을
기초로 한 적정하고 지속적인 에너지의 생산 · 분배 · 이용의 전략
을 유효하게 실현할 수 있도록 도울 수가 있을 것이다.

현재의 에너지 이용형태를 점진적으로 변혁시키기 위해서는 기

존의 에너지 생산·분배·이용의 네트워크를 부분적으로 바꿀 필요가 있을 것이다. 그러기 위해서는 AIES를 물질과 에너지의 흐름의 과정을 처리하는 정보시스템으로서 변환시키지 않으면 안될 것이다.

그림 6-2는 각 발전發電자원을 기초로 한 설비·운용 등의 투입에너지와 전력으로서 얻을 수 있는 생산 에너지의 관계를 나타내는 흐름의 그림이다.

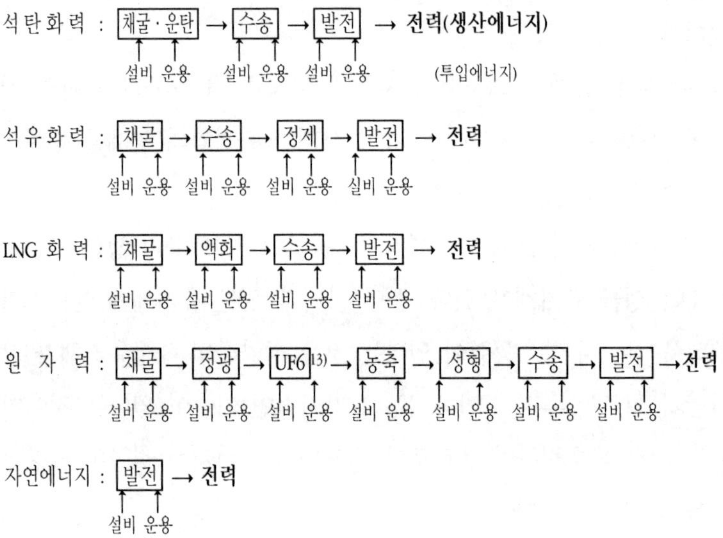

석탄화력 : 채굴·운탄 → 수송 → 발전 → **전력(생산에너지)**
　　　　　　　설비 운용　설비 운용　설비 운용　　(투입에너지)

석유화력 : 채굴 → 수송 → 정제 → 발전 → **전력**
　　　　　　설비 운용　설비 운용　설비 운용　실비 운용

LNG 화력 : 채굴 → 액화 → 수송 → 발전 → **전력**
　　　　　　설비 운용　설비 운용　설비 운용　설비 운용

원 자 력 : 채굴 → 정광 → UF6[13] → 농축 → 성형 → 수송 → 발전 →**전력**
　　　　　설비 운용　설비 운용　설비 운용　설비 운용　설비 운용　설비 운용

자연에너지 : 발전 → **전력**
　　　　　　　설비 운용

그림 6-2. 에너지 투입·생산 흐름의 검토

이 그림에서 볼 때, 일반적으로 성숙된 기술에 있어서는 발전發電에 이르는 과정이 많을수록 전력생산의 과정에 투입되는 에너지자원이 그만큼 많이 소모되기 때문에 엔트로피가 증대한다는 사실이다. 이런 점에서 원자력의 경우 폐기물에서 나오는 유독한 방사

성 물질의 피해를 생각하여야 하기 때문에 필연적으로 지구상의 원전 허용량의 범위가 원자력 발전소 건설의 기준이 되어야 할 것으로 본다.

우리나라의 경우 2002년 현재의 총 전력 가운데서 석탄화력에 의한 전력은 38%, 석유화력에 의한 전력은 8%, LNG에 의한 전력은 12.7%, 원자력에 의한 전력은 40%, 자연에너지의 의한 전력은 1.3%를 차지하고 있다고 한다.

우리나라 '대체 에너지 개발 및 이용·보급촉진법 제2조'에 의하면 대체에너지는 석유·석탄·원자력·천연가스가 아닌 에너지라고 정의하고 있다. 저 엔트로피 사회의 생활문화를 실현하며 안정적인 에너지원 확보 및 환경 친화적인 선진국형 에너지 구조로의 전환을 위해서 자연에너지(대체에너지)원의 개발은 적극 추진시켜야 할 것이다.[14]

1) Paul A. Samuelson and Willson D. Nordhaus, *Economics*, First Published, 1948, 17th Edition, New York : McGrow-Hill, 2001, p. 6.

2) 에너지관리공단, 『2003년도 대체에너지 분야별 기술지도』, 대체에너지 개발 보급 센터, 2004, p. 34.

3) 유엔전문기구의 하나인 세계기상기구World Meteorological Organization(WMO : 1950년 창설, 스위스 제네바에 있음)에서 온실가스 에어로솔 aerosol(연무질煙霧質) 등으로 인한 지구대기의 변동상황을 파악하기 위한 기초 자료를 제공하기 위하여 만든 보고서이다. 우리 나라는 1956년 3월 16일 WMO 에 가입함.

4) 엄격하게 말한다면 지역급 관측소인 마우나로아 관측소의 높이는 해발 3,397m이고, 료리 관측소의 높이는 230m이며, 안면도 관측소의 높이는 57m이기 때문에 이런 조건화에서 얻어진 수치의 비교는 객관적 의미가 없기 때문에 이를 절대시 하는 것은 성급한 결론이라고 본다. 참고로 세계에서 가장 높은 관측소를 든다면 중국의 '왈구안瓦里關 관측소' 3,816m인 전지구급 관측소가 있다.

5) NO_2는 인체에 대해서 호흡기능을 저하시키며 기관지염이나 폐수종 등 폐에 질병을 일으킨다. NO_2의 평균농도가 0.03ppm을 넘는 지역은 천식 증상의 발생률이 높아지는 경향이 있으며, 그리고 광화학 옥시댄트photochemistry oxidant와 산성비의 발생 원인이 된다. 광화학옥시댄트란 질소산화물NOx 및 탄화수소류 HC가 태양광선의 자외선에 의해서 반응하며 2차적으로 생성되는 오존 O_3이나 질산과산화아세틸peroxyaetylnitrate 등 산화성 물질의 총칭이다.

6) 동아일보, 2004, 1. 27, A25면

7) 에너지관리공단 · 대체에너지개발보급센터 · 산업자원부, 『2002년도 대체에 너지보급통계』, 에너지관리공단, 2003, p. 3.

8) ibid.

9) 1차 에너지는 가공되지 않은 상태에서 공급되는 에너지, 석유 · 석탄 · 원자력 · 천연가스 · 수력 · 지열 · 태양열 등을 말한다. 이에 반해 1차 에너지를 전

환·가공해 얻을 수 있는 전력·도시가스·석유제품 등을 2차 에너지라 부른다.

10) ibid. p. 5.

11) 인간의 인지기능의 측면을 기계를 통해서 실현할 수 있다고 본 가설이 1930년대부터 50년대에 걸친 정보과학·컴퓨터 사이언스의 발흥에 따라 인간의 기호처리기능을 컴퓨터의 기호처리기능을 통해서 실현하는 인공지능에 대한 연구가 본 궤도에 오른 것은 1950년대 중반에 이르러서 였다. 즉, 1956년 미국 뉴햄프셔New Hampshire에서는 다트머스 대학Datmouth College에서 열렸던 인간의 지적 기능의 컴퓨터 실현에 관한 회의에서 '인공지능'이라고 하는 용어가 연구분야의 명칭으로서 공식적으로 처음으로 사용되었다. 그 후 인공지능 연구는 급속하게 진전되어 기술면에서의 성과는 컴퓨터 소프트웨어 및 로봇 기술 그밖의 여러 분야에서 응용되었다. 인공지능의 연구에는 크게 나누어 세 가지 어프로치가 있다. ① 인간의 뇌와 마인드의 정보처리기능의 해명을 목표로 그 기능을 비슷하게 하는(simulate)기계나 모델을 만들어 연구하는 경험과학인 인지과학의 한 분야로서 어프로치한다. ② 지적기능의 이해에 구애되지 않고 지적 기능을 기술적으로 실현하려는 어프로치이며 공학의 한 분야로써 어프로치한다. ③ ①과 ②가 접목된 어프로치이며 지적기능을 기계를 통해서만이 아니라 환경과 기계의 상호작용을 통해서 지적기능이 발현될 수 있도록 전체 시스템을 디자인하는 어프로치이다.

12) Alvin Toffler, *The Third Wave*, New York : William Morrow and Co., 1980.

13) UF6은 Uranium Hexafluroride(6弗化우라늄)이다

14) 우리나라의 경우 대체에너지원의 개발목표는 2006년까지 1차 에너지소비량의 3.0%(7,128천 toe 공급), 2011년까지 1차 에너지소비량의 5.0%(13,466천 toe 공급)이다. 2011년까지 OECD 평균 전망치인 5% 달성으로 대체에너지 선진국에 진입할 목표를 가지고 있다고 한다.

일곱번째
생명권 평등주의와 근원적 생태론

道生一하고 一生二하고 二生三하고 三生萬物하니
萬物은 負陰抱陽하고 氣以爲和니라
도는 하나를 낳고, 하나는 둘을 낳고, 둘은 셋을 낳고,
셋은 만물을 낳으니 만물은 음기를 받고 양기를 안아서 흔연
히 하나로 풀려 화합한다.

노자老子『老子道德經』(제42장)

그대는 세계이다. 이웃이고, 친구이고, 적이기도 하다.
만일 그대가 세계를 이해하고자 한다면
그대는 먼저 자신을 이해해야 한다.
모든 이해의 뿌리가 바로 거기에 들어있기 때문이다.
그대 자신이야말로 시작과 끝이다.

크리슈나무르티Jiddu Krishnamurti
『Authentic Report of Sixteen Talks』(1945)

인간중심적인 태도로부터의 탈피

우리 사회는 인간에 의한 인간 이외의 자연계의 착취에 대해서 자연보호니 생태계 보호니 하는 명분으로 각종 환경운동이 다양하게 펼쳐지고 있지만 기실은 아직도 인간중심론으로부터 벗어나지 못하고 있다. 설혹 자연보호라 할지라도 그것은 대부분 인간에게 있어서 이용가치use value에 근거를 둔 것이 많으며 인간 이외의 생물들nonhuman beings을 위한 자연의 이용가치를 인정한 것은 아니다.

요컨대, 우주의 중심은 인간이기 때문에 지구는 인간을 위해서 존재한다고 하는 오만한 사고방식이 아직도 잔존하고 있다.

비인간중심적 생태론의 행동주의자nonanthropocentric activist 존 시드John Seed는 이와 같은 현실을 다음과 같이 요약하고 있다.

"인간이야말로 피조세계의 극치이며 모든 가치의 원천이며, 만물의 기준이라고 하는 관념이 우리의 문화와 의식에 깊이 각인되어 있다."[1]

인간중심론적인 철학의 전통은 너무도 뿌리가 깊고 단단하다. 그 동안 대대로 답습해온 인간중심적 사고방식의 편리성에 길들여져 있는 문화권 속에서는 인간중심론에 대한 비판을 반인간적 misanthropic이라고 반박하기도 하였다. 이는 우리 사회가 아직도 인간중심론에 지배되고 있다는 반증이기도 하다.

예컨대, 자본주의 비판자에 대해서 그가 사회에 있어서 공평한 부富의 분배를 주장하고 있음에도 불구하고, '공산주의자'의 각인을 찍어 적대시하는 것과도 같이 인간중심론에 대한 비판자도 어느 한쪽에도 평중하지 않는 생명권중심生命圈中心의 가치관을 실현하기 위하여 이에 합당한 생활방식을 펼치고 있음에도 불구하고 인간중심론자들로부터 '반인간적'이라는 낙인을 찍히기 쉽다.

인간중심론에 반대하는 것과 인간 그 자체에 대해서 반대한다는 것이 전혀 다르다고 하는 점을 망각하고 이 두 가지를 혼동시킴으로써 비인간중심론에 대한 비판자는 '빗나간 반인간론의 오류the fallacy of misplaced misanthropy'를 범하고 있는 것이다.

이와 같은 오류에 근거한 비인간중심론에 대한 비판은 비인간중심론자들의 비판행위가 생태중심적ecocentric인 관점에서 인간을 포함한 지구 상의 전 생명체는 자기조정·자기유지의 기능을 갖고 있는 하나의 생명체임을 입증하려는 데 있을 뿐만 아니라 지구생명권地球生命圈의 일체의 존재에 대하여 박애주의적인 태도로 대하여야 함을 역설하는 건설적인 실천임을 전혀 의식하지 못한데서 나온 맹목적인 비판인 것이다.

생태중심적인 비인간중심론자는 '반인간적misanthropic'인 것이 아니라 인간과 자연의 공존을 추구하며 자연·전생명체의 근원적 일체성—體性을 강조하고 인간과 자연의 분리가 아니라 그 관계를 개선하여 인간과 자연의 일체성을 강조하고 있는 점에서 더 '인간적'이다.

요컨대 비인간중심론자는 공동생명체의 일부인 인간까지도 위하고 있다는 점에서 맹목적인 인간지상주의人間至上主義human chauvinism가 아니라 자연과의 공존을 핵으로 하는 진정한 의미의 인간주의자humanist인 것이다.

근원적(심층) 생태론의 사상

현대의 환경문제는 지구적인 규모의 지구환경문제가 되고 있다는 점에 문제의 심각성이 있다. 예컨대 오존층ozone layer의 파괴, 삼림의 소실, 야생생물종의 감소, 사막화와 토양침식, 지구의 온난화, 산성비의 영향, 해양오염, 유해폐기물의 월경이동(유럽 및 미국에서 발생한 유해 폐기물이 규제가 약하고 처리비용도 저렴한 아프리카나 남아메리카 등의 개발도상국으로 수출함으로써 발생하는 피해) 등이 여기에 속한다.

이와 같은 문제들이 어떠한 영향을 주게 된다는 것은 이미 레이첼 카슨Rachel Carson(1907-1964)의 『침묵의 봄Silent Spring』(1962)[2]에서, 1972년에는 『성장의 한계The Limits to Growth』와[3], 『생존을 위한 청사진Blueprint for survival』[4](영국의 에드워드 골드스미트Edward Goldsmith를 중심으로 창간편집된 『에콜로지스트The Ecologist』지 편집진에 의해서)에서 1992년에는 『한계를 초월하여Beyond the Limits』에서[5], 그리고 1984년에는 레스터 브라운Lester Brown의 지구환경보고서인 『지구백서State of the World 1984 : A Worldwatch Institute Report』(30개 언어로 수백만 부씩 발행됨)6)에서 말해주고 있는 바와 같이, 한마디로 말하여 인간의 활동이 자연의 복원력을 이미 오래 전에 넘어섰으며, 자연환경이 지니고 있었던 정화능력의 한계인 환경 용량environmental capacity을 초월하고 있다는 데에 환경 문제의 본질이 있다.

그러기 때문에 환경문제를 해결한다는 것은 결국은 인간의 활동을 자연의 복원력과 환경용량의 범위·한도 내로 제한하는 일이다. 예컨대 인구와 에너지의 소비량을 지구생태계의 허용 한도 내로 억제하는 일이다. 환경문제 해결의 본질은 바로 여기에 있다고 보아도 지나친 말은 아닐 것이다.

그럼에도 어찌하여 환경문제는 그렇게도 어렵고도 복잡하며, 어찌하여 자연환경의 보호가 지지부진하단 말인가? 앞에서 말한 『성장의 한계』(1972)가 출판되어 세계에서 900만부가 팔릴 정도로 베스트셀러가 되어 이론적으로는 그토록 지대한 영향을 주었지만 실천에 있어서는 별로 메아리 치지를 못했다. 그리하여 『성장의 한계』를 쓴 필진들은 20년 후(1992)에 다시 『한계를 초월하여』를 출판하지 않을 수가 없었던 것이다.

이렇듯 『성장의 한계』가 공염불로 끝나버리게 된 것은 무엇 때문이었을까? 여기에는 여러 가지 이유가 있겠지만 가장 큰 이유 중의 하나는 지구환경문제를 자기의 일상생활과는 괴리된 문제로 생각하는 잘못된 타성에서 지금까지의 자기중심적인 생활양식을 그대로 지속해가면서(나 혼자쯤이야 하는 얌체 같은 사고방식에서) 환경문제는 과학기술의 힘으로 해결할 수 있다고 보는 과학기술에 대한 지나친 그리고 잘못된 '믿음' 때문이라고 볼 수 있다.

환경문제는 과학기술에 의해서만 해결될 수 있는 것은 아니다. 과학기술scientific technology[7])에 의한 해결이란 "인간의 가치관이나 도덕관념의 변화를 전혀 또는 거의 필요로 하지 않고 자연과학에 바탕한 기술의 변화만을 요구하는 해결수단이다"라고 볼 때 신앙처럼 과학기술에만 의존하고 있는 의식구조에 문제가 있는 것이다.

요컨대, 자기도 모르게 신앙처럼 깊이 빠져 있는 과학기술에 의존하려는 의식이 저변에 깔려 있는 것이 더 큰 문제이다. 그렇다면 그 기초에 깔려 있는 것이란 무엇인가? 그것은 한마디로 말해서 '인간중심의 이익우선주의'이다.

현대인은 대량생산·대량소비·대량폐기의 악순환 속에서 현실감각적이며 타산적인 만족을 얻고자 미래보다 현재를 향유享有하고자 함으로써 과학기술문명에 의존하고 있다. 이와 같은 악순환의 과정을 수정하지 않고 문명의 흐름을 바꾸지 않는다면 인류의 미래는 없다는 것이 『성장의 한계』의 메시지였다.

정말로『한계를 초월하여』가 호소하고 있는 바와 같이 인류사회는 자연의 정화능력과 환경용량의 한계를 초월한 지 이미 오래됐다. 현재의 상태 이대로는 지속이 불가능하고 살아남을 가능성이 없다. 만약에 미래라고 하는 것이 있다면 그것은 후퇴와 속도를 늦춘 치유의 미래 이외는 생각할 없단 말인가?

지금까지 인간 중심의 삶에 길들여져 온 사람들은 현재 누리고 있는 이익을 그대로 지속시켜 가면서 환경을 지킬 수는 없는 것일까에 대해서 생각하고 있는데 문제가 있다. 한마디로 너무도 과학 문명에 과신·중독되고 고착되고 있는 것이다. 이렇듯 인간의 이익과 가치만을 최우선으로 생각하고 있는 인간의 이익우선주의가 환경문제의 극복을 어렵게 만들고 있다.

이와 같은 인간중심론에 지배되고 있는 문명 및 환경의 문제에 대한 비판으로부터 대두한 사상이 '디프 에콜로지deep ecology 즉, 근원적 생태론(또는 심층생태론)'의 사상이다.
저명한 생태학자 폴 에리크Paul Ehrlich는 다음과 같이 말하고 있다.

인류가 현재의 궤도로부터의 방향 전환을 성취할 수가 있다고 한다면…… 그 중의 하나의 관건은 생태학적인 법칙에 근거한 세계관을 조성할 수가 있느냐 없으냐이다. 다시 말해서 디프에콜로지 운동의 성패에 있다.8)

디프 에콜로지의 사상은 간단하게 말해서 두 가지 주장으로부터 출발하였다.
하나는 '환경 안에 있는 인간'의 이미지를 버리고 환경과 인간을 관계적이고 전체적인 장場의 이미지relational total-field image로 바꾸는 일이다. 인간의 시각에서 환경을 대하는 관점을 바꾸는 일이다. 이 점은 인간을 위한 환경으로부터 환경 그 자체에로 발상을 전환하는 것을 의미하고 있다.
또 하나는 '생명권 평등주의biospherical egalitarianism'이다. 이는 환

경 속에 있는 생물은 모두가 평등한 권리, 즉 생존하고 번영할 수 있는 평등한 권리를 갖는다고 하는 사상이다. 여기서 말하는 '번영'이란 자기실현self realization을 뜻하며, 예컨대, 이리는 이리의 특성대로 자라고 살며 인간은 인간의 특성대로 자라고 사는 것처럼 모든 생명체는 자기실현의 일련의 과정 속에서 살고 있다고 하는 관점이다. 디프에콜로지의 사상에는 이와 같은 두 가지 관점의 의미가 스며 있다.

아네 내스Arne Naess의 사상

디프 에콜로지deep ecology(근원적 생태학)이라고 하는 용어는 1972년 노르웨이의 수도 오슬로 대학University of Oslo의 철학자 아네 내스Arne Naess(1912-)[9])에 의해서 처음으로 생태사상계에 도입되었다.

그는 인간중심론 / 비인간중심론을 축으로 한 생태학 및 환경사상의 유형분류가 상당히 제기되고 있음을 알고 1972년 '얕은, 피상적인 생태학shallow ecology' 대 '깊은, 근원적인 생태학deep ecology'이라는 유형분류법을 창안해내어 이듬해 학술지『탐구Inquiry』[10])에 발표하였다.

그의 저서『생태학 · 공동체 · 생활양식Ecology, Community and Lifestyle』(1989)에서는 피상적 생태학과 근원적 생태학의 구분을 다음과 같이 설명하고 있다.

피상적 에콜로지 운동(피상적인 환경보호운동)

환경의 오염과 자원고갈을 막기 위하여 노력은 하지만, 중심적인 목표는 역시 인간중심적인 이익 가치의 충족 내지는 국민의 건강과 경제적 부를 얻기 위하여 노력한다. 때문에 자연환경의 보다 효율적인 콘트롤과 관리에 주안점을 둔다. 따라서 피상적 환경운동은 그 경향성으로 보아 경제적 · 문화적 가치를 추구하기 위한 환경운동이다. 예컨대 수질오염 · 토양오염 · 공기오염 등을 지구 생태학적인 균형 회복의 관점에서보다도 인체의 치명적인 각종 질병 유발의 원인 방지의 차원에서만 해결하려고 한다.

근원적 에콜로지 운동(심층 · 근원적인 환경보호운동)

환경 · 인간의 유기적 관계와 통합의 장

'환경 안에 있는 인간'이라는 이미지를 버리고 환경과 인간을 유기적인 관계와 전체적인 통합의 장場으로서의 이미지를 중시한다. 때문에 유기체는 여러 존재의 내적인 관계의 장(영역) 속에 있는 연결의 매듭과 같다고 본다. 예컨대 A와 B라고 하는 두 존재 사이의 내적인 관계란 A와 B에 대한 정의와 또는 그 기본적인 구조에 속한다는 것이며, 그러기 때문에 그 관계 없이는 A와 B는 이미 A와 B로서 동일한 존재일 수가 없게 된다는 것이다. 그리고 전체적인 통합의 장이라는 모델은 단순히 환경 안에서 영향 · 혜택만을 받고 있는 인간이라는 개념을 거부할 뿐만 아니라 환경 안에 있는 그 어떤 사소한 개념도 거부한다는 것이다.

원칙으로서의 생명권 평등주의biospherical egalitarianism-in principle

생태학의 현장조사를 하는 사람들은 생물이 살아가는 방식이나 형태에 대해서 깊은 존경심을 갖기도 하지만 이보다는 외경畏敬의 정념情念을 가지고 임한다. 때문에 그들은 생물을 내면 세계로부터 이해하고자 한다.

앞에서 '원칙으로서'라고 한 말을 삽입한 데는 이유가 있다. 그것은 현실적으로 생태보호를 위한 실천을 한다 해도 경우에 따라서는 부득이 살해 · 개발 · 억압을 필요로 할 때도 있기 때문이다. 이는 생물이 살아가는 방식이나 형태에 대한 구체적인 연구에 있어서 미리 이해하고 있어야 할 마음가짐이다.

요컨대 생태학 현장연구를 하려는 사람들이 '생존하고 번영(자기실현)할 수 있는 생명체의 평등한 권리'를 직관적으로 명쾌하게 표현한 원칙이다. 만약 이 원칙을 인간에게만 제한하는 것은 인간자신의 생명의 질에 유해한 영향을 초래하는 인간중심주의anthropocentrism가 되고 만다.

인간의 생명의 질은 부분적으로는 다른 형태의 생물과 맺는 밀접한 협력관계를 통해서 얻는 희열과 만족에 의존하고 있다. 이 의존관계를 무시하려고 하거나 주인과 노예의 주종관계의 역할을 수립하려고 하는 것은 인간에 의한 인간 자신으로부터의 소외를 만들고 있는 것이다.11)

아네 내스에 의하면 피상적 에콜로지란 생활의 편의성 및 선진국을 위한 그리고 선진국 국민이 풍요롭게 살아가기 위한 환경보호운동을 말하고 있다. 이 지적은 인간의 이익을 위한 환경보호와 과학기술의 힘으로만 환경문제를 해결할 수 있다고 보는 인간중심주의적인 환경보호운동임을 말해주고 있다. 예컨대, 환경문제를 주제로 한 국제회의에서도 이와 같은 성격의 회의를 많이 볼 수가 있다.

피상적 생태학과 근원적 생태학의 차이도 근대 및 현대산업사회의 근저에 잠재하고 있는 인간중심주의에 대한 태도의 차이라고도 볼 수 있다. 다시 말해서 인간의 이익을 최우선시하는 사고방식이나 가치의 원천(가치판단을 내리는 것은 물론 인간이다)만이 아니라 가치의 대상(타생물종의 이익도 배려하며 인간에게 견줄 수 있는 애정을 쏟을 수가 있다)까지도 인간에만 한정시키는 인간중심적인 사고방식의 테두리 안에서 환경보호를 생각하느냐, 이와는 달리 '인간의 이익우선주의'를 초월하는 트랜스퍼스널transpersonal 관점에서 생각하느냐에 있어서 근본적인 차이가 있다.

물론, 외관상 환경보호운동의 결과에 있어서는 동일한 결과를 보일 수도 있을 것이다. 그러나 양자의 발상의 출발점은 근본적으로 다르다.

예컨대, 야생생물종의 보호문제를 생각해보기로 하자. 과학적인 조사결과에 의하면 현재 지구 상에서는 무서운 속도로 생물종이 멸종되어 가고 있다.

『세계의 자원과 환경世界の 資源と 環境 1992-93』[12)에 의하면, 생물의 다양성이 과거 6,500만 년 동안에 현재만큼 위협에 노출된 적은 없었다고 한다. 이런 위기는 열대림의 소실이 그 배후에 있는 주된 원인이기도 하지만 그밖에도 습지와 산호초의 파괴 등 원인

은 많이 있다. 또한 생물의 서식지가 만약에 현재의 비율로 계속 소실되어 간다고 한다면 앞으로 25년 사이에 지구 상에 살고 있는 생물종의 15%가 멸종할 가능성이 있다고 한다.

이와 같은 현실에 직면하여 우리가 생물종의 다양성을 보호하려고 할 경우에는 근원적 생태학의 사상은 절실히 필요하다. 왜냐하면, 피상적 생태학이 어디까지 생물의 다양성을 지킬 수 있을 것인지 또는 다양한 생물종의 공존적 자기실현(번영)을 할 수가 있을 것인지에 대해서는 의문이 가지 않을 수가 없기 때문이다.

실제로 근원적 생태학의 사상에 기반을 둔 『어스 퍼스트Earth First!』(급진적인 환경보호단체의 대표자인 데이브 포어먼Dave Foreman이 편집한 근원적 에콜로지의 유력한 필진에 의해 만들어진 기관지이며 1990년에 폐간)의 대표자인 데이브 포어먼이 전심몰두한 것도 '원생자연原生自然의 보호wilderness preservation와 절멸해가는 생태학적 희소성의 종種의 보존을 중요시했기 때문이다.

철학자 존 로드만John Rodman이 인간중심론/비인간중심론을 축으로 하여 환경주의를 네 가지 유형(자원보호resource conservation, 원생(자연)보호wilderness preservation, 윤리확장론moral extensionism, 생태학적 감성 ecological sensibility)13)으로 나누었거니와 그에 의하면 기포드 핀쇼 Gifford Pinchot(1863-1946:미합중국 영림국의 제1대 국장)로 대표되는 자원보호적 어프로치는 일부 인간 집단의 타산적 착취에 지나지 않으며, 존 뮤어John Muir(1892년 박물학자인 뮤어는 미국의 자연환경보호단체로서 시에라 클럽Sierra Club을 창설하였으며 1972년에는 국제조직으로 발전시켰다. 본부는 샌프란시스코에 있음)로 대표되는 자연보호적 어프로치는 종교적 · 심미적 관점을 우선 한다고 보았다.

　이상과 같은 서술에서 볼 수 있는 바와 같이 근원적 생태학이 주장하는 '생명중심주의biocentrism는 결국 로드만과 포어만이 생각한 자연보호사상의 관점에 근거하고 있다. 그렇다면 생명중심주의는 어떻게 할 때 그 실현이 가능하며 또한 그 이론적 기반은 어디서 찾을 수가 있는 것일까?

　이 문제를 생각해보기 위해서는 먼저 독자의 이해를 돕기 위하여 내스와 조지 세션즈George Sessions가 공동으로 만든 '근원적 생태학 운동'의 강령platform 또는 기본원칙basic principles을 소개해두고자 한다.14)

1. 지구 상의 인간 및 인간 이외의 생명의 건강과 번영은 그 자체로서 가치(본래적 가치inherent value, 내재적 가치intrinsic value와 같음)가 있다. 이러한 가치는 인간 이외의 생명체의 가치가 인간의 유용성으로부터 독립되어 있다는 것이다.
2. 생명의 풍요성과 다양성은 이러한 존재가치의 실현에 이바지할 뿐만 아니라 그 자체가 가치를 갖는다.
3. 인간은 생존에 꼭 필요한 생명상의 요구vital needs(생존에 반드시 필요한 경우)를 충족시켜야 할 경우 외에는 생명의 풍요성과 다양성을 감소시킬 어떠한 권리도 갖지 않는다.
4. 인간생활 및 문화의 번영과 인구감소와는 양립이 가능하다. 인간 이외의 생명체가 번영하기 위해서는 인구감소를 필요로 하고 있다.

5. 인간 이외의 생명의 세계에 대한 인간의 간섭·파괴는 지나치고 있으며 상황은 급속하게 악화되고 있다.

6. 각종 방침의 전환(생활조건을 보다 바람직한 상태로 바꾸는 정치의 변혁)을 필요로 한다. 방침 전환은 경제적·기술적·사상적인 구조에 영향을 준다. 그 결과 환경문제는 현재보다 크게 달라지게 될 것이다.

7. 사상적인 변혁은 주로 높은 생활수준(물질적 생활수준의 향상)을 추구하는 데 있지 않고 '삶의 질life quality'(본래적 가치에 걸맞는 상황속에서 산다)을 평가하게 된다. '크다big'는 것과 '훌륭하다 great'는 것과의 차이를 인식할 필요가 있다.

8. 이상 말한 것에 동의하는 사람은 직접적·간접적으로 필요한 변혁을 실천할 책임을 진다.

이 운동강령을 볼 때, 근원적 생태학의 사상은 모든 생명형태(생명체)를 인간이 추구하는 공리적 가치로부터 독립시켜 존중하는 사상임을 알 수가 있다. 요컨대, 근원적 생태학은 인간에게 있어서 유용한가 유용하지 않은가의 유용성과는 상관 없이 모든 생명형태를 그 자체의 존재가치에 비추어 존중하는 사상인 것이다. 그렇지만 이와 같은 '생명중심주의'의 실천은 어떻게 함으로서 가능한가라는 물음의 답을 찾는 것이 환경운동의 관건이다.

이 문제를 풀기 위해서는 우리들의 신념에 깊게 뿌리내리고 있는 '생명의 신성성sanctity of life神聖性'의 사상에 대해서 생각해 볼 필요가 있다.

생명의 신성성

내스를 비롯한 근원적 생태학자들은 '생명권평등주의biospherical egalitarianism'(인간중심과의 대비를 강조하기 위하여)나 '생명중심적 평등주의biocentric egalitarianism'를 표방하고 있기 때문에('생명' 또는 '생명체'를 강조하고 있는 점에서) 일부 사람들은 근원적 생태학을 전적으로 생물학적으로 살아 있는 존재만을 중시한다고 보는 오해가 생기기도 하였다.

이러한 오해를 없애기 위하여 내스와 세션즈는 생명의 의미(예를 들어 하천을 살리자!와 같은 의미에서)를 넓은 의미로 사용하였으며 개체·생물종·생물집단·서식지(동·식물의) 외에 인간 및 인간 이외의 문화까지도 포함한 넓은 의미로 사용한 것이다. 이런 점에서 본다면 '생명중심적biocentric이란 표현보다 자연생태중심적ecocentric이라는 표현이 근원적 생태학의 정신에 더 가깝다고 생각된다.

이렇듯 자연 즉 생명을 신성시하여 외경과 불가침적인 대상으로 보고 존엄한 것으로 볼 때 여기에는 무슨 의미가 있는 것일까? 그것은 '생명은 그 자체만으로도 가치를 가지며' '생명에는 내재적인 가치가 있으며' '생명은 결코 다른 것과 바꿀 수 없는 오직 유일자로서 소중한 것이다'라고 하는 것을 의미한다.

'생명의 신성함(SOL)'에 대해서 생명윤리학bioethics의 관점에서는 여러 가지 비판의 대상이 되고 있다. 예컨대, 회복가능성이 전혀 없는 수년 간의 식물인간상태의 환자를 부모(또는 자식)의 입장에서 생명유지 장치를 어떻게 하는 것이 본인을 위한 것인가 하는 도덕적 딜레마에 빠지게도 된다.

이 딜레마를 해결하기 위하여 생명윤리학(생명윤리학은 의료기술의 발달이 낳은 도덕적 딜레마의 해결방법을 탐구하는 학문이라고 볼 수 있다)에서는 생명의 신성함의 윤리를 버리라는 제안을 하게 된다. 이 제안에 의하면 생명의(인간의 생명의) 가치가 다양함을 알아야 하고, '생명의 질(QOL)'도 차이가 있다는 것을 고려하며 여기에 따라 대응해야 한다고 말한다.

그러나 이 의견에 대해서는 생명의 질을 어떻게 판단하며 과연 그러한 판단이 가능한가, 살만한 가치가 있는 생명과 살 가치가 없는 생명을 어떻게 구별할 수 있는가, 그리고 생명 질의 사상을 적용하는 것은 강제적 안락사를 자행했던 나치즘Nazism과 같은 것이 아닐까 하는 비판 등이 나오고 있다.

필자의 생각으로는 '살릴 만한 가치가 있는 생명'이나 '살 만한 가치가 없는 생명'이나 양자는 똑같이 생명의 신성함을 전제로 하고 있다고 본다.

다만 그 차이는 '생명의 신성함'에 대한 해석의 차이이다. 예컨대 부모가 자식의 생명유지장치(인공호흡기)를 떼는 것은 생명을 경시해서가 아니라 자식이 고통을 받으면서까지 무리한 연명을 하지 않는 것이 본인의 생명을 존중하는 것이라고 믿고 있기 때문일 것이다.

생명이 신성하다고 하는 것은 생명에 대한 우리들의 신념의 일부이다. 만약에 이 신념을 버리거나 부정하게 된다면 모든 생명의 가치는 허공에 뜨게 될 것이다. 그 결과 생명은 각자의 자의적인 생명의 가치로 밖에는 여겨지지 않을 것이다. 이렇게 된다면 윤리적으로 배려해야 할 대상은 여러 가지 삶(의식을 갖는 삶, 감각을 갖는 삶, 의식도 감각도 없는 삶)을 기준 삼게 되므로 매우 혼란스러운 가치 때문에 생명의 신성함은 찾아볼 수도 없게 될 것이다.

채식주의자로서 유명한 피터 싱어Peter Singer(1946-)는 생명의 신성사상을 버리고 윤리적으로 배려해야 할 대상은 '이해관심利害關心 interest' 및 이해감수 능력利害感受 能力이라고 보아 그 유무에 의해서 생을 '의식을 갖는 생'(인간 · 침팬치 · 돌고래 등), '감각을 갖는 생(자기의식은 없지만 쾌락과 고통을 느끼는 동물)', '의식도 감각도 없는 생(식물)'으로 구분하여 이들 존재의 특질에 걸맞게 대응할 것을 말하였으나 이와 같은 관점도 생명가치의 자의적인 해석만을 초래하게 될 것이다.

그는『삶과 죽음의 재고Rethinking Life and Death』(1994)에서 '천연 식물상태persistent vegetative state' 환자의 생명은 식물과 같이 의식도 감각도 없는 식물과 같은 삶의 영역에 속한다고 생각하여 인공호흡장치를 떼어도 환자에게는 별 해를 주는 것이 아니라는 식으로 생각하고 있다.15)

이와 같은 관점은 '생명의 신성함'을 저버리는 처사로밖에 볼 수가 없을 것이다. 요컨대, 싱어의 입장은 기본적으로 의식을 지닌 존재만이 도덕적 근거를 가질 수 있다는 이론이다. 그러나 의식의 유무와 감각의 유무를 떠나서 생명은 자연질서의 내적 원리에 의해서 발현된 현상으로서 그 자체가 숭고하고 신성하며 가치가 있는 것이다.

도구적 가치(이용가치)와 내재적 가치(고유가치)[16]

신성한 것, 그리고 그 자체로서 가치를 갖는 것은 반드시 생명에 만 국한되지는 않는다. 생명 외에도 많이 있다. 예컨대, 지식·예술·역사적 건축물·자연경관 등을 들 수가 있다. 이들은 인간의 유용성과는 상관없이 그 자체로서 독립된 가치가 있다. 이와 같은 내재적 가치(본래적 가치intrinsic value)의 의미를 이해하기 위해서는 먼저 '도구적 가치'의 문제에 대해서 좀더 생각해 볼 필요가 있을 것이다.

도구적 가치instrumental value란 어떤 대상·존재가 유용성을 갖고 있는 가치이다. 때문에 이를 '이용가치use value, 수단가치나 자원가치resource value로 보기도 한다. 예컨대, 돈이 가치가 있는 것은 (수전노를 예외로 한다면) 돈에 의해서 무언가를 살 수가 있고 목적을 달성할 수가 있기 때문이다. 돈이 많이 있으면 수십억짜리 주택을 살 수도 있고 보석·자가용차를 사는 등 다양한 물질적 욕구를 달성할 수도 있다.

환경가치론environmental axiology(axiology는 그리스어의 '가치가 있다'의 뜻을 갖는 axious에서 나왔다)에서 본다면 도구적 가치는 ① 무제한의 착취와 확장주의, ② 자원 관리와 개발, ③ 자원보호의 수단으로서 가치를 갖는다.[17]

이상과 같은 도구적 가치는 인간에 한해서만 고유가치를 인정하는(또는 인간 이외의 세계보다 인간에게 더 큰 고유가치를 인정한다) 인간중심론적 접근에서 볼 수 있는 가치이다. 요컨대, 인간 이외의 세계는 인간에게 있어서 가치를 가질 때만 가치가 있다고 보는 경우이다.

고유가치/내재적 가치intrinsic value는 이용가치론을 배제하며 인간은 물론 인간 이외의 세계에 대해서도 가치(고유가치)가 있다고 보는 것이다. 즉, 고유가치는 자연에 대한 본래적 가치(고유가치)를 인정함과 동시에 환경윤리학의 이론적 축이 될 정도로 환경윤리학의 이론구축에 있어서 필수불가결한 요건이다. 비인간중심주의에 근거한 내재가치이론의 주도자 베아드 칼리코트Baird Callicott와 톰 리간 Tom Regan도 이 점을 강조하고 있으며 이 문제는 가장 어렵고 힘든 문제라고 보고 있다.[18]

여기서 우리는 이 문제에 대한 접근방법으로서 네 가지 관점을 생각할 수가 있다. 즉, 고유가치이론에는 ① '지각에 근거한 윤리 awareness-based ethics'(윤리적 유정론ethical sentientism)의 관점, ② '생명에 근거한 윤리life-based ethics'의 관점(생물학적 윤리biological ethics와 지기창출윤리autopoietic ethics), ③ 생태계윤리ecosystem ethics 및 생명권 윤리 ecosphere ethics(가이아의 윤리Gian ethics)의 관점, ④ 우주적 목적 윤리 cosmic purpose ethics의 관점에서 접근해 갈 수가 있다.

윤리적 유정론(지각에 근거한 윤리)

윤리적 유정론倫理的 有情論ethical sentientism을 주장하는 사람들은 인간에 대해서만 고유가치를 인정하는 태도를 배제하며 그것이 아무리 원시적인 것이라 할지라도 감각 지각력을 가지고 있는 존재라면 어떤 생물종에 속하던 인간의 이해타산만을 우선할 것이 아니라 모든 생물에 해당되는 이해관계가 존중되어야 한다고 본다.

이와 같은 관점에는 도덕적 고려의 대상이 될 수 있는 유일한 존재는 감각·지각력·유정성有情性sentience(sentience는 라틴어의 '느끼다', '지각하다'를 의미하는 sentire에서 나왔으며 감각·지각·의식의 합성어)을 갖는 유정적 존재sentient being뿐이라는 것이 전제가 되고 있다. 다시 말해서 유정성을 가진 생명체를 도덕적으로 배려해야 한다는 관점이다.

따라서 유정성을 가진 고등동물들은 그것들이 누리는 쾌락이 인간에 비해 저급한 선악의 가치를 지니고 있다 하더라도, 인간과 마찬가지로 도덕적 배려의 근거를 가지며, 도덕적 지위를 갖는다고 보는 관점이다. 이 이론에 근거한 가치의 접근형식으로서 대표적인 것으로는 '동물해방animal liberation(Paul Singer)'[19], '동물권리animal rights(Tom Regan)'[20]를 추구하는 어프로치가 있다.

유정성을 기준으로 제시하는 환경윤리학자들은 그것이 생명양식에 필수적인 조건이라서가 아니라 '내재가치內在價値'이기 때문이라고 주장한다. 예컨대, '동물의 권리'접근방식을 말한 톰 리간이 돌고래를 함부로 다루지 말라고 한 것은 돌고래가 탁월한 의사소통력과 감정을 가지고 있기 때문이어서가 아니라 유정성을 내재가치로 가지고 있기 때문이라는 것이다.

생물학적 윤리(생명에 근거한 윤리)

'생명에 근거한 윤리'를 제창하는 사람들은, 모든 생명체는 지각

감각력의 유무를 떠나서 능동적으로 어떤 특정 상태('항상성 homeostasis' 및 동물의 '주성走性taxis'이나 식물의 '굴성屈性tropism' 등)를 유지하려고 한다는 관점에 서고 있기 때문에 윤리적 '능동론cona-tivism'(시도하다, 기도하다, 추구하다, 노력하다를 의미하는 라틴어의 conari에서 파생되었음)을 강조한다.

때문에, 생명 시스템에는 '자기창출autopoiesis'(그리스어에서 '자기'를 뜻하는 *autos*와 '만들어내다'를 뜻하는 poiein으로부터 나온 자기생산self-production의 의미를 갖는 합성어)의 특성이 있음을 강조한다. 이말은 칠레의 생물학자 움베르토 마투라나Humberto Maturana와 프란스시코 바렐라Francisco Varela에 의해서 만들어진 용어이며,[21] 자기창출이란 생명 시스템이 끊임 없이 능동적인 조직화 활동과 구조의 창출 및 유지를 추구하고 있다는 사실을 의미한다.

다시 말해서 생명 시스템의 자기 조직화 활동과 구조를 만드는 과정의 네트워크는 끊임없이 자기 재생이라고 하는 순환적 과정에 힘쓰고 있다는 것이다. 『자연의 존중Respect for Nature』[22]을 쓴 폴 테일러Paul Taylor도 이 책에서 생명체에는 '합목적론적teleological 또는 목적지향적인 생명 센터[23]가 있다는 능동적인 정의를 내리고 있다.

이런 점에서 생명에 기반한 윤리란, 생명은 자연환경을 도덕적으로 고려할 때에 중요한 기준이 된다고 하는 기본적인 원칙을 가지고 있다는 것을 말해주고 있다. 그러기에 이를 생물학적 윤리라고 지칭하기도 하며 좀더 엄밀하게 확대해서 말한다면 '자기창출윤리'라고 지칭하게 된 것이다.

생태계 윤리

생태계 윤리와 지구생명권 윤리의 어프로치는 앞에서 말한 자기 창출윤리의 범주에도 포함되지만 생태학적으로 볼 때 이를 독립시켜 다루어 볼 만한 중요성을 갖고 있다고 보는 입장이다.

생태계 윤리의 가장 대표적이며 최초(영어권에서)의 고전적 저작을 쓴 앨도 레오폴드Aldo Leopold(1887-1948)는 『사막마을연감Sand County Almanac』에서 대지를 지구상의 상호의존적인 모든 종들의 공동체에 포함시키는 '땅의 윤리land ethic'를 제안하고 다음과 같은 간결한 정의를 부여하고 있다. "생물군집의 존립과 안정성과 아름다움을 보전하려는 것은 옳은 일이며 이와 다른 것을 의도하는 것은 옳지 못하다"라고.24)

제임스 헤퍼난James Heffernan은 레오폴드의 이와 같은 관점을 좀 더 생태학적인 표현을 사용하여 "생태계(또는 지구생명권) 특유의 다양성과 안정성을 지키는 것은 옳은 일이며 그렇지 않는 것은 잘못한 일이다"라고 말하였다.25)

이와 같은 '땅의 윤리', '생명권윤리'는 특히 노르웨이 철학자 아네 내스Arne Naess의 심층적(근원적) 생태운동deep ecological movement(인간의 이익중심적인 피상적 생태운동shallow ecological movemental에 대응한다)에 큰 영향을 주었다.

생태계윤리와 생명권(또는 가이아Gaia : 그리스 신화에 나오는 대지의 여신 가이아를 영국의 화학자 제임스 러블록James Lovelock이 살아있는 지구의 개념을 설명하기 위하여 지구상의 생명을 어머니처럼 보살펴주고 있는 존재로서 사용하였음)윤리는 윤리적 '전체론holism'의 관점에서 개체 하나 하나의 존재가치가 아니라 유기적 전체로서 존재(생태계 및 지구생명권)하는 가치를 강조한다.

그렇지만 하나 하나의 생명체가 도덕적 고려의 대상이 된다는 것도 인정한다. 다시 말해서 개개의 생태계에는 그것이 속하고 있는 생명체와 생명권의 자기창출(자기재생) 기능을 크게 저해하지 않는 범위 내에서 개개 생명체로서 또는 진화 상의 폭 넓은 선택을 할 수 있는 자유가 있다는 것이다.

이와 같은 관점을 정치적인 개념으로 표현한다면 '민주주의民主主義'의 본질에 가깝다고 볼 수 있다. 왜냐하면 이상적인 민주주의 사회에 있어서는 개개인은 다양한 생활을 할 자유를 갖지만 또한 자유를 보장해주는 사회체제가 자기갱생을 지속시켜갈 수 있도록 하는 범위를 벗어나서는 안되기 때문이다.

마찬가지로 생태계윤리 및 생명권윤리에 입각해서 본다면 생태계와 생명권을 구성하고 있는 요소들은 폭 넓은 생존의 자유를 갖게 되지만 이 경우에 그런 자유를 보장해 주는 생태계는 자기재생을 지속시킬 수 있도록 하는 일정한 한계의 범위는 존중되어야 한다는 것이다. 이상적인 민주주의 사회에서는 '법을 이기는 사람은 없다'고 한다면 생태계윤리와 생명권윤리에 입각해서 본다면 생태계 및 생명권을 구성하고 있는 하나 하나의 존재는 '생태계를 이기는 존재는 아니다'라고 말할 수가 있을 것이다.

이렇듯 개개의 생명체의 선택의 자유와 생태계·생명권의 자기창출의 관계는 상호 배타적인 관계가 아니라 서로 존중되어야 할 관계에 있음을 말해주고 있다.

우주적 목적윤리

우주적 목적 윤리란, 인간만이 아니라 인간 이외의 일부 내지는 모든 존재도 도덕적 고려의 대상이 될 수 있다고 보는 각종 어프로치의 총칭이다. 어떤 의미에서는 그런 존재의 대상들이 어떤 '우주적이해利害cosmic interest'를 구현 내지는 대표하고 있는 것으로 보는 관점이 그 근거가 되고 있다.

이들 어프로치는 일반적으로 진화의 궁극 목표라든가 신神의 본질과 신의 목적을 어떻게 보느냐에 기반을 두고 있다.

이 때문에 전자(진화의 궁극목표)에 기반을 두고 있는 것을 '진화윤리evolutionary ethics', 후자(신의 본질과 목적)에 기반을 두고 있는 것을 '윤리적 유신론ethical theism'으로 보는 경우가 많다.

그러나 진화의 목표에 대한 견해와 신의 본질과 신의 목적에 대한 견해가 뒤섞여 있기 때문에, 한쪽을 '진화윤리' 또 한쪽을 '윤리적 유신론'으로 엄격하게 구분하기에는 어려움이 있다. 왜냐하면 양자는 상이점보다는 유사성을 더 많이 보여주기 때문이다.

우주적 목적윤리를 이와 같은 관점에서 우리는 여러 가지 어프로치를 생각해 볼 수가 있다. 이 경우에 우주적 목적윤리의 범주에 접근해가는 어프로치를 진화론적 관점evolutionary stance, 반진화론적 관점anti-evolutionary stance, 비진화론적 관점nonevolutionary stance 등으로 분류할 수가 있다.

또는 비유신론적非有神論的 관점nontheistic stance(특히 신학적인 문제에 저촉되지 않는 것), 범신론적 관점pantheistic stance(신과 자연은 동일하다고 보는 것), 만유내재신론적萬有內在神論的 관점panentheistic stance(신은 자연에 내재하면서도 자연을 초월한다고 보며, 집합론적으로는 자연은 신의 부분집합으로 본다), 초월유신론적 관점transcendent theistic stance(신 또는 창조주는 자연 및 피조세계의 외부에 존재하며, 기적에 의해서만 개입하게 된다고 본다)으로 나누어 생각해볼 수도 있다.

이렇듯 광범위하게 구분해 볼 수 있는 것은 인간 이외의 세계(일부 또는 일체)에 대한 도덕적 고려를 하려고 할 때 신학적으로 폭넓은 논증이 가능하기 때문이다. 예컨대, 인간 이외의 세계(일부 또 일체)가 도덕적 고려의 대상이 될 수 있다고 주장할 수 있는 이유로서는 내면적 직관이나 종교교의에 따라서 그것이 신과 동일하기 때문에, 신의 표현이기 때문에, 신의 일부이기 때문에, 신에 의해서 창조되었기 때문에, 신에 의해서 존중되고 있기 때문에, 오직 신이 그렇게 명하였기 때문에, 등과 같이 다양하게 생각할 수가 있을 것이다.

그렇다면 이와 같은 구분을 근거삼아 우주적 목적 윤리에 포함되는 몇 가지 어프로치를 생각해 보기로 한다.

예컨대, 진화의 과정이 개별화個別化와 자유自由와 자아自我의 확립을 적극적으로 추구한다고 보는 머레이 북친Murray Bookchin의 어프로치는 '진화론적 비유신론적 접근evolutionary nontheistic approach非有神論的 接近'이라고 볼 수 있으며[26] 이와는 달리 진화의 산물(또는 인류)은 생성과정에 있는 신의 일부분이라고 보는 헨리크 스콜리모우스키Henryk Skolimowski의 어프로치는 '진화론적 범신론적 접근 evolutionary pantheistic approach汎神論的 接近'(경우에 따라서는 '진화론적 만유내재신론'으로 볼 수 있는 가능성도 있음)[27]으로 볼 수 있다.

또한 알프레드 노트 화이트헤드Alfred North Whitehead(1861- 1846)의 영향(기계론적 자연관을 분석피판하고 유기체론적 자연관을 제창함)을 받은 찰스 버치Charles Birch, 존 캅Johne Cobb, 데이비드 그리핀David Griffin 같은 생태철학자들은 신의 유인력persuasive power(절대력이나 강제력은 아닌)은 우주의 모든 측면을 한없이 풍부한 경험과 강렬한 생명감이 실현되도록 유인한다고 말하고 있는 점에서 이들의 접근은 말할 것도 없이 '진화론적 만유내재신론적 접근evolutionary panentheistic approach萬有內在神論的 接近'28)이라고 볼 수 있을 것이다.

끝으로 반진화론적인 경우도 생각해 볼 수가 있다. 예컨대 인간 이외의 세계에도 나름대로 그 자체의 가치가 있다고 논하는 일부 환경파 그리스도교 원리주의자들의 어프로치인 '반진화론적 초월유신론적 접근anti-evoutionary transcendent theistic approach'을 생각해 볼 수가 있다.

이들의 논거는 창세기 제1장에 하느님이 이 세상을 창조했다고 하는 사실, 하느님이 그것을 엿새 동안에 해냈다고 하는 사실(많은 그리스도교 원리주의자는 이를 이유로 진화론을 배격한다), 하느님은 당신이 역사하신 것을 살피시어 창조의 각 단계를 보시고 '참 잘 하였다' 고 여긴 사실(그리스도교 원리주의자라면 이를 이유로 인간만이 아니라 창조의 온갖 존재가 고유의 빼어난 선goodness을 갖고 있다고 주장할 수가 있다)이 명기되고 있다는 것을 내세운다.

'우주적 목적윤리'에 관해서는 적어도 우리는 다음 세 가지 점에 주목할 필요가 있다.

첫번째로, 여러 가지 종류의 존재의 고유가치를 인정하는 문제에 있어서, 고유가치를 논의하는 목적(혹은 가치, 즉 개별화, 자유, 자아의 확립, 풍부한 경험 등)을 그 존재가 가치를 구현하고 있을 때에만 인정한다고 하는 공통점을 갖고 있다는 점이다.

이 때문에 이런 관점에서 출발한 어프로치는 일반적으로 인간을 정점으로 한 고유가치의 계층구조hierarchy를 생각할 수가 있지만, 그렇다고 하여 상위의 보다 큰 고유가치를 갖는 존재가 하위의 보다 작은 고유가치를 갖는 존재를 '지배'할 권리를 갖고 있다고 볼 수 없다는 점이다.

두번째로, 이론상으로는 다른 고유가치이론과 우주적 목적윤리가 다소 차이가 있다 할지라도 실천면에 있어서는 큰 차이가 없다는 것이다.

예컨대, 찰스 버치와 존 캅은 신의 유인력이 우주의 모든 측면을 끝없이 풍부한 경험의 세계로 이끌어간다(따라서 우주의 모든 측면이 초보적인 지각감각능력을 갖추고 있다)고 하는 화이트헤드적인 관점을 취하고 있음에도 불구하고, 소립자 · 원자 · 분자 · 세포 · 식물 등의 각 수준의 존재가 풍부한 경험을 할 능력은 극히 한정되어 있는 것이기 때문에 이런 각 수준의 존재가치는 고유가치가 아니라 이용가치로 볼 수가 있으며, 이러한 것들의 존재는 일반적으로 그 자체가 목적이라고 보기보다는 수단으로서 취급해도 무방하다는 것이다.

이와는 달리, 동물 수준의 경우——(특히 고도로 발달된 신경조직을 갖추고 있는 동물)——에는 '단순히 수단으로서만 취급할 수가 없을 정도로 풍부한 경험을 할 능력이 있기 때문에 그와 같은 존재는 (그 자체가) 목적으로서 존중되어야 한다는 것이다.[29) 이런 점에서 버치와 콥의 이론 접근법은 동물해방운동과 맥을 같이 하고 있다고 볼 수 있다.

그렇지만 버치와 콥의 이론접근을 '윤리적 유정론'이나 '동물해방론'과 하나로 묶어버리는 것은 매우 심한 단순화이다. 왜냐하면 윤리적 유정론有情論이나 동물해방론은 진화의 궁극목표나 신의 본질, 신의 목적에 대해서는 전혀 언급하고 있지 않기 때문이다. 이러한 점은 생물학적 윤리 및 자기창출윤리, 생태계윤리 및 생명권윤리의 고유가치이론에도 적용된다.

세번째로, 우주적 목적윤리의 범주에 포함되고 있는 이론접근이 타 이론의 접근보다 이론異論의 여지가 많다는 점이다. 대부분의 생태철학자들이 자연주의적인 접근이론(윤리적 유정론, 생물학적 윤리, 자기창출윤리, 생태계윤리, 생명권윤리 등)보다 진화의 궁극목표나 신의 본질 내지는 신의 목적에 대한 믿음에 기반을 두고 있는 윤리를 훨씬 더 이론異論의 여지가 큰 것으로 보고 있다는 것이다.[30)

때문에 대부분의 생태철학자들이 볼 때 우주적 목적윤리의 이론적 근거가 되고 있는 전제前提의 대부분이 반증불가능하며 그만큼 타 고유가치이론보다 논쟁과 비판에 의한 수정의 여지가 적다는 것이다. 이는 과학자가 과학이론을 검토하려고 할 때 직면하는 경우와도 같이 생태철학자들이 윤리학이론을 검토하려고 할 때 직면하게 되는 결정적인 취약점이 되고 있다.

인류의 존속과 번영

개인의 생명의 가치만이 아니라 인류의 존속과 번영도 그 자체로서 가치가 있다고 많은 사람들을 생각하고 있다. 인류가 살아 남는 문제는 환경문제의 논의에 있어서 인간중심적 관점을 떠나서라도 매우 핵심적인 문제가 되고 있다.

양의 동서를 불문하여 옛부터 '인류의 멸망'이니 '이 세상의 종말'이니 하는 사상도 뒤집어 생각해보면 인간들의 생활 태도의 잘못을 지적하고 이를 개선하지 않으면 안 된다고 하는 사상의 역표현이라고 볼 수 있다. 그러기에 생태계가 병들어 가고 자연이 황폐화 되어가는 것을 불안하게 생각하는 사람들에게서 '이 상태로 간다면 인류의 종말이 찾아오고야 말 것이다'라는 말을 듣게 된다. 종교적인 구원이니 이 세상의 종말이니 하는 사상도 인간들의 잘못된 생활 태도와 밀접한 관계가 있다고 볼 수 있다.

이렇듯 인류 종말론의 사상적 배후에는 인류가 살아남는 생존 survival을 가치로 보는 관점이 전제되고 있다. 이 세상에 살고 있는 여러 인종들의 다양한 활동도 결국은 인류의 존속과 번영을 암묵적인 전제로 하고 있으며 그 기반 위에서 펼쳐지고 있다. 로날드 드워킨Ronald Dworkin(1931-)은 다음과 같이 말하고 있다.

인류가 존속·번영하지 않으면 안된다고 하는 것은, 말로는 다 표현할 수가 없고, 거부할 수도 없으며 우리들에게 그 이유는 거의 지각되어 있지 않는 일임에도 불구하고 인류의 존속과 번영은 우리가 정치적, 경제적 계획을 세울 때 절대적인 전제가 되어 있다.[31]

인류의 존속·번영의 문제는 정치적·경제적 활동만이 아니라 인간들이 추구하고 있는 일체의 활동에 그대로 적용된다. 인간들이 심혈을 기울이는 일체의 활동이란 모름지기 인류가 미래에도 영원히 존속하고 번영할 것을 바라는 활동인 것이다. 이와 같은 관점에서 드워킨은 또 이렇게 말하고 있다.

우리들의 미래 세대에 대한 관심은 정의正義의 사안에 관한 것은 절대로 아니며(미래의 세대가 권리와 이익을 소유할 것인가 아닌가의 문제는 아니라는 것) 인류의 생존과 마찬가지로 인류가 번영하는 것이 신성한 가치sacred importance를 갖는다고 하는 우리들의 본능적인 의식our instinctive sense에 관한 사안인 것이다.[32]

드워킨의 이와 같은 관점은 재악諸惡의 근원으로서의 인간의 활동에 초점을 둔 환경문제에 대한 접근이 인류의 존속과 번영이라고 하는 기반 위에서 이루어져야 함을 말해주고 있다.

생물종의 보존

생태계는 인간들의 이익중심 활동에 의해서 많은 생물종이 멸종되어 가고 있거나 멸종의 위기에 직면하고 있다. 때문에 '세계야생생물기금World Wildlife Fund(WWF)'을 비롯하여 많은 자연보호단체가 생물종의 보호를 목표로 한 활동을 펼치고 있다.

덧붙여서 말한다면 WWF는 다음 세 가지 활동을 통해서 자연의 생태계와 그 기능을 보호하는 운동을 펼치고 있다. 즉, ① 유전자·종·생태계가 각각 나름대로 지니고 있는 특성의 다양성을 보전한다. ② 재생가능한 자연자원의 지속적 이용을 추진한다. ③ 환경오염을 줄이고 자원·에너지의 낭비를 저지한다.

그런데 이와 같은 자연보호단체나 여기에 속하여 활동하고 있는 사람들에게 있어서 생물종은 어떠한 가치를 가지고 있는 것일까? 그리고 멸종의 위기에 처해 있는 생물종을 우리는 왜 보호하지 않으면 안 되는가에 대해서 생각해 볼 필요가 있다.

야생생물종을 보호하는 이유로서 일반적으로는 인간에 대한 어떤 이익을 내세우는 것이 보통이다. 요컨대 의료자원, 식량자원, 산업자원으로서의 이익, 동물의 세계로부터 얻는 삶의 교훈과 마음의 평온함이나 지적인 만족을 체험하는 등 정신적 이익 등등이 있을 수가 있다.

이와 같은 인간을 위한 직접적 및 간접적인 이익을 내세우는 것은 결국은 인간을 위해 필요하기 때문에 생물종을 보호해야 한다고 주장하는 것밖에는 되지 않는다. 때문에 이러한 주장은 생물종의 보존의 본질과 진상을 제대로 파악한 주장이라고 볼 수는 없다. 드워킨이 다음과 같이 말한 것은 이를 잘 뒷받침해주고 있다.

멸종의 위기에 직면하고 있는 종을 가치가 있다고 생각하고 있는 사람들의 대부분은 그들이 보존을 바라고 있는 동물과 만날 가능성은 거의 없을 것이다. 부엉이의 보존활동을 열심히 해온 많은 사람들이 부엉이의 서식지를 찾는다거나 동물원에서 부엉이를 관찰할 어떤 계획을 갖고 있다고 하는 것에 대해서 나로서는 의문의 여지가 있다. 또한 그들이 부엉이의 생존을 유지하므로서 그 경비를 충당시키는 데 필요한 정보를 얻을 수 있다고 생각할 것이라고도 보지 않는다. 이들이 종의 보존을 위하여 싸우는 것은 인간의 잘못된 행동과 결정이 종의 멸종을 가져오게 하고 있다는 것에 대해서 부끄러운 일이라고 생각하고 있기 때문이다. 바로 이와 같은 관점이 도구적인 가치보다 내재적인 가치를 중시하고 있다는 중요한 예증인 것이다.[33]

생명권평등과 생명중심사상에서 출발한 근원적 생태론의 사상도 지구상에 존재하고 있는 만물의 생명이 본연의 특성대로 살아갈 수 있고 그것이 발현·신장될 수 있는 자리를 지키고자 하는 사상이다. 21세기의 문화와 사상도 모든 생명이 더불어 살아가는 그 자체에 대해서 가치를 인정하는 에코패러다임의 문화와 사상이어야 할 것이다. 『어스 퍼스트*Earth First!*』의 편집자였던 데이브 포어먼Dave Forerman은 다음과 같은 말을 남김으로써 우리에게 큰 깨달음의 교훈을 주고 있다.

원생자연협회에서의 경험으로부터 나는 회의에 빠져들기 시작하였다. 왜 원생자연을 보전하여야만 하는가? 휴식에 필요한 장소를 제공해주기 때문이란 말인가?, 사진작가에게 유익한 사진작품을 만들 수 있는 소재를 주고 있기 때문인가?, 아니면 하천 유역을 보호하기 위해서 인가? 그렇지 않다. 하천을 지키는 일은 그것이 자연의 일부인 하천이기 때문이다. 그 무엇을 위해서가 아니라 하천 그 자체를 위해서이다.[34]

우리는 분명 자연의 일부로서 자연과 더불어 살아가고 있음에도 아직도 인간중심의 타성에 젖어서 자연의 일부임을 망각하거나 거부하고 있다.

벼·보리·밀 등 곡류 식물의 경우를 생각해보자. 이들은 지금으로부터 100만년 전 인간이 농경을 시작하기 전까지는 들판에 피고 지던 잡초에 지나지 않았다. 그러나 이들은 인간과 공생해 왔기 때문에 지구 제일의 지주가 되었다. 인간은 규모로 볼 때 가장 공생을 잘 한 생물들 중의 하나이다. 이제 우리가 이 지구상에 더 오래 살아남고 싶다면 우리는 호모 심비우스homo symbious(공생인)로 거듭나야 할 일이다.

이때 우리에게 필요한 것은 말만이 아니라 공생인으로서의 실천이다. 그 실천은 '이상은 지구 규모로 생각하고 실천은 가까운 곳에서부터 행동한다Think globally, act locally'고 하는 마음가짐이 필요하다.

1) Bill Devall and George Sessions, *Deep Ecology : Living as if Nature Mattered*, Salt Lake City : Peregrine Smith Books, 1985, p. 243.

2) Rachel Carson, *Silent Spring*, New York : Fawcett Crest Books, 1962.

3) Donella Meadow/Dennis Meadows/Jorgan Randers, *The Limits to Growth : A Report for the Club of Rome's Project on the Predicament of Mankind*, New York : Universe Books, 1972.

4) Edward Goldsmith and others, *A Blueprint for Survival*, Harmondsworth, Middlesex : Penguin Books, 1972.

5) Donela Meadows/et al., *Beyond the Limits*, Chelsea Green Publishing Co., 1992.

6) Lester Brown, Project Director, *State of the World 1984 : A Worldwatch Institute Report on Progress Toward a Sustainable Society*, New York : Norton, 1984, and annually thereafter.

7) Kristen S. Shrader-Frechette, "Environmental Responsibiligy and Classical Ethical Theories" in her (ed.), *Environmental Ethics*, 2nd ed., The Boxwood Press, 1991, p. 411.

8) Paul Ehrlich, *The Machinery of Nature : The Living World Around Us-and How it Works*, New York : Simon and Sckuster, 1986, p. 17.

9) Arne Naess(1912-)는 약관 27세(1939)에 오슬로 대학의 철학부장으로 발탁되었다. 그는 20대 전반에 이미 '빈 학파Vienna Circle'의 일원이었으며, 1969년 오슬로 대학 철학부장의 사임(본래는 1982년까지 재직할 수 있게 되었음)과 동시에 생태철학에 관심을 본격적으로 돌렸다. 『철학백과사전*The Encyclopedia of Philosophy*』의 「북유럽철학」의 세목細目에 의하면, 내스는 노르웨이 철학계(1967년 전후)를 국제적으로 알리는 데 독창적인 업적을 남긴 철학자(등산가로서도 유명)였으며 정체기에 있었던 노르웨이 철학을 활성화시키는 데 기여하였다. 노르웨이인 철학자 인게문드 굴바그Ingemund Gullvag도 1·2차 대전 후 및 현대 노르웨이 철학에 미친 내스의 영향을 높이 평가하고 있다.

10) Arne Naess, "The Shallow and the Deep Ecology Movement : A Summanry",

Inquiry 16(1973), pp. 95-100.

| 11) Arne Naess, *Ecology, Community and Lifestyle : Outline of an Ecology*, Translatred and revised by David Rothenberg, Cambridge : Cambridge University Press, 1989, p. 28.

| 12) 世界資源研究所 編『世界の資源と環境 1992-93-地球の現狀に発する完全デ-タ』, ダィマモンド社, 1992, p. 137.

| 13) John Rodman, "Four Forms of Ecological Consciousness Reconsidered" In *Ethics and the Environment*, Edited by Donald Scherer and Thomas Attig, Englewood Cliffs, N. J. : Prentice-Hall, 1983, pp. 82-92.

| 14) Arne Ncess, op. cit., p. 29.; Bill Devall and George Sessions, *Deep Ecology : Living as if Nature Mattered*, Salt Lake city : Peregrine Smith Books, 1985, p. 70.

| 15) Peter Singer, *Rethinking Life and Death : The Collapse of Our Traditional Ethics*, New York : St. Martin's Griffin, 1994. pp. 18-19.
싱어는 종차별speciesism(인간과 동물의 질적 차이)의 위험성에 대한 대표적인 비판자로서 쾌락과 고통을 감수할 수 있는 능력에 있어서 동물과 인간은 평등하다고 보아 무익한 동물실험이나 육식관습을 버리고 동물해방의 실현을 주장하였다(『Animal Liberation』(1996)).

| 16) 엄밀하게는 '내재적 가치'와 '고유가치'의 개념은 환경윤리학자에 따라서는 구별해서 사용하기도 한다. 예컨대 폴 테일러Paul Taylor는 내재적 가치intrinsic Value와 고유가치inherent value 또는 inherent worth / worth는 정신적으로 느낄 수 있는 가치이며 value는 효과상, 중요성의 가치)를 구별해서 사용하고 있다.(Paul W. Taylor, *Respect for Nature : A Theory of Environmental Ethics*, Princeton : Princeton University Press, 1986, p. 75ff)
또한 프레야 매튜즈Freya Mathews는 내재적 가치intrinsic value와 고유가치 inherent value를 다음과 같이 구분하고 있다. 내재적 가치는 어떤 대상이 외부의 평가자에 의해서 가치가 부여되고 안 되고 와는 상관 없이 그 자체가 가지고 있는 가치이다. 고유가치는 어떤 대상이 외부의 평가자에 의해서 유용성보다는 그 자체의 가치를 위해서 부여할 수 있는 가치이다.(Freya Mathews, *The Ecological Self*, London : Routldege, 1991, p. 178.)
데스 자딘스Des Jardins는 '어떤 한 존재는 유용성 가치가 있는 것이 아니라 그 자신을 위해서 가치가 있다면 내재적 가치를 갖는다. 또한 어떤 한 존재가 인간의 어떤 가치 부여로부터 독립하여 그 자신에 있어서 선善이라면(또는 존재 자체가 선을 갖는다면) 그것은 고유가치를 갖는다'고 말하고 있다.(Joseph R. Des Jardins, *Environmental Ethics : An Introduction to Environmental Philosophy*, Wadsworth, 1993, p. 144, p. 146.)

존 오닐John O'Neill은 '인간 이외의 존재가 '내재적 가치'를 갖는다'고 하는 점
에 대하여 환경윤리학자의 각각 다른 주장과 혼돈을 정리하여 내재적 가치를 ①
비도구적 가치non-instrumental value로서의 내재적 가치, ② 어떤 대상이 그 자
체의 '본래적 속성' '비관계적 성질non-relational properties'인 내재적 성질
intrinsic propertites에 의하여 갖는 내재적 가치, ③ 평가자의 가치부여와 독립해
서 소유하는 객관적 가치objective value로서의 내재적 가치로 구분하였다.(John
O'Neill, *Ecology, Policy and Politics : Human Well-Being and the Natural World*,
London : Routledge, 1993, pp. 8-10)

| 17) Warwick Fox, *Toward Transpersonal Ecology*, Boston, Mass. : Shambhala, 1990,
pp. 151-159.

| 18) Baird J. Callicott, "Intrinsic Value, Quantum Theory, and Environmental
Ethics", *Environmental Ethics* 7(1985), pp. 257-275. at p. 257.
Tom Regan, "The Nature and Possibility of an Environmental Ethic", *Environ-
mental Ethics* 3(1981), pp. 19-34, at p. 34.

| 19) Peter Singer, *Animal Liberation : A New Ethics for Our Treatment of Animals*,
New York : Random House, 1990.

| 20) Tom Regan, *The Case for Animal Rights*, Berkeley : University of California
Press, 1983.

| 21) Francisco S. Vavela, Humberto R. Maturana and Ricardo Uribe, "Autopoiesis
: The Organization of Living Systems, Its Characterization and a Model",
Biosystems 5(1974), pp. 187-196

| 22) Paul W. Taylor, *Respect for Nature : A Theory of Environmental Ethics*, Princeton:
Princeton Univ. Press, 1986.

| 23) Ibid., p. 119.

| 24) Aldo Leopold, *A Sand County Almanac*, Oxford : Oxford Univ. Press, 1949 ;
reprinted, Oxford Univ. Press, 1981, pp. 224-225.

| 25) James D. Heffernan, "The Land Ethic : A Critical Appraisal", *Environmental
Ethics* 4(1982), p. 247.

| 26) Murray Bookchin, *The Ecology of Freedom : The Emergence and Dissolution of
Hierarchy*, Palo Alto : Cheshire Books, 1982.

| 27) Henry Skolimowski, *Ecophilosophy : Designing New Tactics for Living*, London :
Marion Boyars, 1981, p. 117.

| 28) Charles Birch and John B. Cobb, Jr., *The Liberation of Life : From the Cell to
the Community* ; Charles Birch, On purpose(Kesenington, New South Wales : New
South Wales University Press, 1990) ; David Griffin, "Whitehead's Contributions

to a Theology of Nature", *Bucknell Review 20*(1972), pp. 3-24.

29) Birch and Cobb, *The Liberation of Life*, p. 153.

30) Richard Dawkins, *The Blind Watchmaker*, London : Penguin, 1988; Ernst Mayr, *Toward a New Philosphy of Biology : Observations of an Evolutionist*, Cambridge, Mass. : Belknap Press, 1988, chap. 3 : "The Multiple Meanings of Teleological."

31) Ronald Dworkin, *Life's Dominon : An argument about abortion, euthanasia, and individual freedom*, Alfred A. Knopf, New York, 1993, p. 76.

32) ibid., p. 78.

33) ibid., p. 75.

34) Bill McKibben, *The End of Nature*, Anchor Books, 1998(鈴木主税訳, 『自然の終焉―環境破壊の現在と未來』, 河出書房新社, 1990, p. 225.)

여덟번째
생태친화적 생활을 위하여

나는 인류와 자연 공생계를
합한 합계 이상의 의미를 지니는 만물의
살아 있는 질서를 자연이라 부른다.
자연은 만물에 내재하는 하나이며
동물과 식물, 산과 강, 바다와 바람에 내재하는 하나이다.
이 모든 만물은 자연에 속한다.
왜냐하면 그들은 자연에 의하여 그들 자신이 되기 때문이다.

클라우스 마이엘 마이어-아비히Klaus Michael Mayer-Abich
『*Aufstand für die Natur*』(1990)

환경을 위한 새로운 윤리학의 필요성

환경문제는 근원적으로는 자연의 문제가 아니라 사람의 문제이다. 요컨대 어떤 생활을 최선의 인간 생활the best human life로 보느냐의 문제이다. 다시 말해서 인간 이외의 피조물·자연계의 비도구적 가치, 본질적 가치, 객관적 가치를 인정하며 선善의 본질로 알고 있는 내재적 가치(선)를 실천·구현하는 문제라고 볼 수 있다. 즉, 윤리학의 고전적인 문제인 '사실Tatsache'과 당위'Sollen'의 문제이며 내재적 가치와 도덕적 의무의 문제이다.

존 오닐John O'Neill은 "우리는 어떤 한 존재가 그 자체로서 선善을 가지고 있다고 인정은 하면서도 전혀 양심의 가책도 없이 선에 대해서 도덕적으로 무관심할 수도 있으며 또는 선의 실현을 막는 도덕적 의무 같은 것이 있다고 생각할 수가 있다. Y는 X에게 있어서 선이다라고 할 경우 그 선(Y)이 촉진되어야 한다고 생각할 수 있는 충분한 이유가 없을 때는 Y는 반드시 실현되어야 된다고 하는 것을 내포하고 있지는 않다."[1]고 말하고 있다.

요컨대 여기서 우리가 발견할 수 있는 것은 'Y는 선이다'와 'Y는 실현되어야 한다'고 하는 양자 사이의 괴리, 객관적 선과 도덕적 의무 사이의 괴리에 어떻게 하여 그 다리를 놓고 양자 사이의 간극을 좁히느냐의 문제라고 볼 수 있다.

한스 요나스Hans Jonas(1903-1993)는 그의 저서 『책임의 원리Das Prinzip Verantwortung』)2)에서 환경문제를 철학적 · 윤리학적으로 생각해보려고 할 때 우리에게 의미있는 해결 방향과 환경문제 해결을 위한 유용한 시사점을 주고 있다.

요나스의『책임의 원리』는 부제인 '기술문명을 위한 윤리학'이 시사하고 있는 것처럼 현재의 과학기술이 고도로 발달된 사회 속에서 어떤 윤리학이 필요한가를 말해 주고 있다. 요나스에 의하면 종래의 윤리학은 사람과 사람 사이의 윤리학으로서 그의 표현을 사용한다면 인간중심적인 동시성, 직접성, 상호성의 특질을 갖는 윤리학이다. 다시 말해서 전통 윤리학은 오로지 '지금'과 '여기'에 살고 있는 인간만을 문제삼아 인간과 인간, 인간관계의 선善을 문제삼아 왔다고 요나스는 말하고 있다.

그는 관습적인 윤리학을 부정하고 아리스토텔레스적인 목적론적 자연관을 새롭게 해석하여 인간의 목적은 자연 속에 내재하고 있다는 목적론적 형이상학을 내세워 자연에는 존재 그 자체를 위한 객관적 목적이 내재하고 있기 때문에 인간은 자연에 대하여 책임(비호혜적인 미래책임nicht reziprokale Zukunftsverantwortung)을 져야 한다고 본 것이다.

요나스가 '동시성 · 직접성 · 상호성의 윤리학'에서 주로 염두에 두었던 것은 칸트Immanuel Kant(1724-1804)의 윤리학이었다. 칸트로 대표되는 종래의 동시성과 상호성의 윤리학의 입장에서 현재의 과학기술이 고도로 발달된 문명 속에서 일어난 환경문제를 생각해 볼 때 인간중심의 전통윤리학으로는 그 답을 줄 수가 없다고 생각하여 이에 대신할 수 있는 새로 윤리학을 만들지 않으면 안 된다고 하는 관점에서 집필한 책이 『책임의 원리』(1979)이다.

현대의 과학기술이 산출한 행위들의 규모가 너무나 새롭고 그 대상과 결과도 매우 새롭고 한계를 넘어섰기 때문에 전통윤리의 패러다임으로서는 이들 현상을 이해할 수도 없고 해결할 수가 없다는 것이다. 때문에 지구의 온난화, 오존층의 파괴, 지구적인 규모의 여러 가지 환경문제란, 분명하게 그 결과가 나타나는 것은 21세기 중반 혹은 현 세대가 살고 간 그 후가 될지도 모른다고 볼 때 '지금 · 여기'에 살고 있는 인간만을 다룬 윤리학의 힘으로는 환경문제의 본질을 이해할 수가 없다는 것이다.

환경문제란 깊이 생각해보면 장래의 미래 세대가 치루게 될 문제라고 볼 수 있다. 특히 인간의 미래는 자연의 미래와 밀착된 관련성에 의해 결정된다고 볼 수 있기 때문에 가장 진화된 인간이 자연의 보호자로서 그 책임을 진다고 하는 것은 너무도 당연한 윤리이며 새로운 휴머니즘이라고 볼 수 있다. 자연에는 존재 자체를 위한 객관적 목적이 내재하고 있기 때문에 우리는 자연으로부터 무언가 유용한 것을 얻어내기 위해서가 아니라 자연 그 자체를 보존할 책임을 지지 않으면 안된다.

이 책임responsibility이란 요나스가 말한 바와 같이 인과적인 책임이 아니라 비호혜적인 미래책임이며 패스모어John Passmore[3]가 말한 하느님의 대리인으로서 자연을 지배하는 관리자steward로서가 아니라 자연의 진화와 창조를 돕고 자연의 완성을 돕는 협력자로서의 책임인 것이다. 이렇듯 환경문제는 현재보다도 미래의 세대를 불행하게 만들 문제라는 점에서 그 심각성을 가지고 있다.

독일에서는 이미 2020년까지 원자력발전소를 전부 폐지 또는 가동정지할 계획을 수립하였다고 한다. 우리 나라는 아직 이와 같은 계획같은 것은 수립되고 있지 않는 것으로 알고 있다. 이와 같은 원자력 발전시설 폐지 문제는 우리나라의 경우는 총발전량의 40% 정도를 생산해내고 있다는 점에서 석탄이 풍부한 독일과는 다른 관점에서 그 대안을 찾아야 할 것이라고 본다.

그러나 분명하게 문제가 되는 것은 그 전력으로 오늘의 우리 세대는 편리하고 쾌적하게 살아갈 수가 있지만 그 결과 미래의 세대가 핵폐기물을 어떻게 처리할 것이며 핵폐기물의 영향이 어떤 결과를 가져올 것인지이다. 이는 현재의 기술로는 핵폐기물을 완전하게 처리할 수는 없기 때문에 더욱 그러하다. 이 문제는 현재의 우리들의 편리한 생활이 후손들에게 여러 가지 형태의 치명적인 영향을 미치게 된다고 하는 것을 의미한다고 볼 수 있다.

우리는 지금, 지구가 온난화되어 가고 있다고 말은 하지만 실제로는 무관심하고 둔감한 탓인지 그렇게 심각한 문제로 인식되고 있지는 않다고 생각한다. 무릇 환경문제의 영향이 구체적으로 나타나는 것은 미래의 세대에 있어서이다. 때문에 종래의 동시성·상호성의 정통 윤리학으로는 이와 같은 '환경문제의 본질을 파악할 수가 없을 것이다.

환경윤리란 생태계의 위기와 자연의 황폐화에 직면한 인류가 인간 이외의 생명가치와 존재의 내재적 가치를 실천할 수 있는 생태지향적인 규범 및 타당성을 탐구하는 것이라고 보았을 때, 환경윤리는 현재 살고 있는 사람만이 아니라 앞으로 태어날 미래세대에 대한 도덕적 의무를 부과하고 있다. 요컨대 미래세대를 위해 현세대가 이행해야 할 의무의 근거와 책임의 본질을 탐구하는데 있다.

요나스는 이런 관점에서 미래의 세대에 대한 책임의 윤리로서 새로운 윤리학의 필요성을 주장한 것이며 이 책임의 윤리를 철학적으로 그 기초를 튼튼하게 하려고 마음 먹었던 것이 『책임의 원리』로 결실을 맺게 된 것이다.

그렇지만 환경을 지키려고 할 때 제기되는 또하나의 관점이 있다. 그것은 자연 그 자체에서 가치를 찾아 자연보호를 하게 된다는 관점이다. 즉 인간과는 독립해서 존재하는 자연의 가치를 지킨다고 하는 관점도 환경윤리학의 문제로서 제기된다.

이와 같이 자연 그 자체에서 가치를 찾아내야 한다고 보는 관점도 전통 윤리학에서는 제기될 수도 없는 발상이다. 여기에는 다양한 종이 서로 협력하고 의지해 살아가면서 생태계를 유지해가고 있다는 관점이 그 기저에 깔려 있다.

종래의 윤리학은 앞에서도 말한 바와 같이 동시성이나 상호성의 윤리학일 뿐만 아니라 인간중심의 윤리학이기도 하였다. 주지하는 바와 같이 '윤리'[4]를 인간과 인간 사이에 지켜야 할 '도리'이며 인간상호간에 행해야 할 것(善)과 행해서는 안 될 것(惡)을 구별하는 행동규범과 같이 생각했기 때문에, 윤리학은 사람과 사람 사이에서 일어나는 문제를 다루어 왔다.

그러나 환경문제에서 제기되고 있는 윤리 문제는 인간과 인간 사이의 문제만이 아니라 인간이 자연을 파괴하고 있으며 자연 속에 존재하고 있는 각종 생물들을 멸종시키고 있다는 문제이다. 이 문제는 먹이사슬의 최고 정점에 있는 인간종을 중심으로 한 윤리학과는 다른 새로운 윤리학이 필요함을 요청하게 되며, 인간으로부터 독립시켜 자연 그 자체에서 가치를 발견해내는 윤리학이 필요하다는 것을 말해 주고 있다. 이와 같은 필요성을 주장하고 있는 것이 근원적(심층) 생태론deep ecology[5)의 사상이다.

요컨대 미래의 세대에 대한 책임이든 자연에 내재하고 있는 가치를 발견하고 이를 보존하는 사상이든, 기본적인 것은 환경문제와 같은 현대의 고도로 발달한 과학기술문명 속에서 일어난 문제에 대해서는 종래의 전통윤리학의 이론으로는 그 해답을 줄 수가 없다는 데 있다. 요나스의 『책임의 원리』라고 하는 책도 인간중심의 전통윤리학을 대신할 수 있는 새로운 윤리학을 만들고자 구상했던 것 중의 하나라고 볼 수 있다.

자연환경에 친화적인 생활

흔히 '자연 친화적인 생활' 또는 '환경 친화적인' 생활이라는 말을 곧잘 사용하는 것을 들을 수가 있거니와 과연 이 말은 어떤 생활을 말하고 있는 것일까?

그것은 인간의 활동들이 환경용량environmental capacty(자연에는 본래 자정능력이 갖추어져 있었다. 때문에 자정능력의 범위 내에서 폐기물을 버리는 것은 별 문제가 없다. 이렇듯 환경이 가지고 있는 자정능력의 한계를 환경용량이라고 함)을 넘어서 버렸기 때문에 인간의 생활을 자연의 자정능력의 한도 내로 억제 또는 조정하는 생활이라고 볼 수 있다. 이런 생활이야말로 환경문제 해결의 기본적 관건이며 또한 환경친화적, 자연친화적인 생활의 요체인 것이다.

인간이 필요불가결한 자원을 소비하고 오염물질을 산출해내는 속도는 대부분의 경우 이미 물리적으로 지속가능한 속도를 넘어서 버렸다. 이제 우리는 물질 및 에너지의 소비 흐름을 대폭 줄이고 보다 많은 것을 소유함으로써 얻는 자기충족감보다 적은 것에 감사하고 만족할 줄 아는 생활태도가 필요하다.

이러한 태도를 갖고 사는 사람은 인간이 살아가는 궁극적인 목적을 물질적인 욕구를 충족시키는 데다 두지 않고 우주 진리와의 합일을 꾀하며 사는 데서 만족을 얻으며 인간적인 해방감을 체험하는 데다 두게 된다. 물질적인 욕망과 감각적 쾌감에 몸을 맡긴 나머지 물욕에 붙잡혀 살고 있는 사람은 아무리 많이 소유하고 있어도 불안해하고 만족할 줄 몰라 오만에 빠지게 된다. 결국 이런 사람의 삶이란 소유욕의 노예가 되고 있기 때문에 만족을 모르는 불행한 삶이 되지 않을 수가 없다.

그렇지만 최근 자연생태를 배려한 생활(소비)이 여러 가지 형태로 펼쳐지고 있다. 예컨대, '녹색소비자Green Consumer'를 표방한 운동도 그 한 예가 될 것이다. 참고로 한 녹색소비자의 10원칙을 소개

하면 다음과 같다.6)

① 필요한 것과 필요한 양만큼만 산다.
② 용기容器는 다시 사용할 수 있는 것을 선택한다.
③ 가급적 오래 사용할 수 있는 상품을 선택한다.
④ 사용단계에서 환경에 미치는 영향이 적은 것을 선택한다.
⑤ 제품을 만들 때 환경을 오염시키지 않으며, 만드는 사람의 건강을 해치지 않는 것을 선택한다.
⑥ 자신과 가족의 건강 및 안전을 해치지 않는 것을 선택한다.
⑦ 사용한 후 재활용할 수 있는 것을 선택한다.
⑧ 재생품을 선택한다.
⑨ 생산·유통·사용·폐기의 각 단계에서 자원과 에너지를 낭비하지 않는 것을 선택한다.
⑩ 환경대책에 적극적인 메이커나 점포를 선택한다.

이와 같은 원칙 하에서 생활하는 사람이라면 윤리적 소비자ethical consumer라고도 볼 수 있다. 왜냐하면 자연환경을 배려한 생활방식은 자연환경에 친화적인 생활방식일 뿐만 아니라 자연에 대해서 책임을 지는 윤리적으로 가치있는 생활방식이기 때문이다.

미국의 시민단체의 하나인 '지구연구단체The Earth Works Group'에서 편집한 『지구를 구제할 수 있는 간단한 50가지 방법50 Simple Things You Can Do to Save The Earth』(1989)에서도 자연환경에 친화적인 생활이란 어떤 생활인가를 다음과 같이 말하고 있다.

냉장고에 물건을 넣을 때는 은박지나 랩필름으로 싸는 것보다는 몇 번이고 쓸 수 있는 터퍼웨어tupperware같은 용기에 넣어 두자. …… 주방이나 세면대의 수도꼭지에 절수용 장치를 장착하게 되면 물을 절약할 수가 있다. …… (차를 살 때는) 에어콘은 꼭 필요한지 생각해보자. 에어컨은 생태계의 대적이다. 지구의 온실효과를 직접 촉진하거나 에어컨으로부터 배출되는 프레온 가스Freon(클로로플루오르카본chlorofluoro-carbon/CFCs)가 오존층을 파괴할 뿐만 아니라 에어컨을 장착한만큼 차체가 무거워지기 때문에 에어컨을 사용하지 않을 경우에도 휘발유가 더 소요된다.[7]

이와 같은 생활은 '낭비를 피하고 자율적으로 검소한 생활을 하기 위하여 필요한 것 필요한 양만을 소비한다고 하는 윤리의 덕목과 같은 의미를 갖는다.

그러나 문제는 이를 실천할 수 있느냐에 있다.

알란 더닝Alan Thein Durning은 또 다음과 같이 말하고 있다.

소비사회를 지속 가능한 사회로 바꿔간다고 하는 것은 상상도 할수 없을 만큼 어렵다. 누구나 고도의 소비생활(윤택하고 편리한 생활)을 하고자 바라고 있기 때문이다. 자동차 같은 것은 없어도 좋으며 넓은 녹지를 갖는 큰 집도 필요 없으며, 여름에 덥고 겨울에 추워도 상관없다고 생각하는 사람들이 있을 것인가? 몇 세기에 걸친 경제사의 추세와 55억 인구의 물질욕은 어김없이 소비를 증대시키는 방향으로 영향을 주고 있다.[8]

더닝은 이처럼 말하였지만 환경문제 해결에 있어서 비관적이지는 않았다. 그는 소비를 제한함으로써 참다운 의미의 자유인이 될 수 있다고 본 것이다. 그리고 사람들이 과분한 욕망에 붙들리어 날뛰거나 휘두르지 않고 진정으로 필요한 것만을 소유하고 소비하게 된다면 미래는 밝다고 본 것이다. 우리는 '무엇이 진정으로 내게 있어서 필요한가?'를 자신에게 묻는 자세로 살아감으로써 과분하고 부질없는 욕망과 정념情念에 내쫓기지 않고 더닝이 말하는 '인간의 집'으로 돌아갈 수 있게 될 것이다.

그는 『얼마만큼 소비하게 되면 만족할 것인가?*How Much is Enough?*』(1992)에서 '인간의 집'으로 돌아가는 것을 다음과 같은 글로 호소하고 있다.

지상 생명의 미래는 물질적인 욕구충족에 내몰리고 있는 우리들이 비물질적인 원천으로 만족할 수 있는 방향으로 얼마만큼 전환하느냐에 달려 있다. ……자동차와 비행기를 발견한 우리가 자전거나 버스·전차로 되돌아 갈 수 있을 것인가? 도시화에 따른 건물의 스프롤 현상sprawl(무질서한 살풍경현상)이나 대형 쇼핑몰이 아니라 신체·건강조건·가족·공통체·인생의 의미와 질서 등에 부합된 주거환경을 다시 만들 수 있을 것인가? 고지방식품이나 정크푸드를 만들지 않고 유기농 건강식품으로 영양을 섭취할 수가 있을 것인가?……과잉소비가 아니라 지족知足함을 아는 철학에 따라서 살아갈 때 우리는 문화적인 의미에 있어서 인간의 집으로 돌아갈 수가 있다. 그리고 가족이나 공동체, 보람있는 생활, 훌륭한 인생이라고 하는 옛부터 내려온 인생의 질서로 돌아갈 수가 있다.…… 인생을 보내기에 손색없는 공동체로 그리고 자신에게 이어지고 있는 지난 몇 세대의 아름다운 추억의 고향으로 돌아갈 수가 있다.9)

소비제한의 의무를 올바르게 이해하자

　환경문제란 궁극적으로는 자연환경에 대한 인간의 행위에 관계되는 것이기 때문에, 개인의 어떤 취향의 문제가 아니라 본질적으로는 윤리적인 문제이다. 예컨대, CO_2의 규제, 프레온 가스의 규제, 골프장의 규제, 야생생물의 보호 등 개개인의 행위의 윤리에 귀착된다. 그 중에서도 개개인의 소비생활의 제한을 통해서 환경위기를 극복하려는 노력은 자연환경파괴의 원인의 하나가 대량소비, 대량폐기로 이어지는 소비생활에 있다고 볼 때 환경윤리의 차원에서 큰 의미를 갖는다.

　그렇다면 소비의 제한이 갖는 의미와 이유는 무엇일까? 이 문제에 대해서 생각해 보기 전에 먼저 소비생활의 제한은 ① 가난하게 생활하는 것 ② 자연으로 돌아가라는 주장에 따른 생활방식을 선택하는 것 ③ 정부에 의한 물자 · 자원의 배급제 하에서 생활하는 것과는 다르다는 것을 생각해 볼 필요가 있다.[10]

　첫째로, 소비를 제한하다는 것은 빈곤 속에서 살아갈 것을 권장하는 것은 아니다. 사람은 어느 정도의 경제력과 물질을 소유하고 있지 않을 때는 자신의 소유형태나 구입형태에 대해서 다시 생각해보고 검토할 마음의 여유도 생기지 않으며 또한 이를 가능케 하는 심적인 동기도 유발되지 않을 것이다. 알란 더닝도 다음과 같이 말하고 있다.

과잉소비의 대극對極에 있는 생활 – 빈곤 – 은 환경문제나 인간문제를 해결해주지는 않는다. 빈곤은 인간에게 있어서 누구도 바라고 있는 것도 아니며 자연계에 있어서도 좋은 일은 못된다. 내쫓긴 농민은 산의 나무를 베고 불태워 중남미의 열대우림의 오지를 헤치고 들어간다. 식생활이 어렵게 된 유목민은 가축의 무리를 아프리카의 방목지에 풀어놓음으로써 사막화시켜 버린다. 인도나 필펜의 영세농민은 급경사지를 개간함으로써 비의 침식력에 의해 매몰되고 만다. 세계에서는 10억을 넘는 사람들이 극빈생활을 하고 있지만 그중 반은 생태학적으로나 경제적으로도 빈곤화의 나선螺線으로부터 벗어날 수 없게 되어 있다.[11]

요컨대 소비의 제한을 주장하는 것은 결코 궁핍한 생활을 하라는 의미는 아니다. 빈곤은 자연환경을 지키는데도 도움이 안되기 때문이다.

두 번째로, ‘자연으로 돌아가라’고 하는 주장에 따른 생활양식을 선택하는 것이 소비를 제한하는 것과는 다르다는 점이다. 그것은 과분하고 사치스러운 욕망이나 타인의 기대보다도 자기 필요성에 근거하여 소비하고 검소하게 산다는 것이 농촌·도시의 어느 곳에 사는 사람들에게 있어도 가능하기 때문이다. 반드시 농촌(자연)으로 돌아가 사는 것이 소비를 제한하는 길의 전부는 아니다.

세번째로, 개인이 자진해서 소비를 제한하는 문제와 정부가 물자와 자원을 비시장적인 분배수단을 이용하여 관리하는 문제는 별도이다. 어디까지나 윤리적으로 의미가 있는 것은 자율적으로 소비를 제한하고 검소하게 생활하는 데 있다. 물론 이 점에 대해서는 사회적인 문제를 전적으로 개인적인 차원에서 해결한다고 비판할 수도 있을 것이다.

  이렇듯 '소비의 제한'이 의미하고 있는 것은 요컨대 지나친 또는
맹목적인 욕망이나 타인의 기대를 충족시키기 위해서가 아니라 진
정한 필요와 자연친화적인 만족을 얻는다고 하는 것이 소비형태의
근거가 되어야 한다는 것을 말해 주고 있다. 다시 말해서 낭비를
피하고 정말 필요한 것만을 소비해야 한다는 말이다. 그러나 문제
는 어찌하여 그런 의무가 선진국에 사는 우리에게만 있느냐고 이
의를 제기하는 경우이다.
  소비제한의 의미를 이렇게 볼 때 그렇다면 우리가 소비제한을
지지할 수 있는 이유는 무엇인가? 여기에는 크게 나누어 다음과 같
은 세 가지 이유가 있다.

  첫째는 환경위기를 회피하기 위하여 소비를 제한할 의무가 있는
점이다.
  둘째로 정의正義의 관점에서 소비를 제한할 의무가 있다.
  셋째로, 인격적 자유人格的 自由의 고양을 위해 소비를 제한할 의
무가 있다.
  다음에 이들 하나 하나의 이유에 대해서 생각해 보고자 한다.

환경위기의 회피

  우리가 소비를 제한해야 하는 것은 환경위기를 회피하기 위해서
이다. 이는 너무도 당연한 말이다. 그러나 이 당연한 사실을 인정하

지 않으려는 사람도 있다. 이런 사람은 자연환경의 상태를 과장해서 위기감을 부채질하고 있는 것으로 생각한다. 이와 같은 의견이 나올 수 있는 것은 지구적 규모의 환경위기를 우리의 눈으로 직접 볼 수 없기 때문인지도 모른다.

예컨대, 지구 온난화의 문제 하나만을 보아도 우리는 이를 직접 눈으로 볼 수는 없다. 또한 많은 생물종이 멸종되고 있다고 하지만 우리는 이를 실감할 수가 없다. 환경문제의 어려운 점의 하나는 바로 여기에 있다.

환경문제와 우리들의 일상생활을 연결시켜 주고 있는 것은 과학적 지식이다. 과학의 지식을 통하지 않고서는 환경문제와 우리들의 일상생활과의 연결은 기대할 수가 없다. 단순히 우리가 살고 있는 환경에 눈을 돌리는 것만으로는 환경문제를 '문제'로서 파악할 수는 없다.

현재 자연환경이 얼마만큼 위기적인 상황에 처해 있는가는 과학(자연과학 및 사회과학)의 지식을 통해서만이 가능하다. 최근에 들어서 환경위기를 설명해 줄 수 있는 책들이 많이 출판되고 있는 것은 퍽 다행스러운 일이다. 예컨대 '지구감시연구소Worldwatch Institute'에서 매년 보고서 형식으로 출판되고 있는 『지구백서State of the World』는 그 중에서도 크게 도움이 되고 있다. 우리는 이 보고서(또는 이와 유사한 서적)를 통해서 자연환경이 얼마만큼 병들고 생태계가 파괴되어 가고 있는가를 알 수 있기 때문이다.

그 결과 지구온난화의 원인이 되는 온실효과 가스green house effect gas로서 이산화탄소CO_2, 프레온 가스freon gas, 메탄CH_4, 대류권 오존O_3, 이산화질소N_2O, 수증기H_2O 등이 있다는 것을 알게 하였으며 또한 지구의 보호막 역할을 하며 생물에 유해한 자외선을 흡수해주는 오존층을 파괴하는 주범이 프레온임을 알 수 있게 하였을 뿐만 아니라 오존층의 파괴는 인체의 면역기능을 저하시켜 각종 질병의 감염발생율을 높이게 되며 동식물의 성장과 생산력을 억제하게 된다는 것도 알 수 있게 하였다.

특히 대량소비로 인하여 발생하는 대량폐기물의 소각에 따르는 다이옥신류dioxins[12)와   각종   환경호르몬(내분비교란물질endocrine disruptors)은 사람의 경우 정자수 · 정액량의 감소, 정자운동률의 저하, 질암, 자궁암, 정소암, 전립선암, 유방암 환자의 증가, 신생아의 성기이상 등을 발생시킬 수 있는 가능성을 지적해 주고 있으며, 동물의 경우도 성 · 생식 · 발육 등 생명체의 근간에 유해한 영향을 주게 된다는 것을 밝혀 주고 있다.

이렇듯 각종 환경문제는 결국 소비자에게 책임이 있으며 자연환경은 유한함에도 인간의 생활은 이미 자연의 부양능력carrying capacity을 넘어서 버렸기 때문에 환경문제해결이란 인간의 활동을 자연의 부양능력의 한도 내로 조절하는 데 있다고 볼 수 있다. 그 구체적인 방법이 소비를 제한하는 일이다.

분배적 공정성의 실현

소비제한을 지지하는 이유는 환경위기를 회피하는 데만 있지 않다. 자원의 사용방식도 그 이유의 하나가 된다. 여러 조사보고에 의하면[13), 철강 · 종이, 시맨트 소비량이 선진국과 개발도상국가 간에도 격차가 있으며 선진국은 1인당 에너지 소비량이 개발도상국의 1인당 에너지 소비량의 4.5배에 이르며 특히 세계인구의 1/4에 지나지 않는 공업국이 지구상의 각종 자연자원의 40%에서 80%를 소비하고 있다고 한다. 이 사실은 누가 보아도 분명히 불공정한 처사이며 정의의 감각sense of justice에 반反하고 있다.

이는 비유컨대 극소수의 사람이 부富를 독점하고 있는 반면에 대다수의 사람이 빈곤하게 살고 있는 상태와도 같다. 분배적 정의distributive justice가 요구하는 것은 희소가치의 물자와 기회를 공평하게 분배하는 데 있다. 이 경우에 적정한 분배란 매우 어려운 문제이기는 하지만 그러나 자원과 환경을 중심으로 일어나고 있는 현재의 상태가 '공정성'으로부터 너무도 멀리 떨어져 있다는 사실은 그 누구도 부정할 수는 없을 것이다.

여기에다 환경문제를 주제로 한 국제회의 같은 데서도 불공정성의 문제를 더욱 키우고 있다고 본다. 선진국의 대량생산·대량소비·대량폐기가 자연환경을 악화시켜온 원흉임에도 불구하고 선진국은 국력으로 자국에 유리하게 일률적인 규준을 만들어 이를 강압적으로 적용시키려고 하는 처사가 그러하다. 이 경우에 개발도상국가가 이러한 압력에 승복할 수 없다고 주장하는 것은 너무도 당연한 주장이다.

선진국의 대량소비형태는 현재의 개발도상국가에 대한 분배적 정의의 원칙에만 반하고 있는 것은 아니다. 말할 것도 없이 지구는 무조건 지금의 우리들을 위해서만 존재하고 있지는 않다. 우리들의 후손과 미래의 세대를 위해서도 존재한다. 이 경우에 그들도 지구상에서 살아가는 이상 많은 자원을 필요로 하며 무엇보다도 맑은 물과 깨끗한 대기를 필요로 할 것이기 때문이다.

만약에 선진국이 현재의 비율로 석유와 같은 재생불가능한 자원을 계속 소비해간다면 언젠가는 자원은 고갈되고 말 것이다. 어떤 점에서는 자원이 고갈되기 전에 소비사회를 위한 자원의 개발과 이용으로 인한 배출물을 증가시킴으로써 유독물질을 여기 저기 퍼뜨려서 회복할 수 없을 정도로 삼림·토양·물·대기를 훼손하거나 오염시켜 버릴 수도 있을 것이다.

더욱 가슴 아픈일은 현세대의 소비생활이 미래세대의 삶의 질 Quality of Life를 저하시키게 된다고 하는 것을 의미하고 있다는 점이다. 과연 우리에게는 미래세대의 삶의 질을 저하시킬 수 있는 권리가 있단 말인가? 이 물음에 자신있게 대답할 사람은 누구이며 있다면 어떻게 말할 것인지 한번 생각해 볼 만한 일이다.

분배적 정의의 문제는 이렇듯 같은 세대 내의 분배나 세대 간의 분배의 문제로만 끝나지는 않는다. 나아가서는 인간과 자연과의 사이의 분배에까지 확대해서 생각할 수가 있다.

이 지구 상에 생존하고 있는 것은 오직 인간만은 아니다. 인간 이외의 생물도 많이 생존하고 있으며 우리는 그런 생물들에 크게 의존하면서 살고 있다. 다른 생물들도 사정은 마찬가지이다. 이렇듯 모든 생물들은 상호의존적 관계 하에서 살고 있는 것이다. 그럼에도 불구하고 인간은 자기들의 이익과 편의와 향락만을 위하여 인간 이외의 생물이나 생물이 살아가는 데 필요한 생태계를 이용하며 개변改變하고 피괴하고 있다. 이 경우에도 과연 우리에게는 그러한 권리가 있다고 볼 수 있을 것인가?

이상과 같은 관점에서 우리에게는 발전도상국, 미래의 세대, 타 생물과의 사이의 공정성을 실현하기 위하여 소비를 제한할 의무가 있는 것이다.

인격적 자유의 향상

소비제한을 지지할 수 있는 세번째의 이유는 소비를 제한하는 일은 본인 자신을 위해서도 도움이 된다고 하는 점이다. 크리스틴 슈레더 프레쳇트Kristen S. Shrader-Frechette는 다음과 같이 말하고 있다.

> 소비를 제한하고 자진해서 검소한 생활을 하게 되면 삶에 대한 보다 큰 자각을 할 수 있는 준비를 할 수가 있고, 자기생활의 질을 높이고 보다 많은 인격적 자유를 얻을 수가 있게 된다. 또한 자진해서 욕구를 억제하는 일은 탐욕과 자기중심주의적인 경향을 억제하기 위한 유효한 방법일 것이다.14)

세속적인 사회에서의 사람들의 소비심리란 같은 값이면 좀더 좋은 것, 좀더 고가의 고급명품, 좀더 크고 아름다운 것을 소유하고자 하는 끝없는 욕망과 정념情念에 사로잡혀 있는 것으로 볼 수 있기 때문에 이들 물욕과 소비심리로부터 자유롭게 된다고 하는 것은 매우 어려운 일이다. 이 문제는 바로 다름 아닌 자기와의 대결의 문제이기도 하다.

이와 같은 문제에 대하여서는 많은 철학자나 심리학자, 종교가들이 언급해 왔다.

신프로이트학파neo-Freudian를 대표한 한 사람이었고 사회심리학자이자 휴머니즘 사상가로서 우리에게 큰 교훈을 준 에리히 프롬 Erich Fromm(1900-1980)은 그의 『소유냐 존재냐To Have or To Be?』(1976)의 책 속에서, 인간의 기본적인 존재양식으로서 필요한 '갖는다는 것(소유)'과 '있다는 것(존재)'에 관하여 언급하여 현대인에게 있어서 지배적인 전자(소유)의 존재양식을 예리하게 비판하고 있다.[15]

소유와 소비란 결코 그것만으로 인간에게 참된 행복을 가져다 주지는 못한다. 오히려 그런 욕구로부터 해방됨으로써만이 우리는 자유롭게 될 수가 있다. 이러한 사상이나 주장은 양의 동서를 막론하고 옛부터 있어 왔다. 다만 이를 내면화하여 실천하지 못했을 뿐이다.

깊이 생각해 보면 소비도 소유의 변형된 한 형태이며(프롬은 먹고 마시는 것을 인코퍼레이션incorporation'로 보아 이를 소유의 낡은 형태라고 보았다.) 이는 산업사회의 중요한 소유형태이다. 이러한 소비는 자기가 소유하고 있는 것을 빼앗길 수 없다는 이유에서 차라리 소비해버림으로써 빼앗길 걱정을 덜어준 셈이 된다는 것이다. 왜냐하면 소비가 곧 변형된 소유의 일부 만족성을 채워 주기 때문이다.

에리히 프롬은 『소유냐 존재냐』의 책 속에서 자연과 인간의 관계를 상징적인 예를 들어 설명하기 위하여 세 사람의 유명시인, 테니슨Alfred Tennyson(1809-1892/영국), 마쓰오 바쇼松尾芭蕉(1644-1694/일본/5・7・5의 3구 17음으로 된 단형시短形詩인 하이구俳句=하이가이핫구 俳諧發句의 시인), 괴테Johan Wolfgang Goethe(1749-1832/독일)의 한 꽃에 대한

반응·태도를 비교 설명함으로써 우리에게 의미있는 시사를 해주고 있다.[16]

테니슨의 경우는 꽃을 꺾어 소유함으로써, 바쇼의 경우는 꽃을 자연 속에 그대로 두고 봄으로써, 괴테의 경우는 테니슨과 바쇼의 중도적 입장인 꽃을 살아 있는 상태로 분을 떠서 정원에다 심어 번식시킴으로서 각각 꽃의 아름다움·신비감·생명의 의미를 느낀다고 했을 때, 이중 어느 경우에 인격적 자유를 얻을 수 있을 것인가를 생각해보자.

우선 생각해 볼 수 있는 것은 환경주의자라고 해서 자연에 대해서 바쇼와 같은 순수한 관상적觀想的 태도를 취할 것을 현실적으로 강조할 수 없다는 점이다. 그러한 태도란 사회적 실천의 원리로서는 불가능하기 때문이다. 따라서 그런 관상주의나 자연에 대한 불간섭주의를 주장하는 차원에서 환경을 논한 것은 현실적으로 온당치 않다는 것이다.

환경주의자가 비판하는 것은 테니슨과 같이 소유욕에서 싹튼 자연에 대한 태도이다. 요컨대 프롬이 말하는 과학자의 태도뿐만 아니라 산업사회에서 살아가고 있는 사람들의 자연으로부터 얻을 수 있는 것은 무엇이든지 모든 것을 다 얻고자 하는 태도이다.

이와 같은 점에서 볼 때 바쇼의 관상주의적이며 자연불간섭주의적인 태도는 이상적인 면에서 그 의미가 있지만 현실적인 면에서는 괴테의 태도가 자연의 생명을 살릴 수 있는 길이 된다고 볼 수도 있을 것이다.

우리는 과잉소비가 아니라 분수를 지키어 만족할 줄 아는 지족知足의 철학을 수용하며 이에 따라서 살아갈 때 과욕을 억제하고 인생을 더불어 살아가는 공동체에 돌아갈 수가 있으며 자신에 이어져 있는 전·후세대에 대한 감사와 책임으로 충만한 자기로 돌아갈 수가 있을 것이다.

프롬이 "사치는 가난과 똑같은 악덕이며 우리의 목표는 풍부하게 소유하는 것이 아니라 풍요롭게 생존하는 것이어야 한다"[17]고 말한 마르크스Karl Marx(1818-1883)의 말을 인용한 것도 우리에게 소유와 존재의 의미의 차이가 무엇인가를 다시 한 번 생각해 보게 한다.

실천의 어려움

자연친화적이며 소비를 억제(자유의 제한)한 생활을 한다는 것은 말처럼 그렇게 쉽지는 않다. 여기에는 그럴 수밖에 없는 이유가 있다고 생각한다.

첫째로 현대의 환경문제는 과학기술의 발전에 의해서 야기된 것이기 때문에 그 해결도 과학기술을 통해서 해야 한다고 하는 입장이 있다. 요컨대 앞에서 말한 것처럼 개개인의 생활방식을 개선하지 않아도 과학기술을 사용하여 환경문제를 해결할 수 있다고 보는 의견이다.

둘째로, 인간에게는 불이익과 불편함은 피하고 자기이익만을 구하고자 하는 에고이즘의 심리가 의식의 밑바닥에 뿌리깊이 남아 있다는 입장이다. 때문에 사람들이 일단 쾌적하고 편리한 생활을 하게 되면 이를 포기하려고 하는 것은 생각할 수 없을 만큼 어려운 일이다.

예컨대 자동차를 이용하기보다는 자전거나 지하철·전차를 이용하는 쪽이 에너지 문제의 측면에서나 대기오염과 산성비의 측면에서 볼 때 자연환경에 친화적인 방법임은 너무도 당연한 일로 잘 알고 있지만 이를 실천하기 위해서 자동차 이용의 편리성을 스스로 포기한다는 것은 생각할 수 없으리만큼 어려운 일이다. 이와 같은 경우란 수없이 많다.

이렇듯 인간의 삶과 이기적인 태도는 환경관리·환경윤리의 실제에 있어서 환경문제의 기본적인 원인이 되고 있으며 이런 상태로부터의 해방이란 참으로 어려운 일이다. 왜냐하면 인간은 구제하기 어려울 정도로 자기에 집착執着하고 있는 존재이기 때문이다.

또한 환경에 친화적이며 자연을 소생시킬 수 있고 지구를 구제할 수 있는 방법(예컨대 EM의 활용)[18]이 계발되어 있다 할지라도 이를 실천하는 데 있어서는 이만저만한 노력이 필요한 것이 아니기 때문에 사람들은 번거롭게 생각하여 이를 피하게 된다.

이상 말한 이유 이외에도 생태친화적인 생활ecological life의 실천을 어렵게 만들고 있는 이유는 얼마든지 있다.

피터 싱어Peter Singer는 환경보호를 위한 실천윤리의 관점에서 다음과 같이 말하고 있다.

환경윤리의 관점에서 볼 때 어떤 종류의 레크리에이션을 선택할 것인가는 윤리적으로 보아 어떤 것을 선택하든 상관 없다고 볼 수는 없다. 예컨대 우리들이 자동차 경주를 할 것인가, 자전거 경륜을 할 것인가, 수상스키를 할 것인가, 윈드서핑을 할 것인가에 있어서 그 선택은 단순히 취미나 기호의 문제로만 보지 않는다. 여기에는 본질적인 차이가 있다. 자동차 경주나 수상스키는 화석연료를 소비하며 대기에 이산화탄소를 배출하게 되지만 사이클링이나 윈드서핑은 그렇지 않다는 것을 알아야 한다. 우리가 환경을 보존할 필요를 일단 받아들인 이상 모터레이스나 수상스키는 용인할 수 있는 오락은 아닐 것이다.[19]

이렇게 생각한다면 우리가 무심코 즐기는 레크리에이션도 경우에 따라서는 환경윤리 면에서 문제가 되며 용인할 수 없는 것도 있다는 것을 알아야 할 것이며, 힘들고 기호에는 맞지 않더라도 환경보호의 차원에서 레크리에션을 선택하는 생태윤리에 대한 의식을 간직할 필요가 있을 것이다.

우리가 좀 번거롭더라도 하나 하나의 행동에 있어서 그것이 환경에 어떤 영향을 주게 될 것인지에 대해서 세심하게 생각하는 것은 실천윤리의 요체라고 볼 수 있다. 물론 여기에는 상당한 희생의 감수와 지족知足의 생활에서 삶의 의미를 찾는다고 하는 '자유'의 제한이 전제되고 있다는 것도 알아야 할 것이다.

자유의 제한

앞에서 말한 바와 같이 환경 친화적인 생활을 한다는 것이 매우 어렵고, 실천하기에 힘든 이유가 여러 가지 있다는 것을 생각할 수가 있을 것이다. 그러나 필자가 생각하기에 가장 큰 이유의 하나는 환경을 보호한다는 것이 개인의 자유를 제한하게 되는 것처럼 생각하게 된다는 데 있다.

앞에서 인용한 싱어의 실천윤리의 의견에 대해서 이를 힘들고 귀찮으며 못마땅하게 생각하는 것도 레크리에이션을 자유롭게 선택할 수가 없기 때문일 것이다. 이런 사람은 '레크리에이션으로서 모터레이스를 하든 수상스키를 하든 그것은 개인의 자유가 아닌가', '제3자로부터 이러쿵 저러쿵 말을 들어야 한 성질의 것은 아니다'라고 말하게 될 것이다.

그렇지만 문제가 되는 것은 자연환경을 보호하고 생태계를 소생시키기 위하여서는 개인의 자유가 대폭 제한되는 데 있다. 그 결과 현대인의 저항 가운데는 이런 의미의 자유의 제한 때문에 빚어지는 저항도 적지 않다. 왜냐하면 우리 사회는 자유 민주주의 사회이며, 이 사회에서는 '자유liberty'가 무엇보다도 존중되어야 한다고 생각되고 있기 때문이다.

환경문제란 '자유'를 어느 정도 희생시킴으로써만 해결될 수밖에 없다는 점에 환경문제해결의 어려움이 있다. 이런 점 때문에 환경문제를 둘러싼 논의 때마다 강한 반발을 보이는 사람이 있기 마련이다. 요컨대 개인의 자유에 대한 개입을 못마땅하게 생각한 데서 나타나는 반발이다.

그렇다면 개인의 자유를 존중한다는 것 즉 자유의 이념을 지킨다는 것과 자연환경을 보호한다는 것은 과연 양립이 불가능한 것일까? 이 문제에 관련하여 다음에 개인의 자유의 문제를 생각해 본다.

위해危害의 원리

일반적으로 말해서 사람들은 본래가 속박이나 장해나 부담(의무·책임)을 싫어하며 자유로움을 사랑하게 된다. 따라서 이 경우의 자유란 간섭·속박·장해·부담으로부터의 자유를 의미하기 때문에 자유란 '각자 자기 욕구대로 살아간다'고 하는 경우의 자유이다. 그렇지만 사회적 존재로서의 인간이 사회·문화적 규범이나 자연적 속박과 부담으로부터 완전히 자유롭고 절대로 자유로울 수 있단 말인가?

완전한 자유란 있을 수가 없다. 다만 어떤 일정한 한계 내에 있어서는 자유일 수는 있을 것이며 그 자유는 여기에 대립하는 속박·장해·부담의 수만큼 존재하게 될 것이다. 따라서 완전한 자유·절대의 자유는 없다는 명제의 배후에는 완전 또는 절대의 자유를 구하고자 해서는 안된다고 하는 부정적인 의미가 담겨 있는 것이다.

우리는 속박이나 의무·책임의 부재(해방)를 무조건 환영할 일은 못된다. 상황에 따라서는 그것이 방종으로 이어지는 자유가 될 수도 있다. 예컨대 도덕적 속박이 존재하지 않는 경우를 생각해 보자. 이런 사태야말로 방종이다. 흔히 자유와 방종을 착각해서는 안되며 자유에는 책임이 따른다고 하는 말쯤은 누구든지 할 수 있는 말이다. 그러나 실재 생활에 있어서는 그 오류를 범하고 있는 경우가 허다하다.

만약에 도덕적 책임이나 속박이 전혀 없는 자유만 있을 경우 그 개인은 자기 이익과 욕구충족만을 위해 행동하기 때문에 필연적으로 다른 사람(이웃·사회)에게 위해危害를 가하게 될 것이다. 이 경우에는 방종의 자유에 대해서 간섭하게 된다.

존 스튜어트 밀John Stuart Mill(1806-1873)은 그의 『자유론On Liberty』 (1859)에서 다음과 같이 말하고 있다.

> 인류가 개인적으로 또는 집단적으로 누군가의 행동의 자유에 정당하게 간섭할 수 있는 유일한 목적은 자기 방어를 할 때다. 즉, 문명사회의 구성원에 대해서 그들의 의지에 반하여 정당하게 권력을 행사할 수 있는 유일한 목적은 타인에 대한 위해의 방지에 있다.[20]

이렇듯 밀은 본인의 이익이 된다는 이유로 개인의 자유에 간섭하는 것은 정당화할 수가 없으며 간섭이 허용되는 것은 어디까지나 타인에 위해가 가해지는 경우에 한한다고 보고 있다. 그는 이를 '위해 원리harm principle' 및 '자유의 원리principle of liberty'로 설명하고 있다.

여기서 그가 말한 '위해원리'를 사례를 들어 생각해 보자. 수업시간에 휴대전화를 사용한 학생이 있다고 하자. 또 초미니 스커트를 입고 손가락에 여러개의 반지를 끼었으며 머리는 새빨갛게 염색하고 짙은 화장을 한 여학생이 있다고 하자. 그리고 수업시간에 자고 있는 학생이 있다고 하자. 이들 학생들 가운데서 그들의 자유(하고 싶은대로 하는 자유)를 규제할 수 있는 것은 처음 학생에 대해서만이라고 보는 것이 밀의 '위해원리'의 함의含意이다.

물론 '위해'개념을 어떻게 이해할 것인가의 문제도 제기될 수가 있다. 무엇이 위해이며 무엇이 위해가 아니다에 대해서는 간단하게 대답할 수가 없는 문제이다. 만약에 위해 가운데 정신적 위해(혐오감이나 소름을 느끼는 감정)를 포함시킨다면 더 많은 행위에 대해서 간섭할 수가 있을 것이다(앞에서 든 예의 여학생의 경우 대학 당국은 초미니스커트 착용을 금지하게 될 것이다). 이렇게 개인의 주관적 기분이나 정서의 측면에서 위해를 보게 된다면 무제한의 간섭이 정당화될 수도 있을 것이다.

때문에 개인의 자유를 최대한 지키려고 하는 자유주의자들은 '위해' 개념의 외연을 가급적 줄여서 해석하고자 한다. 다시 말해서 현실의 신체적 위해에 한정해서만 생각하려고 하는 것이 그 예가 될 것이다.

요컨대 '위해원리'란 다음과 같은 것이다.

어떤 사람의 행위를 강요하거나 그 행위에 간섭할 때는 분명한 이유가 있지 않으면 안 된다. 그 이유란 분명하게 타인에 위해가 된다고 하는 것이어야 하며 자칫 위해를 주게 될지도 모른다는 식의 애매모호한 이유는 간섭을 정당화할 이유는 될 수가 없다.

왜냐하면 그와 같은 개연적蓋然的인 이유까지 다 인정한다면 대부분의 행위에 간섭할 수가 있기 때문이다. 이는 결국 개인의 자유로운 행위를 부정하는 결과가 되고 말 것이다. 따라서 '위해원리'는 타인에게 위해가 가해지지 않는 한 개인의 자유는 존중되어야 한다고 보는 사상에 근거를 두고 있다.

개인을 존중한다는 것 또는 개인의 자유를 존중한다는 것은 각

개인에게 스스로로부터 '좋은 삶의 구상conception of the good life'을 추구할 수 있는 권리를 인정하는 것을 의미한다. 그러나 현대와 같이 가치다원적인 사회에 있어서는 사람에 따라서 좋은 삶의 구상도 다르고 이를 추구하는 방식도 다양하다.

자유주의사회는 개인의 이와 같은 삶을 추구할 수 있는 권리·자유를 보장하는 사회이며 사회는 개인에 대해서 결코 어떤 특정 삶을 강요해서는 안 된다. 그렇지만 자유로운 선택에 의해서 나름대로 생각하고 있는 좋은 삶의 구상에 대한 추구가 결과적으로 다른 사람에 위해를 가하게 되고 사회를 병들게 할 때는 그 자유는 제한되어야 할 것이다.

환경문제와 자유주의

앞에서 생각해 본 바와 같이 환경문제가 매우 어려운 문제가 되고 있는 것은 '자유'에 대한 근본적인 비판을 하지 않을 수가 없다는 데 있다. '위해원리'에 관해서 설명한 바와 같이 고전적 자유주의는 타인에 위해가 가해지지 않는 한 개인은 무엇을 하든 자유로워야 된다고 주장하지만 과연 우리들의 일상행위 가운데서 자연환경에 영향을 주지 않는 행위, 나아가서 자연환경에 속하고 있는 타인에 위해를 미치지 않는 행위 같은 것이 있을 수가 있는 것일까?

물론 무한한 공간과 무한한 자원이 존재한다면 그와 같은 행위도 생각할 수도 있을 것이다. 만약 공간이 무한하다고 할 경우에는 타인에 위해를 가하지 않는 행위의 범위를 지정할 수도 있을 것이다. 그렇지만 환경문제에 대한 의식은 지구전체가 유한하다고 하는 자각으로부터 출발하였다.

특히 환경용량環境容量environmental capacity에는 한계가 있다는 의식이 환경보호에 대한 각성을 자극하였다. 이와 같은 유한한 공간 안에서는 그 안에서 펼쳐지는 행위도 필연적으로 같은 공간에 소속하는 타인에 직·간접적으로 위해를 가하게 될 것이다. 이렇게 본다면 개인의 '자유'가 성립할 여지가 그만큼 좁아진다는 결론에 이르게 될 것이다.

사람들 가운데는 자유를 이렇게 생각하여 환경문제는 자유와 양립할 수 없다고 생각하는 사람도 있을지 모른다. 그러나 환경문제와 자유를 그렇게 단순하게 판단할 수 없는 문제의 복잡성이 있다.

예컨대 한 독재자가 한 나라를 지배했다고 생각해 보자. 그는 지구환경의 보호를 최우선의 과제로 내걸어 이를 실현하기 위한 정책을 추진시켰다고 하자. 그 일환으로 현재처럼 자유시장에 맡겨 놓게 되면 환경은 지킬 수가 없기 때문에 계획경제를 도입하였으며 그리고 지구는 유한하기 때문에 이용하는 에너지의 총량을 규제하였다. 그리하여 개인생활에 있어서도 환경파괴의 원인이 될 수 있는 행위는 모두 금지시켰으며 담배 꽁초를 버리게 되면 무거운 벌금의 부가 등 개개인의 행위에 관해서 엄격하게 규제하였다고 하자.

이와 같은 사회는 확실히 환경친화적인 사회라고 볼 수 있을지도 모른다. 또한 환경주의자가 제창하는 생태친화적인 삶을 실현하는 사회일지도 모른다. 그러나 과연 그와 같은 사회에서 살기를 바라는 사람이 얼마나 될 것인가? 아마도 이런 사회를 바라는 사람은 그렇게 많지 않을 것이다.

미국의 경제학자 스티븐 란스버그Steven Landsburg[21]같이 환경보호보다 개인의 이익을 우선시하여 환경주의자들이 주장하는 '자유'에 대해서 부정적인 태도를 갖고 있는 반환경주의자도 있다.

환경문제와 자유는 매우 어려운 문제이며 우리에게 과해지고 있는 문제가 있다면 그것은 환경문제를 해결하면서 개인의 자유를 어떻게 보장할 것인가의 문제이다. 자연환경의 보존과 자유를 유지시키는 것은 이론상으로는 간단하지만 이를 실현함에 있어서는 여러 가지 어려움이 따른다.

그러나 이렇게 생각하는 사람도 있을지 모른다. 자유란 어떤 속박으로부터의 자유이기보다는 어떤 욕망이나 이익으로부터의 자유라야 할 것이다 라고.

자유란 필요한 여러 가치 가운데서의 하나에 지나지 않다. 특히 사회를 구성하는 원리로서 자유를 무엇보다도 우선시하는 것은 어떤 특정 이데올로기에 대한 태도를 의미하기 때문이다. 물론 이때 태도에 대한 정당화가 필수적이다. 그렇지만 우리가 지금 문제로 생각해보아야 할 것은 '자연환경'에 관한 것이다.

자연환경은 말하자면 우리들의 생존의 기반이다. 우리는 이 기반 위에서만 생존이 가능하다. 자연은 사람 없이도 유지될 수가 있지만 사람은 자연 없이는 살아갈 수가 없다. 환경문제란 그 생존의 기반을 병들게 하고 그대로 사태가 진전된다면 인류의 생존 자체가 위태롭게 된다고 하는 문제이다. 만약 이와 같은 사태가 도래한다면 자유도 행복도 있을 수가 없다. 때문에 개인의 자유를 희생시켜서라도 우리는 자연 환경을 지키지 않으면 안 된다.

솔직히 말해서 환경문제 가운데서 직면하게 되는 환경주의와 자유와의 딜레마에 대해서 수학적인 공식처럼 명확한 답을 찾기란 어려운 일이라고 본다. 환경문제는 이론이나 구호의 문제가 아니라 한사람 한사람의 자발적인 신념에 찬 실천에 관한 문제이기 때문에 이 세상 모든 사람들의 자연관이나 가치관을 바꾸는 의식구조의 개조가 요청되는 일이기도 하다. 그러나 의식구조의 개조가 말처럼 간단하지도 않을 뿐만 아니라 또한 여기에도 다양한 이론異論의 여지가 있을 수가 있다.

다만 우리가 힘쓸것이 있다면 그것은 인간의 생존기반의 악화와 자연·생태계 파괴의 최소화를 위해서 개인의 자유를 다소 희생시키면서라도 자유를 찾는 일이라고 본다. 자연의 공동체(생물종이나 생태계)안에는 우리에게 사랑과 감탄과 신비감을 불러일으킬 만한 질서와 조화가 있기 때문에 우리 자신의 복지만을 증대시키기 위해서가 아니라 자연 그 자체를 위해서도 보호해야 하며 자연 그 자체가 갖는 문화적·역사적·미적·종교적 가치의 중요성을 도덕적 가치로서 존중하지 않으면 안 된다.

사람은 싫든 좋든 사회·문화권 속에서 살고 있는 이상 무조건 사회·문화로부터 자유로울 수는 없다. 그렇다면 자기가 몸담고 있는 사회 속에서 개인이 어디까지 자유로우냐 하는 것은 정치적·사회적인 관계, 종교적인 관점, 경제적인 관점, 철학적인 관점에 따라서 그 답이 달라질 수밖에 없을 것이다.

환경교육에 대해서

　옛부터 교육의 힘은 한 민족이 당면했던 누란累卵의 역사적 위기의 극복에 있어서 또는 국가발전의 원동력으로서 의미를 가짐을 보여준 사실적史實的 예는 수없이 많았다. 그렇기에 모든 국가는 교육에 투자를 아끼지 않았으며 그만큼 교육에 기대를 걸어 왔다. 때문에 오늘날과 같은 복잡 다양화된 환경문제의 해결도 궁극적으로는 교육에 의존하지 않으면 안 된다고 보는 사람들의 목소리들이 높아지게 되었다.

　환경에 대한 교육의 필요성은 1972년 스웨덴의 스톡홀름에서 개최된 UN인간환경회의United Nations Conference on the Human Environment에서 인간환경선언declaration on human environment이 채택됨으로써(매년 6월 5일을 세계환경의 날로 제정) 처음으로 강조되었으며 이어서 1973년에 유엔 환경계획United Nations Environmental Pogram이 수립되고 다시 1975년 유고슬라비아 베오그라드에서 개최된 UN국제환경교육계획International Environmental Education Program:IEEP에서 발표한 환경교육에 관한 지침(환경 및 환경문제에 대한 ① 관심, ② 지식, ③ 태도, ④ 기능, ⑤ 평가, ⑥ 참여 / 유네스코보고서(1980)는 '평가항목'을 삭제하여 다섯 가지를 환경교육의 목표로 제시함. 우리 나라 환경교육의 목표도 여기에 바탕을 두고 있다.)에 따라 환경교육의 필요성에 박차를 가하게 되었다.

　이와 같은 세계적인 흐름으로부터 영향을 받은 우리 나라의 경우, 환경교육은 학교교육에 앞서 먼저 사회교육의 일환으로부터 출발한 자연보호운동을 통하여 이루어졌으며, 이런 상황 속에서 1977년에 '한국 교육 개발원'에서는 환경교육을 위한 교육과정개발에 관한 기초 연구가 실시되었다. 특히 자연보호운동의 결실로서 1978년 10월에 '자연보호헌장'을 정부차원에서 발표하게 된 것이 곧 전국민의 환경교육의 시발점이 되었다. 따라서 1978년 이후 각급학교에서도 여러 교과에 분산되어 환경교육이 시작된 것이다.

그러나 본격적인 환경교육은 1981년 교육부에서 고시한 초·중등학교의 제4차 교육과정에서 환경교육을 취급하도록 규정되면서부터 시작되었으며, 이어서 1989년부터 실시된 제5차 교육과정에서는 초·중·고등학교 교육에서 중점적으로 강조할 8가지 영역(전인교육·교과목조정·내용선정조직·기초학습·교수학습자료의 다양화·과학기초교육강화·컴퓨터교육강화·고등학교의 유형의 다양화)의 하나로 환경교육을 중요시 하게 되었다. 그렇지만 환경과의 독립은 1992년에 고시된 제6차 교육과정에서 이루어졌으며 초등학교 교육과정(1995년 시행)에서는 학교재량시간(3~6학년)을 통해서 중학교 교육과정에서는 선택교과(1~3학년)를 통해서 고등학교 과정에서는 교양선택을 통하여 할 수 있게 하였다.

현재 실시되고 있는 환경교육은 1997년도에 개정·고시된 제7차 교육과정에 준하고 있거니와 ① 초등학교는 재량裁量활동 중 범교과 학습활동을 통하여 환경교육을 실시하며 ② 중학교는 선택과목(한문·환경·컴퓨터·생활외국어)과 재량활동(사회·실과·도덕 등의 교과활동을 통하여) 중 범교과 학습활동을 통하여 환경교육을 실시하며 ③ 고등학교는 교양선택 교과로서 보통교과(생태와 환경, 인간사회와 환경, 생활과 과학)와 전문교과(농업에 관한 교과, 환경보전·환경 관리 I·

Ⅱ, 공업에 관한 교과, 환경공업일반·대기·소음방지·수질관리·폐기물처리·수산·해운에 관한 교과, 해양환경·해양오염, 과학에 관한 교과, 환경과학)로 나누어 환경교육을 실시하고 있다.

그러나 중요한 것은 무엇을 위한 환경교육이며 그 효과가 무엇이냐에 있다. 만약 환경교육이 인간중심적인 관점에서 실시되어 결과적으로 인간의 이익·편의·복지만을 위해서 실시된다고 한다면 무슨 의미가 있단 말인가?

또한 환경 과목(고등학교의 경우 '생태와 환경')의 총괄목표로서 '생태와 환경'과목을 통해서 '인간과 자연과의 관계에서 나타나는 상호작용이 어떻게 일어나는가에 대해 바르게 이해하고 제반환경 문제의 인식과 문제점에 대한 감수성을 가지고 환경에 관한 사회적 가치와 환경을 위한 지대한 관심을 획득하며 그리고 환경의 보전과 환경문제의 예방과 해결에 적극적으로 참여하려는 동기를 부여할 수 있도록 능력과 태도를 함양하는 데 있다'고 설정되어 있다 할지라도 방법에 있어서 인지적認知的인 교육밖에 하지 못하고 있다면 환경교육으로서 무슨 의미가 있단 말인가?

환경교육은 단순히 교과중심의 이른바 지식을 위한 지식이 아니라 철저하게 인지적 영역cognitive domain, 정의적 영역affective domain, 심체적 영역psycho-somatic domain의 목표를 균형있게 달성할 수 있는 것이어야 할 것이다. 우리는 항용 교육현장에서 교수목표는 문제해결력과 창의력을 기른다고 설정해놓고 기실은 단편적 지식의 기억력을 기르고 마는 오류와 목표는 협동정신을 기른다고 내걸어놓고 실재는 경쟁력과 이기심을 길러놓고 마는 모순을 범하는 경우가 허다함을 부정할 수가 없다.

환경교육은 환경 및 환경문제에 관하여 알아야 할(know about) 자연과학적 지식이나 사회과학적 지식, 또는 사상 및 종교적 지식에 관하여 가르치는데 있지 않으며 환경·환경문제를 해결하는 방법을 알고(know how to) 이를 실천하는 관심·태도, 능력, 감수성, 가치관, 인성 또는 성격, 성취동기 등 비인지적 특성들noncognitive traits, 즉 정의적 특성 등affective traits을 다루어주는 교육이어야 할 것이다.

비유해서 말한다면 도덕교육에서 양심conscience을 키우는 목표를 달성하고자 할 때 양심에 관한 지식을 많이 학습시켰다고 해서 그 것으로 양심교육의 목표를 성공적으로 달성시켰다고 볼 수 없는 것과 같다.

환경교육은 총체적 목표holistic objectives 정의적 목표affective objec- tives, 내면적 삶의 목표inner-life objectives에 중점을 두어야 할 것이다.

그러나 이와 같은 교육목표를 달성시켜 주는 교육효과는 지적 학습知的 學習 효과에 비해서 매우 더디게 나타나는 것이기 때문에 효과가 빨리 나타나기를 선호하는 교육풍토나 입시준비교육체제 하에서는 은연중에 정의적인 교육을 소홀히 하고 있다는 점도 근본적으로 검토되어야 할 문제이다.

정의적 특성情意的 特性의 학습효과가 더디게 나타나는 것은, 이른바 내면화internalizatin의 과정을 통해서 정의적 특성이 길러지기 때문이다. 여기서 독자의 이해를 돕기 위하여 다음에 교육심리학 분야에서 통상적으로 설명하고 있는 내면화의 과정을 소개하고자 한다.

내면화의 과정이란 ① 감수 혹은 주의receiving or attending(감지 awareness, 자진감수willingness to receive, 주의집중controlled or selected attention) ② 반응responding(묵종반응acquiescence in responding, 자진반응willingness to responding, 만족반응satisfaction in response) ③ 가치화valuing(가치수용 acceptance of a value, 가치선택preference for a value, 확신commitment or conviction) ④ 조직화organization(가치의 개념화conceptualization of a value, 가 치체계의 조직organization of a value system) ⑤ 가치 또는 가치복합에 의 한 성격화characterization by a value or value complex(일반화된 행동태세 generalized set, 성격화characterization)의 진행과정을 말한다.22)

특히 마지막 단계인 성격화의 단계에 도달하게 된 정의적 특성 은 특별히 충격적인 경험이 주어지지 않는 한 오랫동안 그 개인의 의식속에 머무르면서 개인의 행동을 통제 또는 촉진시키며 성격화 된 특성에 따라서 행동하도록 한다는 점에서 환경교육의 실효를 거두는 데 있어서 매우 중요한 지도원리가 될 것으로 본다.
그러나 환경교육이란 제도화된 형식적인 학교교육에서만 전담해 야 할 성질도 아니며 비형식적인 사회교육 및 가정교육을 통해서 도 많은 효과를 거두고 있으므로, 이들은 소위 평생교육life-long education의 일환으로서 횡적인 유대를 맺고 환경교육의 실효를 거두 는 일에 서로 협력하여야 할 것이다.
요컨대 환경교육은 유아기에서부터 노령기까지의 평생학습平生學 習으로서 받아들여 실천하지 않으면 그 성과는 기대할 수가 없다고 본다. 물론 이 학습에는 인지적 학습에서만 끝나지 않고 실천의 기 반이 되는 정의적 특성의 학습이 전제가 되어야 할 것이다. 그림

7-1은 생애의 발달단계를 고려한 평생학습으로서의 환경교육이 나아가야 할 기본방향을 나타내 본 것이다.

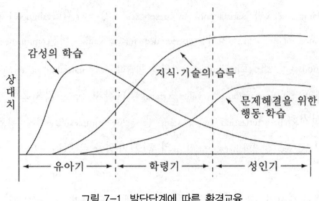

그림 7-1. 발단단계에 따른 환경교육

이 그림에서 우리는 가정교육의 관점에서 매우 의미있는 시사점을 발견할 수가 있을 것이다. 그것은 개인의 자연관이나 환경관에 이어지고 있는 감성感性은 유아기에 거의 대부분 형성된다는 점이다. 그것은 가정에서의 환경에 대한 유아학습의 역할이나 가족단위로 접하는 들과 산, 바다와 강 등 가까운 자연으로부터 얻는 체험이 미래의 인간환경을 어떻게 보고 어떻게 대하느냐의 그 태도의 기초를 결정하게 되는 매우 중요한 시기라고 생각할 수가 있다는 점이다.

그리고 인간의 이성理性reason에는 감성sensibility이 따르지 않는다면 별로 의미가 없다는 점이다. 왜냐하면 감성은 인간이 현실에 접하는 첫번째 경계境界의 의식면으로서, 인간의 현실감각이나 인식·인지의 형성에 있어서 유일한 원천으로서 역할을 하기 때문이다. 이렇듯 이성은 감성과 같이 지성intellect으로서의 의미를 갖게 된다. 이와 같은 관점에서 환경교육이 단순히 교과서 중심의 인지적 수준에서 머물러 버리게 된다면 환경교육은 본연의 효과를 기대할 수가 없을 것이다.

환경교육의 목적을 보면 통념상 인간의 삶의 터전인 환경에 대한 올바른 인식, 환경오염 방지에 대한 적극적인 참여, 쾌적한 환경 가꾸기와 환경문제 해결에 필요한 능력과 태도를 기른다고 강조되고 있다. 여기서 환경교육의 효과를 최종적으로 결정짓는 것은 궁극적으로는 말이나 이론보다 실천이다. 왜냐하면 인간은 관념적인 이성만으로는 지속적인 행동을 할 수가 없기 때문이다. 이성理性 없는 감성感性도 위험하지만 감성이 따르지 않는 이성도 사고와 관념의 수준에서 머물고 말기 때문에 무의미하다는 것을 알지 않으면 안 된다.

1) John O'Neill, *Ecology, Policy and Politics*, London : Routledge, 1993, p. 23.
2) Hans Jonas, *Das Prinzip Verantwortung : Versuch einer Ethik für die technologische Zivilisation*, 1979. (H. 요나스 지음/이신우 옮김, 책임의 원칙 : 기술시대의 생태학적 윤리, 서울 : 서광사, 1994)
Jonas는 독일 태생의 유대인 철학자이며 미국을 중심으로 활약하였다. 마르부르그 대학에서 하이데거 Martin Heidegger(1889-1976), 불트만Rudolf Karl Bultmann(1884-1976) 밑에서 철학과 신학을 사사하였으며, 1928년 「그노시스 Gnosis」 개념에 관한 논문으로 박사학위를 취득하였다. 나치정권 수립(1933년) 후는 영국을 경유하여 팔레스티나에서 살았음. 제2차 대전후에 카나다에서 연구직 생활을 하였으며 1955-1976년 뉴요크의 '사회연구를 위한 뉴스쿨New School for Social Research'(콜럼비아 대학의 비민주주의적인 태도에 항의하고 사직한 사학자 비아드Charles Austin Beard(1874-1948), 영국의 여류경제학자 로빈슨Joan Violet Robinson에 의해서 1919년에 뉴욕에 설립된 성인교육을 위한 사회과학계를 중심으로한 대학)의 객원교수도 겸임하였다. 또 프린스턴대학, 칼럼비아 대학, 뮌헨 대학에서 객원교수로도 활동하였으며, 1987년『책임의 원리』로 독일서적 판매 조합으로부터 평화상을 수상하였다. 주요 업적은『그노시스와 고대 후기 정신*Gnosis und spätantiker Geist*』(Teil 1. 1934, Teil 2. 1958)에서 볼 수 있는 종교 철학적 연구,『생명의 현상*The Phenomenon of Life*』(1966),『책임의 원리*Das Prinzip Verantwortung*』(1979),『기술, 의료 그리고 윤리*Technik, Medizin und Ethik*』(1985) 등이 있다. 그는 데카르트René Decartes(1596-1650)의 자연과 정신의 이원론에 반대하고 자연과 정신의 일원론적 관점에서 생명을 존재론적으로 파악하였을 뿐만 아니라 베이컨Francis Bacon(1561-1626)으로부터 시작된 자연 지배를 이상으로하는 진보주의적인 근대기술문명의 파국을 막기 위한 미래 세대에 대한 책임 · 의무를 강조한 윤리사상을 제창하였다. 그의 윤리사상은 특히 유토피아적 마르크스주의 사상의 대표작으로 불리워지고 있는 현대의 유토피아 철학자였던 독일의 블오크Ernst Block(1885-1977)의 주저『희망의 원리*Das Prinzip Hoffnung*』(1954-1959)와 철저하게 대치하고 있는 점이『책임의 원리』에서 잘 나타나고 있다.

▌3) John Passmore, *Man's Responsibility for Nature*, London : Duckworth, 1974.

▌4) 윤리의 윤倫은 '무리륜(類)'을 의미하며 무리란 여러 가지 관계체계 속에서 만들어진 집단인 동시에 집단 속에서 주어졌거나 획득된 신분과 지위를 가진 개개인들이다. 예컨대 부자·군신·부부·장유·붕우 등은 가장 중요한 우리였으며 사람의 대륜大倫이었다. 따라서 윤倫은 무리를 의미함과 동시에 인간존재에 있어서 지켜야 할 행위적 연관의 방식·규칙·질서를 의미한다. '리理'란 '도리道理', '이치理致', '사리事理'를 의미하며 개인의 행위의 방식과 질서의 당위성을 나타내기 위해서 윤倫이 부가된 것이다. 이 점에서 윤리는 공동적 존재로서의 인간을 사회적 존재로 있게 하는 질서이자 이법理法이었다.

▌5) deep ecology의 개념은 아네 네스Arne Naess가 1972년, 환경주의를 둘러싼 대중적 논의의 분류법으로서 Shallow Ecology의 대응개념으로서 사용하였으며, 익년에 『탐구Inquiry』지에 발표되었다. Arne Naess, The Shallow and the Deep Ecology Movement : A Summary, *Inquiry, vol. 16*, 1973.

▌6) 本間都, グリンコンシュ-マ-入門, 東京:北斗出版, 1997, p. 10.

▌7) The Earth Works Group, *50 Simple Things You can do to Save the Earth*, Earth Works Press, U. S. A. 1989, p. 22, p. 24.

▌8) Alan Thein Durning, *How Much is Enough?* Worldwatch Institute, 1992(山藤泰訳, 『どれだけ消費すれば滿足なのか―消費社會と地球の未來』, ダイセモント社, 1996, p. 150).

▌9) ibid., pp.166-167.

이글의 후반부는 월든Walden 호반의 은자이자 미국의 사상가이며 수필가였던 핸리 데이비드 소로우Henry David Thoreau(1817-1862)의 역작 『*Walden*』(1854)에서 인용한 말이다. 허무한 언어의 성찬이 아니라 자연에 대한 관찰과 체험이 질박하게 녹아 있다. 소로우는 생각하였다. '사람은 없어도 살아갈 수 있는 것이 많은 것에 비례해서 그 만큼 풍요롭다'고.

▌10) K. S. Shrader-Frechette (ed.), *Environmental Ethics*, The Boxwood Press, 1991, pp. 169-191.

▌11) Alan Durning/山藤泰譯, op. cit., pp. 8-9.

▌12) 다이옥신류란 폴리염화디밴조디옥신(polychlorinated dibenzodioxin, PCDD / 75종류가 있음)과 폴리염화디벤조푸란(polychlorinated dibonzofuran, PCDF / 135종류가 있음)의 총칭이며, 화학물질의 합성과정, 연소과정시에 불순물질로서 또는 부생성물로서 발생하는 강독성물질이다. 특히 PVC제재가 많이 포함되어 있는 병원폐기물과 도시쓰레기를 태울 때 제일 많이 나온다. 디옥신의 독성은 1g으로 몸무게 50kg의 사람 2만명을 죽일 수 있을 정도이며 청산가리보다 1만배

나 강한 독성을 지니고 있다. 다이옥신류가 1970년대부터 강독성물질로서 주목받게 된 것은 베트남 전쟁에서 고엽제로 알려진 제초제에 다이옥신이 불순물로 함유되어 있었으며 이 제초제에 노출된 참전군인들, 고엽제 산포지역의 주민들과 그들 2세들에게서 각종 건강장애가 나타남으로서 이 독성물질에 관심을 갖게 되었다.

| 13) Alan Thein Durning, *How Much is Enough?* World Watch Institute, 1992.

| 14) Kristen S. Shrader-Frechette, op. cit., pp. 247-248.

| 15) Erich Fromm, *To Have or To Be?*, New York : Happer & Row, 1976.

| 16) ibid., pp.31-35.

| 17) ibid., p. 16.

| 18) EM이란 Effective Micro-oganisms의 약어이며, Effective은 '유용한' micro-organisms는 '미생물군'으로서 유용미생물군을 말한다. 유용한 미생물집단을 말한다. 자연계로부터 유용한 미생물(붕괴형의 유해미생물이 아니라 소생형의 미생물)을 모아서 공존상태의 액체상태로 만든 것이 EM이다. EM 기술은 농업 · 환경 · 의료 · 요업 · 식품 · 축산 · 오폐수정화 · 양식장 등에 이용할 수가 있다. EM은 5과 10속 80여 종의 유용미생물로 구성되어 있다.
比嘉照夫, 地球を救う大革命(2) 東京: サンマーク出版, 1994, 참조.

| 19) ピータ・シンガー, 山内友三郎・塚崎智 監譯, 實踐の倫理(新版), 東京: 昭和堂, 1999, p. 340.

| 20) John S. Mill, *On Liverty and Other Essays*, Oxford University Press, 1991, p. xv.

| 21) Steven E. Landsburg, *The Armchair Economist*, The Free Press, 1993.

| 22) D. R. Krathmohl, B. S. Bloom & B. B. Masia, *Taxonomy of Educational Objectives*, Handbook Ⅱ, Affective domain, New York, David Mckay, 1964, pp. 176-185.

트랜스퍼스널한 자기 동일화를 제안하며

천지는 나와 같은 뿌리에서 나왔으며,
만물은 나와 한몸이다.
天地与我同根 萬物与我一體

승조법사僧肇法師 『조론肇論』

'자율지향적autonomieorientierte'인 사람은
스스로 판단하는 시민으로서
복지수준이 향상됨에 따라 항상
더 많은 제화를 소유하고자 하는 것이 아니라
자기에게 꼭 필요한 물건만 사는 구매습관을 지닌 사람이다.
…… 즉 주체적 소비자는
생명의 조건을 회생시킬 수 있는 사람이다.

게르하르트 쉐르혼Gerhard Scherhorn 『Kausalitätsorientierungen und
konsumrelevante Einstellungen』(1988)

탈인간중심적 자기실현을 위하여

인류가 몰락하지 않고 자연과 공존의 길을 가려고 한다면 자연은 인간을 위해서 있다고 하는 인간중심적인 이용(수단·도구)가치의 자연관을 버리지 않으면 안 될 것이다. 이를 극복하지 않는 한 자연과의 공생은 불가능할 것이다. 그 결과 인류의 미래는 어둡다고 하는 것을 자연은 이미 여기저기서 말 없는 경고를 하고 있다.

이와 같은 경고에 대한 조치는 그 방법에 있어서 여러 가지 경우를 생각할 수가 있다. 예컨대, 과학기술을 통해서 환경문제를 해결할 수도 있을 것이며 또는 비인간중심주의적 가치이론의 실현을 강조하는 환경윤리학적인 접근을 통해서, 환경친화적인 생활을 통해서, 자연을 지배·이용·관리하는 자연관이 아니라 유기체적 자연관을 통해서, 그리고 인간과 자연의 화해의 길과 피조세계에 성령으로서 임한 신의 인식을 추구하는 생태신학적 접근을 통해서 환경문제를 해결할 수도 있을 것이다.

그러나 환경문제 해결에 필요한 과학기술이 발달되어 있으며 환경윤리학의 이론이 세련되어 있고 환경친화적인 운동강령이 명쾌하게 빈틈 없이 제시되어 있다 할지라도 개개인이 이를 실천에 옮기지 않는다면 이들은 무의미한 것이다.

환경문제는 문제해결의 관점에서 본다면 그것은 자연의 문제가 아니라 '사람'(개인)의 문제이며 '사회'의 문제라고 본다. 환경윤리학의 발상지인 미국에서도 최근 환경윤리학 본연의 모습에 대하여 비판이 일어나고 있는 것도 훌륭한 '환경윤리'가 제창되고 있지만 이것이 개개인의 행동으로 연결되지 못하고 있는 점에 대한 반성이기도 하다.

앤드류 라이트Andrew Light와 에러크 캇즈Eric Katz는『환경 프래그마티즘Environmental Pragmatism』(1996)의 '서문'에서 다음과 같이 말하고 있다.

> 환경윤리학은 20년이 지나려 하고 있다. 그러나 이 학문은 미묘한 문제에 직면하고 있다. 이 학문은 인간과 인간 이외의 자연계와의 도덕적인 관계의 분석에 있어서 의미 있는 진보를 가져왔으며 그리고 학문영역은 도덕적으로 정당화 할 수 있는 환경정책을 수립함에 있어서 다양한 입장과 이론을 내놓았다. 그러나 반면에 환경윤리학의 학문영역이 환경정책의 수립에 실천적인 효과를 거두어 왔다고 보기에는 어렵다. …… 환경에 관련을 맺고 있는 과학자나 활동가, 정책입안자들의 토의에 있어서 어떠한 현실적인 자극도 주지 못하고 있는 것처럼 보인다.[1]

요컨대 환경윤리학은 실제로 환경을 지키는 데 있어서 별로 도움이 되지 못하고 있다는 비판이다.

그렇다고 하여 환경윤리가 필요없다는 말은 아니다. 환경윤리가 추구하는 행동규범은 필요하며 그 주장은 정당하다고 생각한다. 다만 필자가 문제 삼고자 하는 것은 자연보호에 필요한 새로운 규범이나 가치관이 제시되었다 할지라도 이들이 실현되지 못하면 무의미하다는 점에 관해서이다.

이 점에 대하여 필자는 자기초월적인 트랜스퍼스널한 관점에서 문제해결의 기본적인 접근에 관하여 논해보고자 한다. 요컨대 현세적 · 이기적이며 탐욕적인 작은 나self를 초월하여 확장된 자기감각 expansive sense of self에 의해서 얻어지는 '보다 큰 자기동일화Self identification'인 '확장된 자기 실현expansive self realization'의 관점에서 문제 해결의 방법을 생각해보고자 한다.

인간에게는 대자연의 생명의 다양성 · 신비성 · 독자성 · 존엄성 · 조화와 질서에 대한 감수성을 키움으로써 자기를 이러한 것들에 연결지을 수가 있고 동일화시킬 수 있는 가능성이 있다.

우리는 통념상 '자기'라고 하면 자아중심적自我中心的인 '자기'만을 생각하기 쉽다. 이러한 '자기'란 오로지 이기적 욕구의 충족만을 추구하는 '자기self'이다. 이와 같은 '자기'는 타인도 자연도 배려함이 없이 자연을 자기 욕구 충족의 수단으로만 보는 자아중심적인 '자기'이다. 이런 사람은 인간이 본래 가지고 있는 자기확장의 가능성을 모르고 있거나 과소평가하고 있는 사람이다.

인간은 인생을 의미있게 살기 위하여 자기를 이 세상의 온갖 생명존재에 '동일화'시킴으로서 보다 넓고도 깊은 큰 자기로 실현시킬 수가 있다.

예컨대, 한 컵의 물, 한 톨의 곡식이라 할지라도 이를 대할 때마다 자연이 준 무한한 은혜에 감사하고 그 본질을 통찰함으로써 이들이 자연 생명의 극히 미세한 부분의 발현임을 알고 자연에 대한 외경과 책임을 절실하게 느끼게 된다면, '작은 자기'를 '큰 자기'로 키울 수 있으며 우주질서로서의 자연과도 일체화 될 수가 있을 것이다.

이와 같은 큰 자기란 결코 관념상의 자기가 아니라 일상에서 우리가 구체적으로 실감할 수 있는 자기인 것이다. 요컨대, 편협한 자아의 틀 속에 갇혀 있는 작은 '나(小我)'로부터 벗어나 자연 속에 있는 다른 존재들과 동일화함으로써 보다 큰 '나(大我)'와 참된 나(眞我)로 성숙 확대된 나인 것이다.

우리에게는 '큰 나'와 '참된 나'로 동일화할 수 있는 가능성이 내재되어 있는 것이다. 예컨대, 어릴 적에 고기 잡으며 미역 감던 시내가 매몰되고, 새들과 짐승들이 살았고 진달래 꽃이 무성했던 뒷산의 숲을 깎아 내어 도로가 생겼다고 할 때 어쩐지 쓸쓸함이나 상실감을 느끼게 되는 것은 무엇 때문일까? 인간에게는 없어진 하천과 숲의 아픔을 자기의 아픔으로 느낄 수 있는 자연에 대한 동일화의 가능성이 잠재하고 있기 때문이다.

이와 같은 맥락에서 우리가 '자연환경을 지킨다'고 하는 것은 결국 자기를 지킨다고 하는 것을 의미한다는 것을 알게 된다. 뒤집어서 말한다면 자연환경이 병들어 간다고 하는 것은 자연과 동일화된 '자기'가 병들어 가고 있다는 것이 될 것이다. 이렇듯 자연 생명체에 일체화된 상태까지 확대된 사람은 환경윤리에 의해서 강요되거나 어떤 의무감에 의해서가 아니라 자연을 지키는 것은 나를 지키는 길이 된다고 생각하여 자발적으로 환경보호에 참여하게 될 것이다.

그렇다면 자연과 공존할 수 있게 하는 확대된 자기실현으로서의 동일화에는 어떤 것이 있는가? 이 문제는 말을 바꾼다면 자기초월적인 자연생태권, 우주질서에 대한 자기동일화Self identificaiton의 문제라고 말할 수가 있다.

동일화란 한 대상·한 존재가 지니고 있는 이미지·감정·가치·행동 등을 무의식적으로 받아들여(내섭內攝introjection), 그 대상과 같은 경향(특성)을 자기 것으로 수용하는 심리적인 과정이거니와 여기서 말하려는 동일화는 '자기'가 자기 의식의 틀(한계)로부터 벗어나 보다 확대되고 심화된 자기로 동일화 하는 자기초월적인 동일화를 말한다.

설명의 편의상 여기서는 개인적인 기반에 선 동일화personally based identification, 존재론적인 기반에 선 동일화ontologically based identification, 우주론적인 기반에 선 동일화cosmologically based identification로 나누어 생각해 봄으로써 환경문제 해결의 가장 원천적인 방향을 찾아보고자 한다.

개인적인 기반에 선 동일화   어떤 생태권 자연 안에 있는 대상·존재와 개인적인 연관을 가짐으로써 그러한 존재를 '나'의 일부, 자신의 정체성의 일부라고 느끼면서 그 존재와의 공통성commonality을 경험하는 경우이다. 때문에 이 경우의 동일화는 자기를 중심으로 자주 접하며 심리적으로 친숙하고 지리적으로 가까운 대상과의 동일화만 경험하게 되므로 은연 중에 자기중심적이며 가족중심 지역중심적인 동일화가 되기 쉽다.

그러나 존재론적이며 우주론적인 기반에 선 동일화는 개인적인 기반에 선 동일화보다 자기집착이나 이익으로부터 자유로운 상태의 동일화이며 개인적인 자기 감각을 초월한 형태의 동일화이다.

존재론적인 기반에 선 동일화　일체가 존재하고 있다는 사실(신비롭고 경이로운 사실) 그 자체와 '색즉시공色卽是空, rūpani śunyata/what is form that is emptiness'에 대한 깊은 인식에서부터 만물 · 삼라만상과의 공통성을 경험하는 경우이다. 그리하여 모든 존재를 나 자신과 똑같이 소중한 존재의 구체적인 발현으로서 경험하게 된다.

여기서 말하는 존재론은 한 존재가 어떤 기본적인 측면으로부터 이루어지고 있으며 그 존재양식이 무엇이냐의 문제보다도 존재하는 사실 자체를 중시해서 쓴 말이다. 다시 말해서 존재하는 일체를 비존재nonexistence 및 공空śunya이 구체적인 형상의 '환경'이나 '자연', 삼라만상으로 구현된 '공즉시색空卽是色śunyativa rūpam/what is emptiness that is form과 같은 것을 말한다.

이렇듯 존재론적 동일화는 존재하는 일체를 이렇게 본다면 우리는 자연＝생명들을 우리 자신과 똑같이 소중한 존재의 발현으로서 받아들이게 될 것이기 때문에 우리는 자연 속에 있는 한 부분으로서 다른 존재들과 더불어 공존할 수가 있으며, 이른바 색공불이色空不二의 존재에 대한 자기동일화를 할 수 있게 될 것이다.

그러나 이런 경지에까지 이르러면 일상적인 정신적 · 영적 수련과 같은 '의식의 수련training of consciousness'을 필요로 한다. 이 '의식

수련'은 간단하게 언어로 설명할 수 있는 그런 개념은 아니다. 왜 나하면 그것은 선불교禪佛敎의 의식 수련의 영역에 속하는 문제이 기도 하지만 의식 수련의 체험에 근거한 '통찰insight'을 언어로 전 달하려고 해도 여기에는 한계가 있기 때문이다. 이는 바로 선종禪宗 에서 말하는 '교외별전敎外別傳'(법·도·진리는 언어에 의해서 가르쳐지 는 것이 아니라 마음에서 마음으로 전해진다). 불립문자不立文字의 계구偈句 가 그 뜻을 잘 설명해 주고 있다.

우주론적인 기반에 선 자기 동일화　이 세상 모든 존재를 하나의 궁극적인 실재ultimate reality의 다른 양상의 발현에 지나지 않다고 하는 것을 이해함으로써 모든 존재와의 공통성을 경험함으로써 가 능하다. 이와 같은 깊은 이해에 이르려면 이 세상을 펼쳐가고 있는 단일 과정의 흐름(테오도아 로자크Theodore Roszak는 이를 '과정 속에 있는 통일성unity in process'이라고 말했다)[2]으로 보는 우주질서의 근본적인 전 일성全一性을 공감적으로 받아들일 수가 있을 때 가능하다.

여기서 말하는 우주는 물질적인 우주만을 뜻하지 아니하며 물질 권physiosphere(또는 cosmos)·생물권biosphere·마음psyche 또는 지성nous 의 심권noosphere·신권theosphere 또는 신성영역divine domain을 포괄하 는 우주를 말한다.

스피노자Baruch de Spinoza(1632-1677), 간디Mohandās Karamchand Gāndhi (1869-1948), 제퍼슨Thomas Jefferson(1743-1826), 아인슈타인Albert Einstein (1879-1956), 내스Arne Naess(1912-)를 비롯하여 많은 사람들이 우주론 적 기반에 선 자기동일화를 증언해주고 있음에도 불구하고 흔히

자기동화라고 말하게 되면 '자기'라고 하는 표현 때문에 개인적인 수준의 동화만을 생각하는 사람도 적지 않다. 이런 사람의 경우는 우주내(또는 지구상)에 있는 온갖 존재와의 일대일의 만남이나 접촉을 통해서 '유기적有機的인' 관계와는 상관없이 개개의 존재와 동일화하게 되는 것을 생각하기 쉽다.

이러한 관점을 갖고 있는 사람은 우주론적 기반에 선 자기동일화란, 개인적 기반에 선 자기동화를 우주의 크기(또는 지구의 크기)로 인위적으로 확대시킨 것에 지나지 않다고 보게 될 것이다. 우주론적 기반에 선 자기동화란 처음부터 우주감각으로부터 출발하여 만물의 전체상全體像과의 공통성을 감득한다는 점에서 개인적 자기동일화와는 다르다. 벡터vector의 방향에서 말한다면 개인적 기반에 선 동일화는 '안에서 밖으로'의 접근이며 우주론적 기반에선 동일화는 '밖으로부터 안으로'의 접근이라고 볼 수 있다.

지금까지 자기동일화의 세 가지 관점을 간단하게 살펴보았다. 이를 자연과 인간의 공존에 관련지어 생각해 본다면 역시 개인적 기반에 선 자기동일화보다는 존재론적·우주론적 기반에 선 자기동일화를 중요시 하게 된다. 여기에는 깊은 이론적 근거가 있다.

그것은 자기초월적 생태론자transpersonal ecologist의 관점이 개인적 기반에 선 자기동일화가 개인적 자기이익이나 이용 가치에 관련을 맺고 있는 것들만을 경험하기 때문에 필연적으로 자기와 가장 이해관계가 깊은 것에 대한 자기동일화만 굳혀진다고 보기 때문이다.

요컨대, 여기서는 무엇보다도 먼저 자기자신, 이어서 자기 가족, 다음은 친구와 친척, 더 나아가서는 자기가 속하고 있는 문화, 종

교, 민족집단, 그리고 자신의 종種 등등 '사회생물학Sociobiology'³⁾
이 말하는 유전자적 성향에 따른 것과 같은 자기동일화만을 하기
쉽다는 것이다.

그러나 문제는 자기에 가장 가깝고 친숙한 사람들에게 사랑과
보살핌이나 우정을 펴는 것은 칭찬할 만한 일이면서도 반면에 순
수하게 개인적인 자기동일화의 기반만을 중시함으로써 개인의 집
착·탐욕·착취·전쟁·환경파괴 등의 원인을 제공해주고 있다
는 점이다.

이렇듯 개인적 기반에 선 자기동일화의 긍정적인 면은 인간의
성장에 불가결한 면이 있는 반면에 부정적인 면 때문에 여러 가지
형태(개인·기업·국가)의 소유·집착·착취·전쟁·생태계 파괴·
지구의 파멸적 타격을 가져다 주고 있는 것이다.

이와 같은 해독을 중화시키기 위해서는 개인적 기반에 선 자기동
일화를 존재론적 및 우주론적 기반에 선 자기동일화의 맥락 속에서
이루게 하는 것이 중요하다. 그렇다고 해서 트랜스퍼스널한 자기동
일화는 자아적·개인적 자기감각을 부정하지 않으며 긍정적인 자
기동일화를 포괄한 가능한 한 확장된 자기감각을 갖는 동일화의 포
괄도가 가장 큰 자기동일화를 이루게 하는 일이 중요하다.

이와 같은 노력을 통해서 이 세상 모든 존재가 독자성을 키울 수
있는 자유를 얻게 되며 그 결과 우주질서로서의 진화 및 자연과 인
간의 공생共生도 가능하게 될 것이다.

뿐만 아니라 자기 입장에서만 만법萬法을 궁리하고 진실을 밝히
려고 하는 미망적迷妄的인 태도나, 우리와 더불어 살아가고 있는 수

많은 존재를 지배하는 것을 자기실현으로 보는 망상적인 태도나 행동도 생명은 근본적으로 하나이며 모든 존재가 마치 하나의 큰 생명의 '나무에 달려 있는 잎leaves'[4]과 같다고 깨닫는 깊은 이해에까지 이르는 존재론적·우주론적 기반에 선 자기동일화의 수준에까지 이르게 할 것이다. 그 결과 가장 넓고 높게 동일화된 큰 자기 Self로 거듭나게 하고 만물의 성스러운 본성과 동일화된 정신적·영적으로 성숙한 자기로 거듭나게 할 것이다.

그리고 자기가 다른 모든 존재들을 가슴으로 품을 만큼 성숙하게 되면, 마치 우리가 숨쉬는 데 특별한 도덕심이 필요 없듯이 환경 윤리의 압력 같은 것을 느낄 필요도 없이 저절로 자연을 배려하고 보살피는 마음과 행동이 일어나게 될 것이다.

인도의 정신적 지도자였던 간디Gāndhi는 여러 가지 그의 문맥에서 인생의 목적은 '자기실현'이라고 말하고 있다. 그는 영자 주간지 『젊은 인도Yong India』에서 이렇게 말하고 있다. '인생이란 포부이다. 그 목적은 자기실현Self-realization의 완성을 희구하는데 있다'라고

그는 공생의 경지에까지 이른 자기실현의 인간이야말로 진정한 헌신자라고 보았으며, 자기실현이란 무언가 멀리 있는 목표는 아니라고 보았다.[5] 간디가 남긴 '신神의 실현to realize God'과 '자기自己의 실현to realize the Self'과 '진리眞理의 실현to realize Truth'이란 동일한 발달의 세 가지 다른 발현에 지나지 않다[6]고 하는 말은 우리에게 무한한 깨우침을 주고 있다. 그리고 그의 '자기 실현의 철학'은 개인적인(인간의) 이익에만 중심을 둔 자기동일화에 길들여진 현대인이 안고 있는 환경문제의 해결에 감동적인 가르침을 주고 있다.

| 주 |

 1) Andrew Light & Eric Katz (eds.), *Environmental Pragmatism*, London : Routledge, 1996, p. 1.
 2) Theodore Roszak, *Where the Wasteland Ends : Politics and Transcendence in Postindustrial Society*, London, Faber and Faber, 1973, p. 400.
 3) 사회생물학은 현대를 대표하는 과학지성으로 손꼽히는 미국의 곤충학자였으며 하버드 대학교에서 생물학 박사 학위를 받고 동대학교 동물학 교수였던 애드와드 윌슨Edward Osborne Wilson(1929-)이 『곤충 사회*Insect Society*』(1971)에서 제창한 학문체계이며 '개미류'의 분류·진화·분포로부터 사회성 곤충의 생리·생태·행동·진화까지 연구하여 역저 『사회생물학*Sociobiology*』(1975)을 통해서 이를 체계화하였다. 여기서 그는 집단생물학의 사회진화이론을 바탕삼아 인간까지도 여기에 포함시켜 사회행동을 설명하고자 하였다. 그의 이론에 따르면 개개의 생물은 생물자신을 위해 살고 있는 것은 아니다. 생물은 보다 많은 DNA를 만들기 위한 DNA의 수단에 지나지 않는다고 보는 '신다윈주의 neo-Darwinism'의 자연선택론에 기초한 집단유전학 개체군생태학, 동물행동학의 이론을 담고 있다. 여기서는 자연선택을 개체수준에서 보지 않고 유전자의 카피를 공유하는 다른 혈연개체의 망상조직의 측면에서(혈연선택 및 포괄적 적응도 fitness = 다음 세대에 자기의 유전자를 남길 수 있는 기대치의 관점) 이해하려고 하는 입장을 갖는다. 1996년 이후 하버드 대학교 석좌교수로 있으며 그의 대표적 저술에는 다음과 같은 것이 있다. 『인간의 본성*On Human Nature*』(1978), 『개미*The Ants*』(1990), 『생명의 다양성*The Diversity of Life*』(1992), 『자연주의자 *Naturalist*』(1995), 『통섭統攝: 지식의 대통합*Consilience: The unity of knowledge*』 (1998), 『생명의 미래*Future of Life*』(2003).
 4) 나무의 가장 잔가지에 달린 잎(=개인적인 자기),자기와 똑같은 잔가지에 달린 잎(=가족), 옆 잔가지에 달린 잎(=이웃, 친구), 자기와 같은 중간 가지에 달린 잎(=지역사회), 자기와 같은 큰 가지에 달린 잎(=문화적·민족적 집단), 자기와 같은 큰 가지에 달린 잎(=종으로써의 인류)만이 아니라 점차적으로는 같은 뿌리를 갖는 나무 전체에 자기동일화 하게 된다. 이렇듯 나뭇가지의 '우주론

branching tree cosomology'에 기반한 생명의 공통성을 깊이 깨달을 때 모든 개별 존재와도 미치지 않는 곳 없이 자기동일화를 하게 되며 가장 큰 '자기'로 성숙할 수가 있다.

5) Mahatma Gandhi, *The Writings of Gandhi : A Selection*, ed. Ronald Buncan, London : Fontana / Collins, 1983, pp. 34-35.

6) Arne Naess, *Gandhi and Group Conflict : An Exploration of Satyagraha : Theoretical Background*, Oslo : Unversity of Oslo Press, 1974, p. 34.